A Silvia
con simpatia
Luisa

"A noi donne che
siamo il motore
della storia"

15 giugno 2019

LUISA COLOMBO

IL FIORE DELL'APOCALISSE

THRILLER

Luisa Colombo
Il Fiore dell'Apocalisse

ISBN 978-88-6393-505-9

© 2018 Leone Editore, Milano

www.leoneeditore.it

Questa è un'opera di fantasia. Nomi, personaggi, luoghi ed eventi narrati sono il frutto della fantasia dell'autore o sono usati in modo fittizio. Qualsiasi somiglianza con persone reali, viventi o defunte, eventi o luoghi esistenti è da ritenersi puramente casuale.

*Non si può toccare l'alba
se non si sono percorsi i sentieri della notte.*

Kahlil Gibran

PROLOGO

Mio Dio, dove sono?
Il cuore mi pulsa all'impazzata. Devo calmarmi, respirare profondamente. È quasi buio. Da quanto tempo sarò qui? Perché ha preso proprio me?
Devo calmarmi, respirare piano, concentrarmi. Devo tenere le mani giunte. Sento dei passi, si avvicinano. Tremo al solo pensiero di incontrare quel…
Passi cadenzati.
Viene a prendermi?
Mi sembra di soffocare, non riesco a muovere le gambe. Sento le guance ardere, la fronte madida. Vorrei piangere, urlare, ma non ho fiato. Ho freddo, forse sto delirando. Cerco di calmarmi, di rilassarmi e respirare ancora.
Ecco non sento più i passi. Meglio. Faccio qualche passo tentoni per capire dove mi trovo.
Che luogo è questo? Una cantina? Non ci sono finestre, c'è una lampadina che penzola dal soffitto, ma fa luce solo in un angolo, non riesco a distinguere i dettagli. Cerco di fare qualche passo, con una mano tocco una parete, il muro sembra scrostato.
Come sono finita qui dentro?
Adesso ricordo: sono caduta nella trappola come una stu-

pida. E poi? Mi ha stordita e portata in questo posto, non so dove sono…

Appena sveglia ho capito. Ha in mente qualcosa. Vendicarsi.

Ho picchiato contro la porta, l'ho implorato di lasciarmi! Inutile.

Acqua, voglio dell'acqua! La gola brucia. Mi sposto ancora, camminando rasente al muro. A un tratto sento qualcosa sotto le mani, sembra un tubo, freddo, bagnato. Succhio le gocce con avidità.

Quel silenzio assordante mi soffoca, il cuore è un martello pneumatico, lo sento pulsare nei timpani.

Qualcuno verrà a cercarmi. Ne sono certa. Uscirò di qui.

Devo solo respirare a fondo…

UNO

Lei pagherà al posto tuo, lei è uguale a te. Quando le guardo il viso, gli occhi verdi e i riccioli rossi, vedo te, la tua cattiveria. Perché tu sei stata malvagia con me, sono tutte cattive quelle uguali a te. Melissa sarà la Numero Uno. Sarà mia per sempre.

Si avvolse la sciarpa attorno al collo e incrociò le braccia al petto.

L'aria fredda di fine autunno le sferzò il viso, mentre camminava con andatura decisa lungo il viale di betulle spoglie, sotto un cielo plumbeo.

Un fazzoletto di luna lottava per affiorare dalla nebbia. Neppure l'ombra di un essere umano. Melissa si pentì di non aver aspettato Valerio.

Di solito il suo ragazzo passava a prenderla, ma quella sera era impegnato in una seduta di reiki. Le aveva chiesto di attenderlo lì, ma Melissa si era rifiutata. Sarebbe stata attenta, lei non aveva paura. Non più, da quando si era iscritta al centro Namasté. L'aveva convinta lui a seguire quel percorso. All'inizio non l'aveva ascoltato, certa che niente e nessuno sarebbe stato in grado di aiutarla a liberarsi da quei fantasmi. Il ricordo, sepolto dentro di lei, non l'avrebbe mai lasciata.

Eppure aveva ceduto alle sue insistenze, sicura che quell'esperienza non sarebbe durata a lungo. Dopo qualche mese di pratica si era ricreduta. La sua vita stava cambiando e, grazie alla consapevolezza acquisita, riusciva di nuovo a gestire le emozioni.

Melissa amava la meditazione, ma seguiva anche pratiche meno statiche, come yoga e shiatsu. Prima di rientrare a casa si soffermava spesso a osservare la sala silenziosa, rischiarata dalla luce impalpabile delle lampade in carta di riso. Seduta in posizione *seiza* sul pavimento in tatami, cosparso di cuscini variopinti, ammirava la statua del Buddha che campeggiava sul fondo e la invitava a riflettere.

L'atmosfera di pace e armonia e il profumo degli incensi la proiettavano in un'altra dimensione.

Il passato che aveva tentato di rimuovere ogni tanto riaffiorava, ma Melissa aveva imparato dal suo maestro a osservarlo come se non le appartenesse e a lasciarlo scorrere.

Stava pensando a Valerio in quel momento, a quanto per lei fosse importante. Per nulla al mondo avrebbe rinunciato al suo amore, sebbene suo padre lo ritenesse un uomo senza spina dorsale che la raggirava con idee insensate e dannose.

Un fruscio la distrasse. All'improvviso le parve di non essere più sola. Affrettò il passo.

La rinfrancò la luce sicura dei lampioni sul viale. Il rumore udito non era lontano dal sentiero in terra battuta che stava percorrendo.

Poi il brusio divenne uno scalpitare. Passi strascicati su foglie secche. Passi sempre più vicini. Un'ombra in movimento. Si girò di scatto. Brividi violenti lungo il corpo, le gambe tremanti. Il respiro affannoso. Il cuore in sussulto. Proseguì, pensando fosse solo frutto della sua immaginazione. Poi rallentò di colpo, guardandosi intorno.

Nessuno.

Eppure qualcuno la stava osservando. Lo aveva percepito, lì, accanto a lei, o dietro di lei, nascosto dall'oscurità.

Correre, avrebbe dovuto correre.

Il sentiero era buio, troppo buio, gli alberi spogli si confondevano con il cielo notturno. Mancava poco alla strada illuminata, alla salvezza. Ancora pochi passi su un tappeto di foglie morte.

Si asciugò la fronte imperlata di sudore, nonostante il freddo pungente.

Una figura spuntò improvvisamente da dietro un albero. Lei tentò di sfuggire a due braccia robuste. Cercò di divincolarsi. Ne avvertì il respiro contro la pelle. Urlò con tutto il fiato, ma d'un tratto una mano fredda le tappò la bocca.

Dalle profondità salì una vibrazione, mentre affondava in una sorta di caldo vortice, come una stella inghiottita da un buco nero.

DUE

Camminava come un automa lungo le vie ancora desolate di Milano, dopo l'ennesima notte insonne. Qualcosa si era spezzato dentro di lei, mandando in frantumi le sue certezze. Senza preavviso, qualcuno aveva azionato lo scambio sul binario e il treno dei ricordi era arrivato troppo veloce, travolgendola.

Il dolore era riaffiorato, prepotente, portando con sé un senso di abbandono, di disperazione, di paura. Non si sarebbe mai liberata dalla sensazione di essere sola al mondo, di non appartenere a nessuno, di precipitare in un dirupo.

Maia aveva trascorso settimane trascinandosi dal letto al divano, in una sorta di torpore, intontita dai farmaci, senza alcun contatto con il mondo esterno.

Non aveva più voluto vedere nessuno, neanche Paolo, il suo fidanzato, che invano aveva tentato di aprire una breccia nella sua anima.

La realtà era intollerabile dopo quel nuovo dolore. Incapace di proiettarsi nel futuro, desiderava soltanto poter premere il tasto on della vita.

Il sole quel mattino era un disco freddo appena visibile dietro una cortina di nuvole. La luce senza ombre gravava minacciosa, gelida e indifferente.

Alle otto doveva presentarsi in questura. Non le importava della sezione dove l'avevano trasferita.

Quando De Rosa la vide entrare con passo svogliato e sguardo sommesso, rimase basito e gettò un'occhiata a Esposito che gliela restituì senza commentare. Quindi le andò incontro sfoggiando un sorriso giallognolo.

«Che bella sorpresa, come mai da queste parti?»

«Vuoi fare lo spiritoso eh?»

«Sì dai, era solo per scherzare un po'. Benvenuta tra noi. Vedrai che alla omicidi ci si diverte.»

Maia appoggiò lo zaino su una scrivania libera e salutò Esposito con un cenno del capo. «Non credo ci sia qualcosa di divertente qui dentro» rispose guardandosi attorno.

De Rosa la seguì con lo sguardo, il suo atteggiamento tagliente l'aveva freddato.

La guardò dispiaciuto, fisicamente sembrava un fantasma, ma il caratterino era quello di sempre.

«Hai già conosciuto Anika?» le domandò di botto.

Maia si girò verso di lui, le mani affondate nelle tasche dei pantaloni di pelle nera.

«Chi?»

«Il nuovo commissario, Anika Miller. Ha preso il posto di Coletti, ma lui era molto meglio. Con questa devi stare attenta, è *tetesca* di *Cermania* e… morde!»

«Ancora non ho avuto questo piacere» replicò Maia, senza accennare minimamente di aver apprezzato la battuta

«Non tarderà, non ti preoccupare. Adesso è rintanata nel suo ufficio per il nuovo caso, una denuncia di scomparsa: una donna.»

«Quando?» chiese, sollevando le sopracciglia.

«Sembra ieri sera, ma sono voci di corridoio. Per una novellina è quello che ci vuole: prima ti butti nell'acqua fredda e meglio è. Dico bene?»

Maia scosse la testa e uscì nel corridoio.

«So' cazzi nostri, caro Espo', tra questa e l'altra ci sarà poco da stare allegri.»

«Si può anche capirla, dopo quello che le è successo!» contestò il collega, senza sollevare lo sguardo dal computer.

De Rosa non commentò, pensando che bisognava sempre capire tutti, tranne lui.

TRE

Cosa mi sta succedendo? È come se non riuscissi a svegliarmi del tutto. I muscoli mi fanno male, sono stanca e ho ancora sonno. Per quanto ho dormito? I brividi mi arrivano fino alla nuca, non riesco a muovere le gambe e questa coperta è ruvida, non è la mia. Questa non è la mia camera, dove sono, che posto è questo?
    Sto tremando. Devo calmarmi, respirare, piano… piano.
    Adesso ricordo. È stato quel bastardo a darmi un sonnifero, quello che mi ha portato qui.
    Non devo dormire, devo restare sveglia.
    Non riesco ad alzarmi, ho una fitta alla schiena.
    Il mio cuore sta impazzendo. Sto per morire, lo sento.
    Cos'è quella?
    È un'ombra, viene verso di me! Mi prenderà…

Fuori infuriava un terribile temporale, i tuoni laceravano il silenzio, avevo paura e freddo, il piumone non mi riscaldava più. Stringevo tra le braccia il peluche che mi aveva regalato la mamma anni prima. Da quel giorno non mi ero mai separata dal mio panda. Mi sentivo sola e abbandonata in quella casa sperduta sul lago. A mio padre non importava più di me, da quando era morta la mamma, era sempre via per lavoro. Rimanevo spesso con suo cugino. Odiavo i suoi atteggiamenti ambigui, ma mio padre mi diceva che erano solo mie fantasie. Io cercavo di stargli lontano, ma la sera era il momento più terribile. Lui si sedeva accanto a me e mi accarezzava in modo morboso.

Di solito io mi chiudevo in camera a leggere o a studiare, con la speranza di poterlo tenere a bada. Quella notte però ero uscita per bere un bicchiere d'acqua. Ero irrequieta. Lui mi aveva preparato una camomilla. Aveva parlato un po', poi mi era venuto sonno. Mi aveva accompagnato in cameretta e si era steso sul letto accanto a me. Aveva cominciato ad accarezzarmi il viso, poi i capezzoli per scendere sempre più in basso, fin nelle parti intime. Non ero riuscita a ribellarmi, la realtà mi sembrava appannata. Aveva messo qualcosa nella camomilla. D'improvviso mi aveva strappato le mutandine…

Nooo!!!

Mamma perché non mi hai salvata quel giorno?

Dove sei adesso? Aiutami a uscire, ti prego…

Sono stesa su una lurida branda che odora di muffa, che schifo. Dio mio! Una debole luce proviene dal fondo della stanza. Mi guardo attorno. Mi sembra di vedere una piccola finestra. Davanti a me noto un muro grigio, scrostato, senza intonaco. Il pavimento di pietra emana un odore di rancido, come nelle vecchie cantine.

Cerco di mettermi seduta, ma non ne ho la forza. Devo provarci, mi scappa… Posso farcela. Mi aggrappo alla branda e mi alzo. Cammino e barcollo. Mi appoggio a una parete con le mani. Che schifo, magari ci sono anche i ragni. Me la sto facendo addosso. Questo sembra un water, meno male. Tiro lo sciacquone e cerco di alzarmi. Sì, sono sveglia. Ancora quel maledetto incubo, non devo farmi prendere dal panico.

Cosa vuole da me? Violentarmi, uccidermi?

Torno alla branda e mi stendo sul materasso, è macchiato. Sembra urina. Cerco di respirare, ma l'odore è disgustoso. Sto per vomitare. Devo scappare. Ci sarà pur un modo. Se quello torna, devo difendermi. Già, ma non posso farlo a mani nude, devo trovare qualcosa.

Mi alzo di nuovo e con fatica mi trascino fino alla finestra.

Il vetro, posso rompere il vetro. Certo. Ma come? Provo col tacco della scarpa. Niente da fare, non si rompe. Oh no, le grate. Le tocco, sembrano arrugginite.

Urlo con tutta la forza che ho in corpo. Aiuto, qualcuno mi sente? Fatemi uscire da qui!

Nessuno risponde, sento solo l'eco della mia voce.

Ma non posso arrendermi. Se solo riuscissi a spaccarne una…

Ci sarà qualche attrezzo in questo lurido tugurio?

Sono troppo debole per rimanere in piedi. Cammino carponi. Che schifo, il pavimento è sporco e mi fanno male le ginocchia.

Sento qualcosa. Un pezzo di metallo. Potrebbe andar bene.

QUATTRO

Stava scendendo di corsa le scale interne vestita di tutto punto. Quella bambina era tutta la sua vita. L'amava più di se stessa e si sentiva responsabile per lei, maledettamente responsabile.

Giada le era andata incontro con un sorriso, orgogliosa che la figlia fosse in grado di vestirsi da sola. Con quelle treccine che le ricadevano sulle spalle e il pullover azzurro come i suoi occhi, sembrava un angelo.

«Sei splendida, gioia mia» le disse stringendola forte. Sentiva il suo cuoricino pulsare, percepiva il calore del suo corpo e il profumo intenso dei suoi capelli. Quei momenti di intimità la ripagavano di tutti i sacrifici.

«Mamma, stai qui con me» la implorò Samanta tirando su con il naso.

«La mamma deve andare al lavoro, lo sai tesoro. Ma la nonna è già arrivata, sta uscendo adesso dall'auto» le rispose guardando l'orologio: un quarto alle nove.

«Ma io non voglio stare con la nonna, lei non mi fa mai giocare. Quando arriva il papà?»

«Sabato e ti porta dove vuoi, ma adesso fai la brava, non fare arrabbiare la nonna. La mamma torna presto.»

Anche quella mattina avrebbe lasciato la piccola a malincuore, schizzando fuori senza neppure salutare la madre.

Se fosse dipeso da lei, sarebbe rimasta. Dato il rapporto distaccato, non amava affidarla a sua madre, ma era sempre meglio di una babysitter.

Samanta era una bambina viziata, emotiva e dal temperamento instabile. Giada temeva di non essere in grado di educarla, non aveva altro aiuto da quando Luca, l'ex marito, se n'era andato. Era sempre stato un uomo immaturo che viveva nel suo mondo ed era fuggito dalle sue responsabilità di genitore alla nascita della piccola.

Giada procedeva ad andatura elevata, pensando al suo matrimonio andato a rotoli e, presa dai suoi pensieri, solo per un pelo riuscì a evitare una collisione con un camion a un incrocio. Aveva sofferto per quella separazione. Luca era intelligente, estroverso e stravagante, ma poco incline ai sacrifici.

Solo di un anno più giovane, con i capelli sempre lunghi e gli abiti casual, sembrava un eterno ragazzino che rincorreva il sogno di diventare un pittore famoso, motivo per cui nonna Viviana, madre di Giada, aveva osteggiato quella relazione.

La separazione da Luca era avvenuta quando Samanta aveva solo due anni, ma la piccola era affezionata al papà che, nonostante tutto, la ricambiava. Dopo il divorzio si era attaccato alla figlia, ma lei aveva bisogno di un padre, non di un compagno di giochi che gliela dava sempre vinta e la ricopriva di regali.

Presa nel vortice di ricordi e pensieri, Giada aveva superato ancora una volta i limiti di velocità sulla statale per Pavia. Le sarebbe arrivata l'ennesima multa.

«Maledetti autovelox» imprecò schiacciando a tavoletta l'acceleratore, per trovarsi poi in un ingorgo creato dagli infiniti cantieri che rallentavano il traffico verso il centro città.

Lorenzo, il suo attuale fidanzato, le diceva sempre di non correre, tanto dieci minuti in più non avrebbero fatto la differenza.

Lorenzo era in grado di mantenere l'aplomb, caratteristica di chi come lui, insegnando filosofia, poteva permettersi di vivere in un mondo avulso dalla realtà.

Sebbene amasse la sua professione, sapeva di essere a rischio, stando sempre in mezzo a persone sul confine tra malattia e salute.

Ma del resto chi poteva definirsi sano in una società così malata? Aveva ragione il buon Gaber, pensò canticchiando una canzone per sbollire dalla rabbia. E di solito funzionava.

Parcheggiò al consueto posto riservato ai medici, facendo stridere le gomme. Spense il motore e respirò a fondo. Si sentiva stanca come se avesse già trascorso una giornata di lavoro. Si guardò nello specchietto retrovisore e incontrò il viso di una donna invecchiata di colpo: gli occhi azzurro spento, i capelli biondi come stoppa, raccolti in una coda spettinata, la pelle del viso flaccida.

Sospirò e scese dall'auto. In quel momento udì il *bip* del cercapersone. Quanto lo odiava.

«Sto arrivando» rispose stizzita tra sé.

Stava raggiungendo l'ingresso, quando si accorse di aver dimenticato la valigetta.

Così tornò verso l'auto e mentre stava aprendo la portiera il piccolo mostro tornò a squillare.

Quel fastidioso *bip bip* non lasciava dubbi: la sua presenza era richiesta con urgenza. Proprio quello che aveva temuto.

Il primario per fortuna non era ancora arrivato quando salì le scale. La caposala non le diede quasi il tempo di entrare in reparto.

«La paziente della tre ha le convulsioni, io non so più cosa fare. Qui non c'è nessuno stamattina» strepitò correndo verso la stanza.

«Adesso ci penso io» replicò Giada senza scomporsi.

Quando varcava la soglia della clinica aveva la capacità di chiudere le caselle inutili del cervello e canalizzare le sue energie sul lavoro.

L'infermiera era ancora in preda al panico quando entrarono. Una donna riversa sul letto, urlava frasi senza significato, con gli occhi fuori dalle orbite.

Giada la visitò e le somministrò un antipsicotico. Si avvicinò con un sorriso all'infermiera e le diede un buffetto sulla guancia.

«Stai tranquilla, è a effetto immediato. Rimani con lei per cortesia e chiamami per qualsiasi necessità. Io faccio il giro, poi torno.»

Quello non era l'unico caso di schizofrenia, ma Giada lo considerava il più significativo, forse perché Giovanna, una simpatica sessantenne, le faceva tenerezza. Aveva cominciato a manifestare sintomi psicotici dopo che il marito l'aveva abbandonata, aggravandosi poi in assenza di cure adeguate. Non potendo assisterla, i figli l'avevano fatta ricoverare in quella clinica e da allora se ne erano quasi dimenticati, si limitavano a corrispondere la retta e a non farle mancare nulla.

Giovanna, nei momenti di lucidità, era consapevole di «essere parcheggiata» in quel girone dell'inferno dal quale non sarebbe più uscita.

Giada aveva tentato di aiutarla, sia con cure farmacologiche, sia con la psicoterapia, ma senza risultati soddisfacenti. Giovanna viveva periodi di remissione, momenti in cui era una piacevole compagnia, da donna intelligente e con un buon background culturale. Però era sufficiente un qualsiasi evento per spezzare quel precario equilibrio e farla ricadere nella fase più acuta.

Giovanna si era calmata quando Giada rientrò di soppiatto nella sua camera. Le accarezzò una mano, e si guardò attorno, come se vedesse per la prima volta quella stanza disadorna, con le sbarre alle finestre. Le sembrò più triste del solito.

«Ci hai fatto prendere un bello spavento.»

Giovanna sollevò a fatica il capo, pallida come uno straccio messo in candeggina e gli occhi pesti.

«Meno male che sei arrivata, perché ci hai messo tanto? Devo dirti una cosa importante» le si rivolse in maniera urgente, indicandole la sedia accanto al letto.

Giada non fece caso alle sue parole e al tono scosso della voce. Comportamenti giustificati dalla malattia.

«Adesso devi dormire, ne parliamo dopo.»

«No, siediti, potrebbe essere troppo tardi.»

Giada si accomodò sul letto.

«Forza allora, cosa devi dirmi di tanto urgente?»

«Devi fare qualcosa per quella ragazza, subito» sussurrò con affanno.

«Quale ragazza? È ricoverata qui?»

Giovanna stava perdendo coscienza, ma riuscì a rispondere.

«Non… è qui: rapita… assassino… vista… in fretta…»

Giada le lasciò la mano, mentre Giovanna cadde in uno stato di sonno profondo.

Uscì dalla stanza chiedendosi cosa volesse intendere con quelle parole, ma sapeva che al suo risveglio non si sarebbe più ricordata nulla.

CINQUE

Il commissario Anika Miller, dopo averla lasciata sulla porta per minuti che le erano sembrate ore, l'aveva fatta entrare senza invitarla a sedersi.

Mentre aspettava, la giovane agente aveva osservato la scrivania: cartelline di diverso colore allineate da un lato e un computer spento dall'altro. Nessun oggetto di carattere personale, nessuna foto. Alle spalle una cartina della Lombardia e un poster raffigurante un castello simile a quello di Walt Disney, che contrastava con la severità dell'ambiente.

Senza dare nell'occhio, Maia la scrutò mentre girava le pagine del fascicolo. Indugiò sul carré asimmetrico che le conferiva un aspetto audace e un look ricercato.

Maia non amava indossare tailleur, ma quella giacca bordeaux sciancrata in vita le avrebbe donato; mentre su di lei, con quei capelli rossi e la pelle bianca come il latte, stonava notevolmente.

L'intervento improvviso del commissario la fece trasalire.

«Odio i convenevoli, comunque benvenuta nella terza sezione della squadra mobile. Ti dico subito che qui si lavora in team, all'inizio sarai affiancata dall'ispettore capo Piras o dall'ispettore De Rosa. Inutile stare a spiegarti come si fanno le indagini, spero ricorderai ancora quello che hai imparato alla scientifica, il resto lo imparerai sul campo. Per ora è tutto» affermò, liquidandola con un gesto.

Maia era abituata a personaggi del genere: l'ex dirigente della scientifica non era stato certo migliore, ma il fatto che il suo attuale superiore fosse un'esponente del suo stesso sesso non le andava proprio giù.

Stava ancora pensando alla Miller mentre rileggeva alcuni dossier di casi già archiviati e non si accorse di De Rosa.

«Pronto? C'è qualcuno?» le domandò sarcastico battendo le mani sulla scrivania.

«Ah tu!» gli rispose con un sussulto.

«Ehi bella addormentata, alza le chiappe, la tedesca ci vuole di là.»

«Ma sono stata da lei un'ora fa, che cavolo vuole ancora?»

«È una riunione di squadra cara ragazza, ti ci abituerai. Lo fa sempre quando c'è un caso importante, lei decide e noi eseguiamo. Così funziona.»

Maia inghiottì un po' di saliva e non commentò.

Quando entrarono nella sala riunioni, gli altri erano già seduti e pendevano dalle labbra della Miller che picchiettava le dita sul tavolo.

«Come già qualcuno di voi avrà saputo» esordì andando a chiudere la porta «ieri sera è sparita una giovane donna, il suo fidanzato ne ha denunciato la scomparsa stamattina. Sembra che Melissa Schiaffino frequentasse un centro esoterico. Secondo Valerio Briganti, il denunciante, non è rientrata, né ha dato più notizie di sé. Quando lui è corso a casa sua, non c'era nessuno. Non sappiamo ancora cosa sia accaduto, potrebbe anche essere scappata per quanto ne so, persone ne spariscono ogni giorno, ma se fosse stata rapita, potrebbe essere già troppo tardi.»

Nessuno era ancora intervenuto, quando Maia la interruppe.

«Da chi è stata vista per l'ultima volta?»

«Bella domanda da manuale! Vuoi insegnarci il mestiere eh?» rimbrottò gelandola con un'occhiata. Maia stava per sbottare quando De Rosa le diede un colpo sulla gamba. Inghiottì un boccone di bile.

«Dunque, questi i fatti» riprese la Miller, girando intorno ai suoi con le mani sui fianchi «e se non ci sono altre interruzioni, ci mettiamo subito all'opera con gli elementi a nostra disposizione. In primo luogo mandiamo un po' di agenti a setacciare il quartiere dove abitava. De Rosa, interroga Briganti. Esposito indaga sulla vita della Schiaffino e sulla sua famiglia. Piras, tu vai al Namasté. Tienimi informata. Potete andare» terminò mettendosi a sedere e impilando con accuratezza i fogli sulla scrivania.

Lanciò uno sguardo severo in direzione di Maia che avvertì i suoi occhi blu su di lei. Uscì per prima defilandosi lungo il corridoio.

Entrò in ufficio e sprofondò sulla sedia. Avvertì una marea nera in procinto di travolgerla.

«Non devi prendertela, non ce l'ha con te. La sua è solo insicurezza, credimi. Se le fai vedere che hai paura, alimenti il suo ego. Anche con me si comporta così, ma io non le offro pane per i suoi denti.»

Maia si girò verso la porta da cui proveniva quella voce. Non conosceva Piras, lo aveva giusto intravisto di sfuggita poco prima nella sala riunioni.

«Scusami, non mi sono presentato, mi chiamo Umberto Piras, sono ispettore capo» aggiunse porgendole la mano.

La stretta non era male, pensò osservandolo. Aveva un viso grassoccio incorniciato da capelli brizzolati e da una barba ben curata, portava con disinvoltura sulla punta del naso un paio di occhialini rotondi. Indossava una giacca sbottonata, la camicia rosa pastello che aderiva all'addome e la cravatta allentata.

«Piacere, Maia Parodi. Non l'avevo sentita entrare, mi dispiace.»

Indugiò qualche istante, catturato dai suoi occhi verde mare, incorniciati da una massa di riccioli, accarezzando con lo sguardo quel corpo statuario. Si schiarì la voce.

«Qui ci diamo del tu, e poi non ti devi scusare di nulla. Hai già esperienza sul campo o sbaglio?»

«Be', io non ho mai fatto indagini, in realtà ero fotografa alla scientifica, ma mi hanno trasferita qui. Non l'ho chiesto io, però imparerò in fretta. Il problema è quella donna: insopportabile. Coletti, in confronto, era un santo. Un uomo all'antica, un po' burbero, ma comprensivo.»

«Non ho avuto il piacere… Purtroppo i tempi cambiano. Anch'io sono stato assegnato qui contro la mia volontà: ero ispettore capo a Cagliari e avrei potuto fare carriera, ma per i soliti giochi di potere mi sono trovato questa arrogante signora sopra la testa. Deve avere qualche santo in paradiso, perché un commissario non tiene le distanze come fa lei, neppure il capo si comporta così, ma se glielo permettono, vuol dire che è ben ammanicata. In ogni caso, a noi non interessa, cerchiamo solo di fare bene il nostro lavoro.»

Ma non era solo il lavoro a renderla inquieta, la matassa dei suoi pensieri si ingarbugliava sempre di più. Quel tunnel dal quale credeva di essere emersa stava per inghiottirla di nuovo.

In quel momento le parve di sentire una mano posarsi sulla spalla e di avvertire un sussurro: «Andrà tutto bene».

Ma lì non c'era nessuno, solo infinita amarezza.

SEI

Devo uscire da questo posto, costi quel che costi.

Quella maledetta sbarra non vuole saperne di rompersi, ma non devo smettere. Il muro è vecchio eppure non cede, maledizione.

Non ho più forza, sono esausta. Sarà anche perché non mangio e non bevo niente da un sacco di tempo. Non voglio mollare, per nessuna ragione al mondo.

Perché sono qui? Cosa vuole da me? Valerio avrà denunciato la mia scomparsa? Verranno a salvarmi?

Cos'è questo? Sangue! Ho del sangue sulle mani. Mi fanno male a furia di colpire con quel ferro. Non posso smettere, non posso, devo farcela prima che lui torni qui.

Cosa sarà questo rumore? Sembra una scala che cigola, qualcuno sta scendendo. Oddio! Devo scappare. Non sento più le gambe.

È lui! E adesso?

Calma, calma. Devo nascondere questo arnese. Qui, in questo angolino non lo vedrà. Mi rimetto a fatica sulla branda e fingo di dormire. Il cuore sta per scoppiarmi.

Non riesco a deglutire. Mi sento soffocare.

Uno stridio mi toglie il respiro. La porta… Oddio…

Sento che appoggia qualcosa per terra. Cosa mi farà adesso?

Si avvicina e mi parla.

Apro gli occhi, voglio vederlo in faccia. C'è buio, ma intravedo il suo viso, bianco come quello di un morto. Emana un odore misto di tabacco e birra. L'ho già sentito forse? Cerco di ricordare, ma è tutto confuso, non ci riesco.

«Finalmente ti sei svegliata. Ti ho portato qualcosa da mangiare.»

«Chi sei? Perché mi tieni qui? Cosa vuoi da me?» dico con un filo di voce.

Mi afferra una mano, tento di divincolarmi, ma stringe fino a farmi male.

Poi mi parla ancora.

«Devi stare buona, Melissa.»

«Come sai il mio nome?»

«Lo so e basta, se fai la brava, non ti succederà niente. Io voglio aiutarti. Tu sei incantevole, ma anche cattiva, come tutte le belle donne. Anche mia madre era come te, bella e cattiva. Una puttana. Avrei voluto ucciderla. Adesso tu pagherai anche per lei. L'acqua laverà i tuoi peccati. Dopo ti sentirai più pulita.»

Inizio a urlare con tutto il fiato che ho in gola, ma lui mi tappa la bocca, mi schiaffeggia e mi minaccia. Poi lascia la presa e riprende a parlarmi con tono gentile.

«È un bel nome il tuo, è dolce, ma tu non lo sei. Tu e quelle come te siete peccatrici. Ecco perché sei qui. Per liberarti dal male. Raggiungerai uno stato di pace, sarà come rinascere» mi dice in un orecchio, poi mi bacia sulla bocca.

Cerco di colpirlo, ma con una mossa lui mi blocca entrambe le mani, mi fissa. I suoi occhi luccicano nell'oscurità, sembrano quelli del demonio.

Poi mi lascia le mani e va verso la porta.
Lo stridio del catenaccio mi fa saltare sul letto. Ho lo stomaco sottosopra. Mi viene da vomitare.

SETTE

«Avrei dovuto insistere per accompagnarla» aveva detto Monique in lacrime all'ispettore capo «ma lei non ha voluto. Se avessi immaginato... non potrò mai perdonarmelo...»
Piras non le diede il tempo di terminare.
«Lei non ha nessuna colpa signora, non sappiamo neppure se sia stata rapita e anche se l'avesse accompagnata, magari sarebbe accaduto comunque. Piuttosto ci dica qualcosa della ragazza. Vive da sola?»
Monique nel frattempo si era seduta, la testa tra le mani mosse da un fremito. Rialzò il viso e osservò la finestra di fronte a lei, dalla quale filtrava la tenue luminosità di novembre, facendo brillare le foglie dell'orchidea sulla scrivania.
Monique era una donna sola, delusa dalla vita, reduce da un matrimonio fallito, da un passato incombente e da un rapporto conflittuale con la sorellastra, Ilaria. Quel luogo era tutta la sua vita. Aveva sempre adorato le discipline orientali e aprire il centro Namasté aveva significato molto, anche se era stata costretta ad accettare l'aiuto economico di Ilaria, una donna decisa e disposta a tutto per raggiungere i suoi scopi. Aveva subito fiutato il business che sarebbe derivato da un centro per donne maltrattate.

Monique non poteva prendere decisioni autonome, doveva sempre consultarla e ottenere il suo consenso.

L'aveva detestata fin da quando, dopo la morte della madre, suo padre si era unito a un'altra donna con una figlia di quindici anni. Ilaria era una ragazzina dispotica e le aveva subito messo i piedi in testa, intralciando perfino le attenzioni della madre nei confronti della sorellastra. Monique aveva dieci anni all'epoca, timida, riservata e non era mai stata in grado di reagire, neppure con il passare degli anni.

Le sue uniche amicizie erano le donne iscritte al centro, persone che avevano subito abusi o maltrattamenti e che lei aveva deciso di aiutare con pratiche di meditazione e spesso con un sostegno psicologico.

Si guardò intorno prima di rispondere, fissando a lungo un oggetto sulla sua scrivania che sembrava uno scarabeo, quasi per trarne ispirazione.

«Sì, Melissa abita qui vicino, ha un ragazzo che di solito viene a prenderla, ma non vive con lei. L'altra sera però Valerio, mi sembra avesse un impegno: lui è master reiki.»

«Capisco» annuì Piras, sebbene non avesse la più pallida idea di cosa diavolo significasse. Fissò con curiosità il logo del centro impresso sulla parete: un fiore composto dall'intreccio di quattro segmenti di cerchio, a formare dei petali. A cornice i quattro elementi: Fuoco, Acqua, Terra, Aria.

«Il fidanzato cosa fa nella vita oltre a questo master reiki?» proseguì Piras.

Monique reagì con un sottile sorriso alla domanda, dalla quale traspariva la scarsa informazione in materia dell'ispettore.

«Non saprei, ma è un bravo ragazzo e vuole bene a Melissa. È stato lui a convincerla a frequentare il centro. Non vorrà alludere..?»

Piras, camminando con le mani dietro la schiena, la interruppe un'altra volta.

«Stiamo interrogando tutti quelli che la conoscono. Oltre a "questo bravo ragazzo" c'è qualcun altro che lei sappia? I genitori?»

«I suoi abitano a Genova. Non ne so molto di loro, ma non penso l'abbiano presa per soldi.»

«Melissa ha avuto problemi psicologici prima di frequentare il centro? O ha subito violenze?»

«Be' sì, ha avuto un trascorso doloroso e qui la stiamo aiutando a superarlo.»

«Che rapporti ha la ragazza con quelli che frequentano il centro?»

«Melissa va d'accordo con tutte, è una persona deliziosa.»

«Sa che lavoro svolge?»

«Lavora in una multinazionale americana, mi sembra abbia un ruolo rilevante. Ma qui non si parla di lavoro, qui si viene per ritrovare l'equilibrio interiore. Capisce ispettore?»

«Certo, chiaro. Per ora è tutto, la ringraziamo per la collaborazione» tagliò corto Piras.

«Cercate di trovarla presto, sono in pena per lei» si raccomandò Monique, alzandosi con notevole sforzo.

Piras la tranquillizzò con un gesto della mano, mentre lei faceva loro strada. Prima di uscire indugiò un istante a osservarla: le parve una donna stravagante e dallo sguardo ipnotico.

OTTO

Al volante della sua station wagon, si sentiva irrequieta per le parole di Giovanna, pur consapevole che potesse trattarsi di un'allucinazione.

Cercò di rimuovere quel tarlo dalla mente. Tra non molto avrebbe riabbracciato la sua bambina e quella era l'unica cosa importante.

La coltre di nebbia, così spessa da oscurare il sole, avvolgeva le colline del pavese in un freddo abbraccio. Il passato la strinse in una morsa togliendole il respiro.

Per fortuna, dopo una stressante giornata, Samanta era un dolce approdo.

Dopo cena la piccola non aveva voluto saperne di andare a dormire e l'aveva costretta a giocare con lei, fino ad addormentarsi esausta.

Finalmente Giada avrebbe potuto rilassarsi sul suo morbido divano, bere un drink, navigare con lo smartphone o leggere un buon libro. Non chiedeva molto.

Quella sera però non riusciva a concentrarsi, neppure su quel romanzo d'amore appena iniziato. La mente corse di nuovo alle parole di Giovanna.

In quel momento squillò il cellulare facendola trasalire.

Quando individuò il numero sul display, fu tentata di non

rispondere: Anika la chiamava solo in caso di problemi e di certo anche questa volta non si trattava di buone notizie.

«Ciao Anika, qualche noia?»

«Scusami se ti chiamo a quest'ora, ma preferisco che tu lo sappia da me, piuttosto che dalla stampa.»

«In particolare? Mi riguarda?» domandò un po' contrariata.

«Oggi è stata denunciata la scomparsa di una giovane donna. Secondo me, la conosci.»

Giada si alzò di scatto.

«Perché lo pensi? Di chi si tratta?»

Giada collaborava come consulente esterna con la squadra mobile, ai casi dove era richiesta la sua competenza come criminologa.

«Si chiama Melissa Schiaffino e frequenta il Namasté.»

Giada stava girando a vuoto intorno al tavolo quando Anika pronunciò quel nome. Si sedette e respirò. Conosceva quella ragazza, ma non le aveva ancora proposto sedute di psicoterapia. Monique le aveva suggerito di aspettare dato che la meditazione le aveva giovato.

Cercò di immaginare un motivo per cui qualcuno avesse potuto farle del male e chi. O magari era fuggita senza lasciare traccia? Ma perché?

«Sei ancora lì?»

«Sì, scusa ma la notizia è scioccante. Melissa è una persona così dolce. Avete interrogato il fidanzato, i genitori?»

«Certo, ma finora senza grossi risultati, abbiamo sondato il suo passato per scoprire se avesse subito violenze, ma i genitori si sono chiusi a riccio su questo argomento. Le ricerche sono già cominciate, con elicotteri e unità cinofile, ma ho bisogno di te, dovresti venire in questura.»

«Cavolo Anika, sono davvero incasinata. Tra la clinica, il centro e la piccola, non ho neppure il tempo di respirare.

Non penso di farcela. Credo però che dovreste scavare nel suo passato, forse ha subito dei maltrattamenti da qualcuno e quello potrebbe essere il primo sospettato, nel caso non si sia allontanata di sua volontà.»

«Ci abbiamo già pensato, ma ho bisogno di te e per ora non te lo chiedo in via ufficiale.»

Giada le impedì di proseguire. Si sentiva a pezzi quella sera e voleva prendere tempo, anche se le dispiaceva per Melissa.

«Hai in mano qualcosa che ti faccia pensare che sia davvero in pericolo? Magari si è solo allontanata per motivi suoi. Non sono ancora trascorse le 48 ore. Comunque vedo di sbrigarmela con il lavoro e cerco di fare un salto domani. Teniamoci aggiornate. Okay?»

«Okay. Buonanotte» reagì la Miller un po' amareggiata.

Giada si versò un bicchiere di porto e si distese sulla lounge. Era uno di quei momenti nei quali malediceva l'essersi specializzata in criminologia e aver accettato di collaborare con la squadra mobile, quella di Milano per giunta. Certo, i casi ai quali aveva partecipato esercitavano un certo fascino, ma d'un tratto comprese che aveva voglia di mollare tutto. La sua era una vita già fin troppo complicata: la clinica, una figlia, il rapporto di amore odio con la madre, quello con Luca che giocava a fare l'eterno ragazzino senza assumersi alcuna responsabilità e infine Lorenzo.

Solo lui era in grado di trasmetterle tranquillità, da uomo pacato e responsabile, tutto l'opposto del suo ex. Con Lorenzo si sarebbe sentita al sicuro, lui l'avrebbe aiutata a crescere Samanta e sarebbe stato un marito perfetto. Troppo perfetto. Era forse questo che temeva Giada. A Lorenzo mancava la *joie de vivre*, lo spirito di ribellione, il desiderio di trasgredire. Non era in grado di sorprenderla, e Giada non era ancora pronta a trascorrere la sua vita con lui. Per ora andava bene così, vedersi nei fine settimana, qualche cenetta ogni tanto e magari un viaggio, ma quanto a sposarsi, solo l'idea la faceva rabbrividire.

La mattina successiva Giada si recò subito da Giovanna che per fortuna appariva più calma dopo la crisi del giorno precedente.

«Sei in splendida forma stamattina» affermò entrando in camera.

Giovanna le sorrise. Voleva bene alla sua psichiatra, la considerava un'amica.

«Sì, ho riposato questa notte e mi sento meglio. Tu invece hai l'aria stanca. Che succede, cara?»

«Hai ragione, mi sento a pezzi. Sai, tra il lavoro e la bambina è dura, e poi continuo a pensare a quello che mi hai detto su quella ragazza. Vorrei aiutarla, ma non so come fare. Magari potresti dirmi qualcosa di più.

Giovanna alzò la testa dal cuscino corrugando la fronte.

«Cosa dovrei dirti, non so di chi si tratta? Di chi stai parlando?»

Giada le fece una carezza sul viso che mostrava profonde rughe d'espressione.

«Non importa, forse mi sono sbagliata. Adesso devo scappare, i pazienti mi aspettano. Buona giornata.»

«Ti riferisci a quella del sogno?»

Giada si bloccò all'istante.

«Hai sognato una ragazza?»

«Sai, io sogno sempre, anche quando non dormo. Ricordo di aver visto una giovane donna in un luogo buio, non ho capito dove, sembrava spaventata. Non mi ha parlato.»

«Che aspetto aveva?»

«Lei, lei… mi sembrava rossiccia di capelli, gli occhi fissi nel vuoto, non ho visto molto, ma ho sentito il suo terrore. Ma perché mi chiedi queste cose? È forse per il tuo lavoro nella polizia?» sospirò la donna cercando di alzarsi.

«Mi sei stata di grande aiuto, adesso voglio che ti riposi. Non è successo niente. Torno a vederti più tardi.»

Giovanna la guardò uscire e rimase per un po' seduta sul letto. Intuì che la psichiatra non le aveva detto la verità. Poi si assopì.

NOVE

Scorreva con lentezza le foto delle vacanze, anche se le aveva viste un sacco di volte, ma adesso avevano un nuovo significato. Melissa mentre usciva dall'acqua e correva a braccia aperte verso di lui. Melissa in bicicletta nel Parco di Monaco, il viso rosso per il freddo, loro due insieme a Barcellona, immortalati davanti la Sagrada Familia. Gli sembrò di percepire ancora le vibrazioni di quella magica cattedrale. Si passò le mani tra i capelli. Dove poteva essere? Cosa le era capitato? L'aveva cercata per strada, aveva telefonato a tutti quelli che la conoscevano. Non riusciva a darsi pace.

Quando sentì suonare il campanello, Valerio trasalì. Infilò le foto sotto il cuscino del divano e andò ad aprire.

«Buongiorno, sono l'ispettore De Rosa, squadra omicidi, devo farle alcune domande su Melissa.»

Valerio, dopo aver dato una rapida occhiata al distintivo che gli aveva piazzato sotto il naso, gli fece cenno di entrare. Gli indicò una sedia in paglia di riso, sperando non la sfondasse, data la mole.

De Rosa si sedette e respirò, aveva il fiatone dopo tre piani a piedi.

«Posso avere un bicchiere d'acqua?»

«Certo, solo un momento.»

Mentre Valerio si allontanava per andare in cucina, l'ispettore lo squadrò da capo a piedi, incuriosito dal suo abbigliamento: indossava un kimono nero ed era scalzo.

Poi si dedicò all'ambiente: la sala era arredata in modo semplice, mobili bassi in toni chiari, un divano ricoperto da tessuto in cotone e pavimenti in legno beige. Sullo sfondo, una statua del Buddha, collocata su un ripiano, con una ciotola in grembo e due vasetti con i fiori del loto ai lati.

Valerio appoggiò il bicchiere sul tavolino.

De Rosa bevve l'acqua d'un fiato e si asciugò la bocca con la manica della giacca.

«Grazie, adesso va meglio. Bella casa, originale. Vive solo?» gli domandò per avviare la conversazione.

«Sì.»

«Che lavoro fa?»

«Sono master reiki e insegno filosofia orientale.»

«Al Namasté?»

Valerio si toccava in continuazione la cintura del kimono.

«No.»

«Adesso devo chiederle un po' di cose, devo farlo, capisce?»

«Sì.»

«Quando ha visto Melissa l'ultima volta?»

«La sera prima che... insomma prima che... siamo andati a vedere un film.»

«Poi cosa avete fatto?»

«Niente, l'ho accompagnata a casa e me ne sono andato, era tardi.»

De Rosa passò al tu.

«Da quella sera non l'hai più vista?»

Valerio scosse il capo, aveva la bocca serrata e un aspetto imbronciato.

«No.»
«Vi siete sentiti al telefono il giorno dopo?»
«Sì, mi ha chiamato per dirmi che la sera faceva tardi per la meditazione.»
«Tu cosa le hai detto?»
«Che andava bene, noi siamo liberi di fare le nostre cose.»
«Ma potevi andare a prenderla!»
«Di solito lo facevo.»
«E come mai quella sera no?»
«Avevo un'iniziazione.»
«E dove si trova questa setta?»
«Quale setta? Ero in un centro olistico, si chiama Città della Luce.»
«E dove sta?»
De Rosa prese il taccuino dalla giacca.
«Perché le interessa?»
«Devo verificare.»
«Non ci posso credere, invece di fare tante domande perché non siete fuori a cercare Melissa?»
Valerio prese un biglietto da visita dal tavolo e glielo porse.
«Quando hai capito che Melissa non era tornata a casa?»
«A una certa ora ho provato a chiamarla, ma non ha mai risposto. Non era da lei.»
«Tu cos'hai fatto?»
«Sono corso a casa sua, ma non c'era nessuno.»
«Hai le chiavi?»
«Sì, anche lei ha le mie.»
«State insieme da molto?»
«Due anni.»
«Ma ognuno a casa sua.»
«Sì, stiamo bene così.»
«Andate d'accordo?»

«Sì.»
«Melissa ha tanti amici?»
«No, lei pensa solo al lavoro.»
«Cosa fa?»
«Direttore marketing, un ruolo impegnativo, non ha molto tempo libero.»
«Ma per andare al centro sì?»
«Almeno quello, le ho consigliato io di andarci.»
«Perché?»
«Per trovare l'equilibrio interiore.»
«E l'ha trovato?»
«È a un buon punto.»
«Nemici?»
Valerio rifletté e poi affrontò lo sguardo di De Rosa.
«Melissa è amata da tutti, nessuno le farebbe del male.»
«Evidentemente qualcuno non la pensa così. Ha avuto altri fidanzati prima di te?»
«Non ho mai scavato nella sua vita. Il passato è passato e non mi riguarda.»
«I genitori li conosci? Sono ricchi?»
«Li ho visti poche volte, abitano a Genova, persone normali... ma pensate che possa essere stata rapita?»
L'ispettore lo scrutò: seduto sul divano, a testa bassa, era intento a guardarsi le mani.
«Non hai mai pensato che potesse frequentare un altro?»
Valerio sobbalzò. Aveva gli occhi lucidi come pietre bagnate.
«Lei non conosce Melissa, non mi farebbe mai un torto.»
«Bene, per adesso basta così, però se ti viene in mente qualcosa, chiamaci in questura.»
De Rosa diede un'ultima occhiata a volo d'uccello nella sala, lo sguardo si fermò ancora sul Buddha. Poi guardò Valerio che si era alzato per accompagnarlo.

«Scusa la curiosità, ma perché quella statua.»
Valerio gli sorrise.
«Buddha mi illumina.»
«Ah! Adesso tolgo il disturbo, spero di portarti presto buone notizie.»

De Rosa aveva capito che Valerio non c'entrava nulla con la scomparsa, era solo qualcuno che viveva nel suo mondo, in mezzo alle nuvole secondo lui, ma in fondo sembrava solo un bravo ragazzo.

DIECI

Tirava una gran brutta aria quella mattina, ma Esposito non era solito lasciarsi influenzare dall'ambiente. Chino sul pc, stava continuando le ricerche sulla vittima.

La Miller non si era mossa dal suo ufficio e nessuno aveva osato disturbarla. Purtroppo dagli interrogatori del fidanzato e dei genitori di Melissa, non era emerso nulla di interessante.

«Madonnina mia, che hanno tutti?» esordì De Rosa, entrando in ufficio con due bicchieri di caffè fumante. Maia era concentrata sullo smartphone. Paolo le aveva inviato un messaggio per sapere come stava. Maia si limitò a inviargli un'emoticon che non lasciava dubbi sul suo stato interiore.

«Tieni va, che magari ti tiri su. Alzata col piede sbagliato?»
Lei distolse lo sguardo verso il collega.
«Ho solo dormito poco» replicò accettando il caffè e bevendo tutto d'un fiato. «A te com'è andata ieri con l'interrogatorio?»

«Non abbiamo cavato un ragno da un buco. Il fidanzato sembrava uno straccio, lui non si spiega il fatto che sia scomparsa. I genitori sono disperati. Non la vedevano da un po', ma secondo loro, Melissa non aveva nemici. Una ragazza a posto, insomma.»

Esposito si sentì chiamato in causa, sebbene i colleghi non avessero quasi percepito la sua presenza.

«Infatti la ragazza è incensurata. I suoi sono ottime persone, ma non benestanti, quindi scarterei l'ipotesi del rapimento a scopo estorsivo.»

«Questo non spetta a te deciderlo» proruppe la Miller con irruenza. «Vi informo che il pm ha ottenuto l'autorizzazione del Gip per le intercettazioni telefoniche, le linee sono già state deviate alla centrale operativa, quindi diamoci da fare. Stessa cosa per il conto corrente degli Schiaffino.»

I tre si girarono nello stesso istante, come delle molle attaccate a fili invisibili.

«Sì d'accordo» reagì Esposito a testa bassa.

La Miller ruotò lo sguardo verso De Rosa che nel frattempo era tornato al suo posto, e si rivolse a lui con un tono più morbido.

«Voglio che tu vada in quella multinazionale. Parla con chi di dovere e cerca di capire il ruolo della Schiaffino. Da quello che ci ha detto la direttrice, sembra che Melissa abbia una mansione rilevante. Potrebbe essere importante per le indagini.»

Maia si rimise composta, senza degnarla di uno sguardo.

La Miller, quasi avvertendo la sua ostilità, si avvicinò posando entrambe le mani sulla scrivania e piantandole gli occhi in faccia.

«Tu andrai con Piras nell'abitazione della vittima. Dobbiamo capire cosa le è successo in passato, se ha subito violenze, seguiamo questa pista finché non troviamo qualcosa che possa ricondurci alla sua scomparsa. Controllate ogni cosa e portate via pc, tablet e tutto quello che potrebbe aiutarci a capire qualcosa. Dopo bisogna verificare se ha un profilo su Facebook, Linkedin, Twitter o altri social.»

«Quando?»

«L'ispettore ti sta già aspettando. Quando rientri, voglio la relazione scritta» le intimò. Poi girò sui tacchi e tornò nel suo ufficio.

«Ma è sempre così?» sbottò Maia spostando con fragore la sedia sul pavimento.

De Rosa sfoderò un sorriso.

«No a volte è peggio, crede di essere ancora in Germania, ma non farci caso, altrimenti ci stai male tu e non ne vale la pena.»

«Io proprio non la sopporto e sono qui solo da tre giorni.»

«Calmati, potrebbe sentirti.» suggerì Esposito.

Ma Maia si era già dileguata. De Rosa scosse il capo.

«Non so quanto durerà, ma se non cambia ci lascerà le penne. Già non mi sembra molto in forma. Espo', tu sai qualcosa su di lei?»

«Non sono cose che ci riguardano. Ognuno ha i suoi scheletri negli armadi.»

«Ah sì? Io negli armadi ci tengo i vestiti.»

Il collega non commentò e si rimise al lavoro.

UNDICI

Quel porco ha tentato di baciarmi. Che schifo! Anche questo letto: puzza! Sporca, mi sento sporca.
Mi ha lasciato un piatto a terra, con un pezzo di formaggio, del pane e un bicchiere d'acqua. Tutto rancido, mi dà la nausea.
Verrà qualcuno a salvarmi. Non voglio rassegnarmi.
Sarà notte? Non ho sonno, non riesco a dormire. Intravedo luce, forse è già l'alba.
Non posso stare ad aspettare, devo fare qualcosa. Devo rompere quella maledetta sbarra. Mi fanno male le mani, ma devo provare di nuovo.
Non sto in piedi, le gambe mi tremano. Maledizione. Sono incazzata con me stessa e con il mondo intero.
Devo rilassarmi. Provo con la meditazione. Lascio che i pensieri arrivino, li osservo, come tanti attori alla ricerca di una parte. Con il maestro funzionava. Già, ma adesso lui non è qui a guidarmi.
Ho gli occhi pesanti, forse sto già dormendo. Sento una dolce musica, una melodia rilassante, i suoni della natura. Non so più dove sono, chi sono. La stanchezza mi avvolge come una coperta calda.
Non sento più il mio corpo.

Oddio, adesso cos'è? Il catenaccio? Balzo su dalla branda.

È arrivato il momento. Sta venendo a prendermi. Io non voglio morire!

Stringo le mani a pugno, conficco le unghie nei palmi. Ho paura. Mi rannicchio tutta.

«Ti ho portato compagnia!» grida l'uomo, spingendo la porta con un calcio.

In modo delicato depone un corpo esanime di fianco a me. Mi guarda con un sorriso ironico.

Trattengo il respiro, mentre i suoi passi ritmati salgono la scala.

Chi c'è qui vicino? Mi sollevo sui gomiti e osservo da vicino.

Ma è Marika! Mio Dio, ha preso anche lei. Cosa vorrà da noi questo squilibrato?

«Svegliati, per l'amor del cielo, dobbiamo andare via di qua!» urlo, cercando di scuoterla. Non può sentirmi, il narcotico ha intontito anche lei. Dormirà per ore. E adesso? Anche se non l'ho mai fatto in vita mia, prego.

È giunto il momento. Melissa è la Numero Uno e tale deve rimanere. Ho deciso di strangolarla. È una morte immediata. Spero solo di averne la forza. Non ho mai ucciso nessuno.

Ho programmato tutto, non devo avere dubbi. Per farlo devo pensare a mia madre, a quella maledetta che non mi ha mai amato.

Io non so cosa sia l'amore.

Le urlo contro tutta la mia rabbia, come se fosse qui davanti a me.

«Mi hai messo al mondo per sbaglio. Solo per farmi soffrire, era meglio se mi buttavi nel fiume. Per te ero solo un peso, avrei voluto ucciderti!»

Lei sta per redimere i suoi peccati e anche i tuoi.

Sono eccitato come un ragazzino al primo appuntamento.

Mi siedo su un masso fuori dal casolare e osservo la natura, è splendida.

Stringo una lattina di birra tra le mani. La porto alla bocca e sento il liquido correre giù nello stomaco. Provo un brivido di piacere lungo la schiena.

DODICI

Non era riuscita a prendere sonno e aveva trascorso la notte vagando per casa alla ricerca di una spiegazione.
Monique non si perdonava quello che era accaduto a Melissa.
Nemmeno la respirazione profonda e il training autogeno avevano sortito effetto. Così, poco prima dell'alba, era uscita per recarsi al centro, lì avrebbe trovato un po' di serenità.
Si era seduta sul tatami in uno stato di sconforto, sperando che la meditazione le giovasse. I pensieri giunsero puntuali. Lei li accolse e li osservò come se non le appartenessero. Si sentì subito meglio.
Omar quella mattina era arrivato prima del solito e approfittando del fatto che il centro non aveva ancora aperto, si era intrufolato di soppiatto nella sala e la stava osservando da un po', sperando si accorgesse della sua presenza. Monique, distesa nella posizione del cadavere, aveva raggiunto uno stato quasi catatonico. Quando il giovane uomo, stanco di attendere, si avvicinò e si stese accanto a lei, stringendole una mano, Monique trasalì.
«Cosa ci fai tu qui? Non devi disturbarmi durante la pratica e qui dentro non ti è permesso entrare.» lo ammonì con tono severo.

Omar non rispose subito, si sollevò da terra e la accarezzò con lo sguardo.

«Io volevo solo stare con te, mi sei sembrata un po' a terra e così... volevo dirti che...» Si avvicinò a lei, la strinse a sé e la baciò sulla bocca. «Io... ti amo.»

Monique si sottrasse all'abbraccio e si alzò. Sul viso le si disegnò una smorfia di disgusto.

Uscì dalla sala senza commentare e si chiuse nel suo studio più sconvolta di prima.

Come ha osato, pensò sprofondando sulla sedia con i suoi ottanta chili.

Monique si era affezionata a Omar e aveva trascorso un po' di tempo con lui nei momenti liberi. Era timido e un po' emotivo, ma al centro aveva trovato la sua dimensione. Dopo averlo affiancato nei primi tempi, gli aveva affidato l'accoglienza, perché sembrava in gamba, era cordiale con le clienti e preciso nel lavoro.

Bevve un bicchiere di acqua e cercò di calmarsi. Aveva del lavoro da sbrigare prima dell'apertura. Doveva aggiornare il dossier con i dati delle iscritte e la loro anamnesi personale, informazioni delicate che per nessuna ragione dovevano uscire dal suo ufficio. Per questo le custodiva nel suo cassetto e in un file segretato nel computer. Stava per girare la chiave ed estrarre il fascicolo, quando la porta si aprì di colpo e Giada varcò la soglia con impeto.

La Damonte era entrata in contatto con il centro casualmente e, dopo aver conosciuto Monique, aveva accettato il suo invito a collaborare per assistere psicologicamente le vittime di abusi.

Monique, non appena la vide, ripose subito il dossier nel cassetto e lo chiuse con un colpo secco. Sembrava una bambina sorpresa a rubare la marmellata.

«Dio santo mi hai spaventata! Cosa ci fai qui?» protestò. Sulle guance si era dipinto un deciso rossore.

Giada non commentò, ma l'aggredì con tono deciso.

«Quando pensavi di dirmi che Melissa è scomparsa? L'ho saputo ieri sera da Anika.»

Monique sobbalzò.

«Sono sconvolta, non mi sembra ancora vero. Te l'avrei detto oggi, ma credimi non ho dormito tutta la notte, ieri è stata una giornata infernale. La polizia è stata qui, mi hanno fatto un sacco di domande. Io non posso crederci. Però tu potevi almeno bussare.»

Prima di parlarle Giada lanciò un'occhiata al cassetto, poi prese un profondo respiro.

«Sì scusa, sono distrutta anch'io, la notizia mi ha scioccata. Ma quando l'hai vista l'ultima volta ti è sembrata diversa?»

«No, anzi era molto tranquilla, io volevo accompagnarla perché Valerio non era venuto a prenderla, ma lei ha preferito uscire sola. Stava bene.» Si lasciò cadere con fragore sulla poltrona che scivolò all'indietro, battendo contro il muro.

Giada si sedette a sua volta, di fronte a lei.

«Forse è meglio se ci calmiamo, così non risolviamo nulla. Anika mi ha chiesto di andare in questura, vuole che le dia una mano. Al momento le ho detto che ci avrei pensato. Sono stanca e come sai ho una vita incasinata, ma si tratta di una persona che frequenta il centro e quindi non posso esimermi dall'aiutare nelle indagini.»

Monique la convinse a collaborare al caso, sperando in una favorevole e repentina conclusione. Il centro era troppo importante e un evento del genere avrebbe compromesso per sempre la sua reputazione.

***

Il pensiero di Monique non lo abbandonò per tutto il giorno. Perché era stato rifiutato? Omar era sicuro che il suo amore sarebbe stato ricambiato. Avrebbe voluto parlarle, ma quando si era avvicinato al suo studio, si era accorto che non era sola, così era tornato alla sua postazione.

Omar si occupava di ricevere le clienti, prendeva appuntamenti per le terapie individuali, organizzava la scaletta delle pratiche giornaliere con serietà e precisione. Ci teneva a essere un dipendente impeccabile, dal momento che quell'occupazione l'aveva salvato dalla strada.

Raramente si intratteneva con le clienti per futili motivi, si limitava a interloquire con loro solo per ragioni professionali.

Al Namasté vigeva la regola del silenzio quasi assoluto, come in un monastero buddhista; cosa che Omar apprezzava. Al centro aveva ritrovato la pace interiore, si sentiva protetto dal mondo esterno.

«Buondì Omar, tutto bene?» domandò Giulio entrando con passo felpato.

Il giovane, assorto nelle sue congetture, replicò alzando appena lo sguardo.

«Ah buongiorno dottore, sì tutto okay.»

«Non si direbbe. Sembri uno straccio. Dai sputa il rospo.»

«Sono solo stanco, ho dormito male.»

Giulio si avvicinò.

«A me non la dai a bere. Guardami.»

Omar non resse.

«Il corpo non mente. Dimmi cosa è ti successo. Posso aiutarti.»

«Adesso devo lavorare, magari un'altra volta.»

«Non mi sembri poi così impegnato, ma fa' come ti pare. Sai dove trovarmi.»

«D'accordo, grazie.»

Giulio lo salutò con la mano aperta e si avviò verso il suo studio.

Stava camminando con passo deciso, quando si trovò improvvisamente davanti a Ilaria, alle prese con lo smartphone.

«Cos'è, una scusa per venirmi addosso?» reagì lei sfiorandosi i capelli biondo cenere con una mano.

«Be', se cammini guardando il cellulare! Comunque è sempre un piacere vederti. Come stai?»

«Troppi casini e poi questa scomparsa...»

«Pensi ai danni d'immagine per il centro?»

«Secondo te!?»

«Ma no, non può essere stato qualcuno dei nostri e poi non è successo qui dentro.»

«Cosa ne sai tu? Sei appena arrivato, non conosci quasi nessuno, tranne Monique, me e... quella tua collega strizzacervelli.»

«La Damonte? Sì, quella stronza la conosco bene, è una gran figlia...»

«Ma cosa dici? Giada è deliziosa, tutti le vogliono bene e poi è una donna stupenda, o non è il tuo tipo?» lo stuzzicò Ilaria con ostentazione.

«Non me ne frega niente se ha due belle tette, è una bastarda e poi... lasciamo perdere.»

«Di me ti puoi fidare e poi quella sta sui coglioni anche a me.»

«Perché?»

«Così, quando una persona non mi piace, lo sento subito, questione di pelle e poi va d'amore e d'accordo con quella ebete di Monique.»

«La detesti proprio tua sorella!»

«Non è mia sorella, è la figlia di quel pirla che si scopa mia madre! Ma torniamo a Giada, so che hai lavorato con lei.»

Giulio guardò l'orologio, quel dialogo stava diventando ingestibile e sebbene la filosofia zen fosse l'ultimo dei suoi interessi, sapeva che al centro non si poteva parlare a voce alta.

Ilaria se ne guardava bene dal rispettare quella regola, le interessava solo il business, in quel contesto armonico, lei era una nota dissonante.

«Sì, anni fa, ma adesso devo andare, una cliente mi aspetta.»

«Okay dottore, corri, ma a me non la dai a bere: credo di sapere perché odi la Damonte. Ti aspetto più tardi a casa mia, così mi racconti tutto, e se ti serve una mano...»

Gli diede un bacio sulla bocca e sgusciò via.

Giulio la seguì con lo sguardo mentre si allontanava ancheggiando.

TREDICI

Giada, sebbene consapevole che si sarebbe lasciata coinvolgere più del necessario, alla fine aveva confermato la sua disponibilità a collaborare.

La scomparsa di Melissa era un mistero, più fitto della nebbia che quella mattina ostacolava la visibilità e rallentava l'andatura.

Entrò trafelata alla questura e salì di corsa le scale.

«Non ce l'ho fatta a venire prima, il traffico è impazzito questa mattina. Pavia sta diventando peggio di Milano. Ma spero di essere ancora in tempo per la riunione.»

Anika la salutò con una stretta di mano, lei non era solita abbracciare nessuno, neppure le amiche, ammesso che ne avesse.

Era una donna arrogante e aggressiva che non si faceva certo amare dai suoi collaboratori, ma sotto quella scorza nascondeva una profonda fragilità.

«Siamo nei guai e il tuo contributo è fondamentale. Prima della riunione dobbiamo parlare un po' noi due, da sole. Ti va un caffè?» le indicò il divanetto di fianco alla scrivania.

Giada sprofondò nei morbidi cuscini e al contempo tentò di recuperare il cellulare sepolto nella borsa che emetteva un fastidioso nitrito.

«Scusa, è mia figlia che mette queste suonerie. Devo rispondere, altrimenti non mi lascia in pace. Okay per il caffè.» Alzò la voce per sovrastare il suono.

La piccola voleva parlare con la mamma e Giada non la rimproverò per averla disturbata al lavoro. Samanta era la sua vita.

«Non le piace stare con la nonna, sapessi che tormento ogni volta…» si giustificò dopo aver riagganciato.

Anika le lanciò un'occhiata che non lasciava dubbi.

«Il caffè si raffredda» la esortò porgendole la tazzina e sedendosi accanto.

Lo bevve d'un fiato. Posò la tazza a terra con un gesto un po' brusco.

«Allora, veniamo al dunque. Cosa ti aspetti da me?»

«Che domanda? Sei o non sei una criminologa con una tesi di dottorato sui crimini a sfondo sessuale? Questo caso potrebbe rientrare nelle tue competenze.»

«Lascia perdere la tesi. Cosa ti fa pensare che si tratti di un crimine sessuale? Ancora non sappiamo se Melissa sia viva e non è detto sia stata rapita da uno stupratore. Anzi, magari è solo fuggita.»

«Non credo proprio, c'è una novità che non lascia dubbi.»

«Che avete scoperto?»

«Abbiamo trovato lo zainetto della vittima. Dentro ci sono i suoi effetti personali, tra cui anche il cellulare.»

«Dove?»

«Nel vialetto davanti al centro. Questo significa che chi l'ha presa, conosce le sue abitudini o addirittura…»

«È qualcuno che bazzica lì dentro.»

«Non possiamo escluderlo. Tu potresti aiutarci a scoprirlo. Chi frequenta il centro oltre alle iscritte? Ci sono dipendenti?»

«Gli operatori esterni, il maestro di meditazione, quello di reiki, l'insegnante di yoga, ma non credo possano essere coinvolti. C'è un dipendente che si occupa dell'accoglienza, un uomo con qualche problema di personalità, ma sembra a posto.»

Giada prese un profondo respiro e si appoggiò allo schienale.

Stava per aggiungere altro quando squillò il cellulare di Anika.

«Miller» rispose secca.

Deglutì per ricacciare il nodo che le serrava la gola. Pronunciò solo un sì greve, quasi un grugnito.

«È sparita un'altra donna» asserì con voce rauca «il padre ha denunciato la scomparsa qualche ora fa. Anche lei non è rientrata a casa, anche lei frequentava il centro Namasté!»

«Non è possibile!» replicò Giada posando le mani a coppa sul viso.

«Dobbiamo scoprire cosa accomuna queste donne, oltre il centro. E cosa c'è dietro a queste strane pratiche e alle sedute che si fanno lì dentro. Il colpevole è qualcuno che le conosce, forse c'è di mezzo l'esoterismo, la magia nera, che ne so.»

«Collaboro da anni con il Namasté e ti assicuro che la magia non c'entra. È solo un luogo dove donne abusate o maltrattate tentano di ritrovare un equilibrio interiore.»

«Be' allora dobbiamo per forza seguire questa pista, scavare a fondo nei loro trascorsi, sapere cosa hanno subito e da chi. Ma tu cosa volevi dirmi prima che suonasse il telefono?»

Anika si era seduta alla scrivania e fissava il monitor del computer.

«Aspetta, fammi pensare. Ah sì. C'è un altro psicologo che collabora con noi, Giulio Perrone, lavorava con me in ospedale, in passato abbiamo avuto dei contrasti.»

«Potrebbe averle rapite lui per farti un torto?»

«Non ho la sfera di cristallo, però il torto non lo farebbe a me, ma alla responsabile del centro.»

«Quella Monique, giusto? Tipa ambigua secondo Piras. Di lei cosa mi dici? Che rapporti avete?»

«Andiamo d'accordo su come procedere con le terapie, tutto qui. Lei è una donna chiusa, ha avuto una vita difficile e tuttora deve lottare con la sorellastra che le mette sempre i piedi in testa. Ilaria ha messo il capitale, quindi è lei decidere. Monique è stravagante, lo ammetto, anch'io a volte non riesco a leggerle dentro.»

Anika si era di nuovo alzata. Si passò le mani tra i capelli.

«Potrebbe nascondere qualcosa?»

«Non credo, a che scopo?»

«La tua espressione però dice l'esatto contrario. Se hai qualche dubbio, devi dirmelo, non dobbiamo tralasciare nulla, tutti potrebbero essere sospettati.»

Giada incrociò le braccia e sospirò.

«Sono solo congetture, magari ho travisato un suo gesto. Non mi sembra importante.»

«Lascia che sia io a deciderlo. Quale gesto, Giada?»

A questo punto decise di confidarle i suoi sospetti. Anika l'ascoltò con attenzione.

«Un fascicolo nascosto in un cassetto non mi sembra una prova, e non vedo il movente, ma a questo punto voglio andare a fondo e saperne di più su quel maledetto centro.»

«Ci vorrebbe una talpa. Magari una donna. Non hai un'agente che potrebbe ricoprire questo ruolo?»

«Sì, c'è una new entry alla omicidi, Maia Parodi, prima lavorava come fotografa alla scientifica, è ancora acerba, ma potrebbe fare al caso nostro.»

Diede una rapida occhiata all'orologio.

«È tardi, i miei ci stanno aspettando. Comunicherò loro le novità e dividerò i compiti. Andiamo adesso.»

La Miller subito dopo la convocò nel suo ufficio per darle direttive in merito al suo ruolo al Namasté.

Come al solito non la invitò a sedersi e, appena Maia varcò la soglia del suo ufficio, si avvicinò alla lavagna magnetica dove spiccavano le foto delle vittime.

«Siamo pronti per l'operazione sotto copertura. Oggi pomeriggio incontrerai la dottoressa Damonte per un colloquio informale. Dovrai sembrare a tutti gli effetti una cliente del centro, senza suscitare sospetti» esordì mettendosi a sedere.

«Voglio sapere tutto quello che succede dietro le quinte. Cerca di fare amicizia con le donne che lo frequentano, senza farti scoprire. Devi fare in modo di entrare in contatto con i dipendenti e gli insegnanti. Ti ho affidato questo incarico su consiglio della Damonte, dovrai essere all'altezza, e non ammetto errori. Ogni mattina pretendo una relazione scritta. Adesso puoi andare» concluse senza sollevare la testa dal fascicolo.

Maia non replicò, limitandosi a un semplice «Sì signora.»

Uscì con passo risoluto.

QUATTORDICI

Dopo una doccia, Maia si era seduta sul divano ad ascoltare un brano di Händel. Di solito la riconciliava con se stessa.
Paolo l'aveva invitata a cena per festeggiare il suo trasferimento nella squadra omicidi, una sorpresa, le aveva detto al telefono. In un primo momento aveva pensato di declinare l'invito, ma lui aveva già prenotato il ristorante e le era sembrato poco carino rifiutare. Il rapporto con il fidanzato negli ultimi tempi si era raffreddato. Forse lo amava ancora, ma quell'evento era stato uno tsunami per il suo equilibrio emotivo già precario.
Maia non aveva nessuno, a parte Paolo che oramai vedeva di rado e suo padre che purtroppo, dopo un tragico incidente in auto, versava ancora in coma vegetativo.
L'aveva ritrovato, casualmente un giorno fuori dalla questura, dopo tanti anni. Lei aveva sempre creduto che suo padre l'avesse abbandonata quando era ancora piccola ed era stata una lotta con se stessa riuscire a perdonarlo, ma dopo esserci finalmente riuscita, era accaduta quella disgrazia. Quando si recava nella sala di rianimazione, rimaneva a lungo accanto a lui, gli parlava, gli stringeva la mano, e qualche volta aveva notato una lacrima che gli solcava il viso. Secondo gli specialisti dell'ospedale Niguarda, dove era ricoverato, si trat-

tava solo di un riflesso neuronale, ma lei era convinta che lui fosse solo intrappolato in un limbo temporaneo, dal quale a fatica stava provando a emergere. Non poteva perderlo, non un'altra volta!

Guardò l'orologio alla parete: le diciannove e trenta, non era ancora pronta. Sbuffò.

Si fece violenza e andò a vestirsi.

L'inverno era ormai alle porte, anche se a lei importava ben poco. Per Maia era sempre inverno da quel giorno.

Le girava la testa, forse un calo di zuccheri, pensò aprendo l'armadio. Scelse il giaccone in finta pelliccia che aveva indossato solo un paio di volte. Vide spuntare un foglio dalla tasca, piegato in due. Appena lo aprì, il cuore accelerò i battiti, le sembrò di rivivere lo stesso dolore di quel giorno. Poi l'attacco fu violento.

I polmoni si chiusero e attorno a lei vide una piccola ombra che strisciava sulle pareti, gemendo. Sembrava il pianto di un bimbo. Chiuse gli occhi, ma continuava a vederla con gli occhi della mente, come se la perseguitasse.

«Non è reale, non è reale.»

Tuttavia la avvertiva dentro di sé. Un dolore lancinante all'addome le tolse il respiro. Stava soffocando. In ospedale, quando era stata dimessa, le avevano insegnato a combattere le crisi, un dolore scaccia l'altro, le aveva detto lo psicologo. Così ci provò. Picchiò un ginocchio sul mobile della camera e quasi non cadde. Annaspò ingoiando un'enorme boccata d'aria, poi cercò di respirare regolarmente.

L'ombra era sparita e con lei la paura.

Seduta sul pavimento controllò il respiro, sembrava aver ripreso regolarità. Il sudore le colava dalla fronte, il corpo era bagnato come dopo una doccia. Era trascorso un mese dall'ultimo attacco di panico, per cui pensava di esserne fuori. Si sentiva come una sopravvissuta a un terremoto. E ogni volta era sempre peggio. Lo psicologo le aveva lasciato il suo numero, esortandola a chiamarlo se avesse avuto bisogno, ma Maia non ne aveva voluto sapere. Doveva farcela da sola. Lei era una combattente e aveva imparato a nascondere le sue debolezze fin da bambina.

Si medicò il ginocchio ferito, poi zoppicando prese il cellulare per comporre il numero di Paolo, lui avrebbe capito.

Indugiò a lungo prima di chiamarlo, sapeva che Paolo non si meritava di essere messo da parte. Maia lo amava o almeno credeva, ma era certa di non potergli offrire nulla nelle condizioni in cui si trovava.

«Scusami, ma è stata una giornata terribile. Sono molto stanca, so che ci tenevi, ma non ce la faccio» buttò lì tutto d'un fiato, quasi per liberarsi di un peso.

Paolo le rispose in maniera tenera, come sempre, sebbene dentro ribollisse di rabbia.

«Non credo si tratti solo di stanchezza, è meglio parlarne a voce. Vedrai che ti farà bene uscire. Vengo a prenderti alle otto. Non vedo l'ora di vederti. Ti amo.»

Maia non ebbe il tempo di replicare.

Non c'era quasi nessuno nel locale, il loro tavolo era piuttosto defilato. Attorno, luci soffuse e candele profumate, un ambiente romantico che quella sera Maia apprezzò.

Paolo l'aveva accolta con un abbraccio, avrebbe desiderato baciarla, ma non osò.

«Mi sei mancata» le sussurrò avvicinando il bicchiere al suo.

Maia bevve il suo vino tutto d'un fiato e subito dopo se ne versò un altro bicchiere.

«Ehi, vacci piano, a stomaco vuoto ti andrà alla testa.» Le sorrise per sdrammatizzare. Poi continuò prima che Maia potesse giustificarsi.

«Raccontami del nuovo lavoro. Come ti trovi alla omicidi?»

Il vino rosso era scivolato giù lungo lo stomaco dandole un senso di euforia.

«È un po' presto per dirlo, ma non mi dispiace. Se non fosse per quella stronza tedesca, sarei anche soddisfatta. Per fortuna oggi ho conosciuto Giada, una profiler esterna. È una psicologa e lavora al centro, dove sono sparite le due donne.»

«Caspita, che coincidenza. Ma che tipo è?»

«In senso fisico intendi?»

«In generale, mi hai incuriosito, forse perché non ho mai conosciuto una strizzacervelli. Che ne sai, magari ne ho bisogno» ridacchiò tra sé.

«Io non la butterei sul ridere, tutti ne avremmo bisogno. In ogni caso, visto che sei curioso, è una donna avvenente. Quanto al resto, la conosco ancora poco, ma si capisce che è una tosta e sa il fatto suo. A pelle mi piace.»

«Anche tu non sei una sprovveduta. A proposito, quale sarebbe il tuo compito?»

«Dovrei fare indagini, ma sono l'ultima arrivata e devo imparare. La profiler però ha suggerito alla Miller di farmi introdurre nel centro sotto copertura. La cosa mi spaventa, ma allo stesso tempo mi alletta. È un mistero: due donne della stessa età, rosse di capelli e in carriera. Hanno molte cose in comune, oltre al Namasté.»

Paolo sorseggiò il suo vino.

«Sì, hai ragione, forse chi le ha rapite le conosce. Magari ha a che fare con quel centro. Ma cosa fanno lì dentro?»

«Per quel che ne so, è un luogo frequentato da donne che hanno subito violenza, fisica e psichica. Cercano di aiutarle con pratiche orientali e psicoterapia. Per fortuna esistono questi posti, altrimenti per molte sarebbe la fine. Hanno paura di denunciare chi le maltratta e addirittura spesso lo difendono.»

«E dove si trova questo centro?»

«Nel quartiere QT8, una zona periferica. Domani dovrò andarci con Piras, l'ispettore capo, a interrogare i genitori di Marika, la seconda vittima.»

«Stai facendo passi da gigante, tra non molto sarai una detective in gamba. Devo chiamarti Sherlock o la signora in giallo?» sogghignò.

«Se avevi intenzione di prendermi per il culo, potevi evitare di invitarmi a cena.» Maia si irrigidì gettando il tovagliolo sul tavolo con un gesto brusco.

«Scusami, scusami, sono un idiota. Non volevo offenderti. Sai che ti amo. Non buttiamo a mare la serata per una stupida battuta.» Cercò la sua mano.

Maia lo lasciò fare e gli sorrise.

Nel frattempo il cameriere stava portando le loro ordinazioni.

«Va bene lasciamo perdere, dai. E tu cosa mi racconti? Come vanno le formule per il nuovo farmaco?» domandò Maia, assaporando il suo risotto al tartufo.

«Fammi la domanda di riserva che è meglio!»

«Qualcosa non va in laboratorio?» Maia corrugò la fronte.

«Niente di particolare, solo che sono un po' stressato. Vorrei avere una vita più tranquilla, o forse sto invecchiando.» Sospirò, arrotolando gli spaghetti sulla forchetta.

«Non solo tu.»

Maia si versò dell'altro vino.

«C'è un momento nella vita in cui bisogna avere il coraggio di prendere decisioni importanti.»

Maia lo osservò con la forchetta a mezz'aria.
«Per esempio?»
«Quelle che possono cambiarti la vita.»
«Non mi sembra il momento adatto per parlare di noi. Conosci i miei problemi e sai che non sono pronta per un passo del genere.»
«Non ti ho mica chiesto di sposarmi, ma non possiamo continuare così. Io ho bisogno di te e vorrei tu mi capissi. Sono stato paziente, ma adesso...»
«Adesso sei qui per mettermi alle strette, giusto?»
«Non si tratta di questo, vorrei solo chiarire le cose. Hai intenzione di stare con me o no?» sbottò per non essere di nuovo interrotto.
Maia aveva appoggiato la forchetta sul tavolo e si stava alzando, quando Paolo la prese per un braccio trattenendola.
«È troppo comodo scappare di fronte alle responsabilità, affronta questo problema una volta per tutte. Se non mi ami, dillo e basta, non ti cercherò più.»
«Allora non conto poi molto» gli rispose con gli occhi lucidi.
«Proprio perché ti amo ti lascerei andare, se è quello che desideri. L'amore è libertà di scelta e non attaccamento. Devi guardare dentro te stessa e capire quello che vuoi.»
«Devi darmi tempo.»
«Mi sembra di avertene dato anche troppo. Adesso vorrei delle risposte.»
«Di quelle proprio non ne ho.»
Maia abbassò lo sguardo sul piatto. Il riso era ormai freddo e aveva perso l'appetito.

QUINDICI

La strada era poco illuminata e deserta. Solo in poche case le luci erano accese, sembrava un quartiere dormitorio di lusso quello dove viveva la famiglia Ravasi.

Piras individuò subito la loro abitazione, una palazzina piccola con ingresso indipendente e un porticato rischiarato da una lampada vecchio stile. Si distingueva una sagoma in movimento nel soggiorno. Parcheggiarono l'auto proprio di fronte all'ingresso.

Maia prese il taccuino rilegato appoggiato sul sedile posteriore, uscì dall'auto e respirò a fondo, avvertì l'aria fredda penetrarle nei polmoni.

Si avvicinò alla porta con le gambe tremanti, esitò qualche istante prima di bussare.

La Miller durante la riunione le aveva ordinato di recarsi con Piras a interrogare i genitori di Marika, esortandola a presentarsi per prima. Doveva muovere i primi passi «sul campo».

Forse l'influenza di Giada l'aveva ammorbidita un po'.

Venne ad aprire un signore distinto. Maia si qualificò mostrando il distintivo e presentò il suo collega che era rimasto un po' defilato.

La mamma della ragazza era china sul bordo del divano

con le mani tra i capelli. Sul tavolino di fronte, ingombro di lattine, Maia notò un posacenere straripante di mozziconi.

Quando i due agenti la salutarono, alzò appena il viso, mostrando due profonde occhiaie, tipiche di chi non dorme da giorni. Sembrava molto più vecchia della sua reale età.

«Angela è sconvolta, come potete immaginare» esordì il suo compagno, invitando i due agenti ad accomodarsi.

«Tutta la nostra comprensione. Non ci vorrà molto.»

Piras si rivolse ad Angela con un sorriso.

«Le sembrerà una domanda sciocca, ma ha contattato gli amici di sua figlia?»

«È la prima cosa che ho fatto, ispettore, ho chiamato le amiche e le sue colleghe, ma nessuno l'ha più sentita da quella maledetta sera che...» La voce le tremò e non riuscì a terminare.

«Avete ricevuto qualche strana telefonata?»

«No, nessuna finora. Non pensi a un riscatto perché noi non siamo ricchi. Non capisco proprio cosa possa essere successo.»

Maia era seduta accanto alla madre che continuava a piangere. Era giunto il momento di prendersi qualche spazio. Le posò una mano sulla spalla, prima di intervenire.

«Ha un fidanzato?»

«Che io sappia no. Marika è una ragazza chiusa, non ha molti amici» sospirò, mentre con mani tremanti si accese l'ennesima sigaretta.

«Che rapporti ha con Melissa?»

«Pensate che il fatto che frequentassero entrambe il centro significhi qualcosa? Perché l'ho convinta io ad andare in quel posto» sussultò tra i singhiozzi.

«Perché ha voluto che sua figlia lo frequentasse?»

La donna si asciugò le lacrime e rispose con tono contrariato.

«Stava attraversando un momento difficile, quando io e mio marito ci siamo separati, era... un po'... depressa, così ho pensato che le avrebbe fatto bene.»

«Ed è stato così?»

«Sì, da quando andava al centro stava meglio, era più serena.»

«A casa sua avete notato qualcosa di diverso dal solito? Mancano vestiti o altri effetti personali?»

Il compagno di Angela rispose con tono deciso stropicciandosi le mani.

«No, non manca niente, abbiamo controllato e comunque se pensa che Marika possa essere fuggita, si sbaglia di grosso. Lei non farebbe mai una cosa del genere e poi non ce ne sarebbe ragione. Ogni volta che si sposta per lavoro ci informa subito. È molto legata a noi.»

«Per esperienza non sempre i figli sono sinceri con i genitori, magari è successo qualcosa al lavoro o ha conosciuto qualcuno. Vostra figlia ha un ruolo importante, può aver avuto qualche dissidio con i suoi collaboratori?»

Angela rispose tra un fiume di lacrime.

«La mia bambina va d'accordo con tutti. Lei... lei è un angelo. Le vogliono tutti molto bene.»

Maia, che stava prendendo appunti, incrociò lo sguardo del collega quasi per dissentire dal tono delle sue domande e tentò di correggere il tiro.

«Mi perdoni signora, dalle nostre ricerche risulta che sua figlia sia una manager che trascorre la maggior parte del suo tempo in ufficio e che abbia un incarico notevole. Marika le ha mai raccontato di qualche collega geloso della sua posizione prestigiosa o dei suoi incarichi?»

Angela si alzò in piedi.

«Mia figlia non litiga mai con nessuno, nemmeno al lavoro. Ma perché siete qui a chiedere queste cose e non fuori a cercarla?» proruppe ricadendo poi sul divano con un tonfo e asciugandosi gli occhi con un fazzoletto sdrucito.

Maia non commentò. Un calore le incendiò le guance come un fuoco.

«Altri agenti la stanno cercando, noi dobbiamo capire le abitudini e conoscere le amicizie di sua figlia per poterla ritrovare. Ora togliamo il disturbo. Le chiedo solo se poteste fornirci una foto di Marika, meglio se recente» continuò Piras con delicatezza.

L'uomo si avvicinò alla credenza e prese una busta da un cassetto che conteneva diverse foto di Marika.

«Questa va bene?» Porse una foto all'ispettore in modo flemmatico, quasi non fosse convinto di quello che stava per fare.

Piras la prese e la osservò a lungo.

«Grazie per la collaborazione. Faremo il possibile per trovarla.»

SEDICI

Nel corridoio non volava una mosca e perfino De Rosa aveva perso la voglia di scherzare. Due donne sparite in pochi giorni, nel medesimo modo, e che frequentavano lo stesso centro, avevano causato avvilimento tra gli agenti, ma nello stesso tempo, accresciuto la loro determinazione.

Anika guardò con un senso di colpa il mucchio ordinato di fascicoli che occupava un angolo della scrivania. C'erano tre scippi, una rissa del sabato sera in un bar, un'aggressione fuori dalla metropolitana con tentato stupro, un omicidio per rapina, una retata per possesso di droga.

Ma il dossier che le era appena stato consegnato dalla Postale con la copia forense dei pc e degli smartphone delle due donne, era troppo importante.

Si versò il quarto caffè della mattinata, prese qualche sorso dalla tazza bollente scottandosi le labbra. Era amaro, ma andava bene lo stesso.

Si lasciò cadere sulla sedia, esausta. Stringeva con entrambe le mani la tazza con un grosso cuore al centro e una scritta: «Migliore mamma del mondo», un regalo delle figlie. Per un attimo il pensiero andò a loro. A quello che la vita gli avrebbe riservato. Al posto delle due ragazze scomparse un giorno sarebbe potuto capitare alle sue bambine. Scacciò quel tremendo pensiero scuotendo il capo e schizzandosi la camicetta con il caffè.

Aprì un cassetto, prese le foto e le osservò una per una, ricordando i momenti in cui erano state scattate: la festa di compleanno, la vacanza al mare, la prima volta in campeggio…
   Rimosse d'impeto quelle sensazioni, non era solita lasciarsi sopraffare dall'emotività.

Aveva imparato fin dai tempi della scuola di polizia che la vita personale non deve interferire con quella professionale, altrimenti non ne scaturisce nulla di buono e applicava quella regola con teutonica fermezza.

Ripose le foto nel cassetto, non c'era tempo da perdere.

Le due donne rapite sembravano fissarla dalle immagini fissate alla lavagna.

Dopo un profondo respiro si rimise al lavoro.

Melissa non possedeva un computer, o almeno non era stato trovato nella sua abitazione. Sullo smartphone non c'era nulla di utile per le indagini. La donna non lo utilizzava molto per navigare, salvo qualche ricerca su cinema o mostre in città e le previsioni meteo. Ricorrenti le telefonate al fidanzato e i messaggi su WhatsApp. Amici in chat ben pochi, qualche emoticon divertente su Messenger, profilo Facebook scarno, post recenti nessuno. Nulla di attinente alla sua frequentazione del Namasté o di particolare interesse verso le discipline orientali.

Marika, al contrario, possedeva un pc il cui hard disk era ricco di dati.

Navigava moltissimo soprattutto su Wikipedia con ricerche su pratiche orientali, reiki e shiatsu. Frequenti le visite a siti web esoterici e new age, da vera appassionata.

Nei file di testo nulla di notevole, qualche riflessione personale, poesie e brani di Rabindranath Tagore e altri poeti indiani.

Nei file audio, brani musicali new age, video di tecniche meditative, training autogeno, Qi Gong, medicina cinese.

Infine, nei file fotografici, non c'era alcun album personale, solo immagini sulla natura e paesaggi al limite della realtà. Purtroppo nulla che potesse aprire una breccia.

«C'è qualcosa di interessante lì dentro?»

Anika sollevò lo sguardo e si trovò di fronte Piras che la fissava, forse da un po'.

«Sai che odio quando entri in questo modo. Non sei più a Cagliari e vorrei che la smettessi con questo atteggiamento. Mi dà sui nervi» sbottò lanciandogli un'occhiataccia.

«Sapessi quante cose danno sui nervi a me. Comunque volevo solo sapere se ci sono novità sull'analisi dei computer.»

Anika abbassò lo sguardo sui documenti e scrollò il capo.

Piras si accomodò sul divanetto di pelle nera accanto alla scrivania, appoggiando la schiena sui cuscini.

«Devi dirmi altro?» lo sollecitò la Miller, picchiettando un piede sotto la scrivania.

Umberto si alzò di scatto e si avvicinò a lei. La fissò dritto negli occhi.

«Ascoltami bene, di solito un commissario collabora con i suoi, cosa che tu non stai facendo. Forse in Germania non usa così, ma qui non siamo a Berlino. Se vuoi il nostro aiuto, devi comportarti in maniera civile. Il tuo atteggiamento non paga.»

«Io non capisco cosa vuoi da me. In ogni caso devi portarmi più rispetto. Adesso se hai qualcosa di importante da dirmi sono qui, altrimenti lasciami lavorare in pace.»

«Il rispetto deve essere reciproco. Anch'io ho da fare. Quello che ho da dire, te lo puoi leggere nella relazione scritta.»

Uscì sbattendo la porta.

Anika non ebbe il tempo di controbattere alle sue parole. Presa dalla rabbia, picchiò un pugno sulla scrivania. Non era abituata a essere trattata in quel modo.
Compose con impeto il numero di Maia.
«Voglio quella relazione qui sulla mia scrivania. Adesso. Chiaro?»
Poi scaraventò la cornetta sul ricevitore e si abbandonò sulla sedia.

DICIASSETTE

«Aiuto!» Grido a pieni polmoni, ma non ho più aria.
Devo stare calma o impazzisco.
Forse sono già pazza. Sono sola? Eppure prima mi è sembrato di sentire una voce di donna.
No, non c'è nessuno. Forse si è trattato di un sogno.
Mi fa male la testa, mi sento sospesa sull'orlo di un abisso.
Non devo perdere il controllo.
Sto pensando ad alta voce, o sto delirando? Mi sembra di soffocare, una marea nera mi sta inghiottendo.
Devo respirare profondamente, come mi ha insegnato il maestro.
Ma non è tanto semplice farlo qui. Il mio corpo sta tremando.
Ho freddo, o forse è il terrore a darmi questa sensazione?
Ma dove sono finita?
Come sono arrivata qui dentro?
Se mi sforzo di ricordare, qualcosa mi torna in mente.
Sì, quella mano sulla bocca, mentre stavo andando a casa. Era molto tardi quando sono uscita dall'ufficio, ma non avevo paura. Il maestro dice che la paura si vede dall'esterno, e attira le negatività.

Sono rimasta al lavoro fino a tarda ora anche quella sera. Forse lui mi aspettava davanti a casa.

Devo svegliarmi, magari è solo un sogno.

Sospiro e mi passo la lingua sulle labbra aride. Ho sete e una strana sensazione allo stomaco.

Quello che conta è che sono ancora viva. Uscirò da questo buco.

C'è una porta che cigola. Mio Dio! Non controllo più i muscoli. Sto per farmela addosso. Qualcuno sta entrando.

Non voglio morire, non voglio morire.

I passi lenti, strascicati.

Non riesco più a muovere neanche le dita.

Cos'è questa cosa calda sulla faccia?

Sento il sangue scorrere nelle vene. Mi fa venire il vomito.

Lui è qui accanto a me.

«Ciao Marika, sono venuto a farti compagnia, non mi andava di lasciarti tutta sola. Non devi avere paura, devi solo fare la brava e andrà tutto bene.»

«Chi sei? Cosa vuoi?»

«Ehi, fai troppe domande piccola ribelle, tu non devi mai chiedere niente, ma solo rispettare le regole. Ti dirò io quali e tu dovrai obbedire. La Numero Uno non è stata tanto buona con me, ha provato a scappare, ma da qui non si può fuggire. Tu sei la Numero Due e voglio che ti comporti meglio. Sei anche più grande di lei.»

Ho la lingua così secca da non riuscire a parlare.

«Cosa significa Numero Due?» farfuglio.

«Prova a pensarci…» mi bisbiglia in un orecchio.

«Ma adesso lei… dove…?» domando con un lamento.

«Lo saprai molto presto, quando la raggiungerai. Dimenticherai quello che ti ha fatto tua madre, io so che tu la odi. Per questo te ne sei andata. Ma anche tu non sei meglio di lei. Vero Marika? Sei cattiva, cattiva. Ma ti salverai.»

«Mia... mia madre? Salvarmi? Da cosa?» strillo con la forza rimasta.

«Non gridare, tanto non ti sente nessuno. Nel bosco ci sono creature innocenti e non possono entrare in contatto con te, perché tu non sei pura. Solo quando avrai lavato i tuoi peccati, potrai vederle.»

«Adesso devo andare, sai oggi ho avuto molto da fare con la Numero Uno e devo riposare. Ti porterò qualcosa da mangiare più tardi.»

Mi dà un bacio sulla bocca senza che io possa fermarlo ed esce sprangando la porta, poi sale le scale canticchiando.

Io voglio uscire di qui! Grido forte, forse qualcuno può sentirmi.

Sono soddisfatto. La Numero Uno ha espiato i suoi peccati.

Stappo una birra e mi siedo sulla poltrona a dondolo, devo riposarmi. È piacevole adesso rivivere quei momenti, ma non è stato facile come avevo immaginato. Quando sono sceso da Melissa ero un po' nervoso, del resto è il mio primo elemento, con il tempo andrà meglio.

Lei però mi ha aiutato senza volerlo, sì, mi ha implorato di darle da bere. Io mi sono avvicinato con un bicchiere, quando Melissa ha tentato di prenderlo mi sono allontanato.

«Hai sete? Lo so che vorresti bere subito, ma devi meritartelo. Ti darò solo una goccia per ora» le ho detto.

Poi mi sono chinato su di lei e le ho dato un po' d'acqua con la cannuccia. Ha succhiato con avidità, poi ha fatto una smorfia, credo per il sapore dell'acqua. Dentro avevo aggiunto il Valium.

«Va meglio adesso, vero? Tra poco te ne darò ancora» le ho sussurrato con una carezza.

Melissa ha cercato di sfuggirmi, ma oramai era senza forze.

Quando gliene ho data ancora, ha girato la faccia dall'altra parte, ma l'ho bloccata e costretta a bere.

Poi con un filo di voce ha supplicato l'amica.

«Marika aiutami, ti prego…»

«Lo sai che non può sentirti. Adesso bevi, poi starai bene. Vedrai, ti piacerà fare l'amore con me» le ho bisbigliato passandole la lingua sull'orecchio.

Ha provato a gridare e a divincolarsi, ha tentato pure di mordermi prima di lasciarsi andare. Non so quanto sia durata la sua resistenza, ma mi è sembrata un'eternità. Poi finalmente senza forze, si è accasciata.

L'ho presa tra le braccia e l'ho portata su. L'ho spogliata e mi sono steso accanto a lei. Le ho accarezzato il viso, il collo, le spalle, poi le ho baciato il seno con passione e sono sceso più giù. Melissa era ancora sveglia, ma la sua coscienza era oramai annebbiata, capiva quello che stavo facendo, sentiva le parole sconce che le dicevo mentre ero dentro di lei, ma non poteva reagire. Aveva tentato di sfuggirmi, ma il suo corpo era come bloccato in un limbo, i movimenti scoordinati, i muscoli non rispondevano più ad alcuno stimolo. La sua paura mi eccitava, poi l'ho posseduta a lungo, per abbandonarmi finalmente all'onda piena e intensa che ha travolto la mia mente e il mio pensiero.

Dopo l'ho pulita con un panno bianco, l'ho avvolta in un accappatoio e le ho tolto lo smalto rosso dalle unghie.

Non mi piacciono le donne con le unghie laccate, sono sporche.

Le ho messo una tunica bianca e le ho fatto un po' di foto.

A quel punto era già nel mondo dei sogni. È stato facile avvolgerle una candida sciarpa in seta attorno al suo esile collo e stringerla forte.

Poi ho messo il corpo nel bagagliaio del furgone. C'era nebbia, ma io conosco ogni curva di quella strada sperduta. Mi sono fermato in una radura, un posto dove non va mai nessuno.

L'ho trascinato fino al fiume. Mi sono seduto sull'argine e ho aspettato fino a quando le acque, illuminate dalla luna piena, lo hanno avvolto in un soffice abbraccio.

Adesso è tornata alla fonte dell'esistenza, dove non esiste peccato e sarà pura e limpida come un essere di luce.

DICIOTTO

Fece appena in tempo a suonare il clacson all'impazzata imprecando contro l'autista che con un sorpasso azzardato l'aveva quasi spinta sul guardrail.

Giada cercò di ritrovare la calma. Il traffico per fortuna era scorrevole.

Ripensò alle donne scomparse. Cosa le accomunava oltre il fatto di frequentare il Namasté? Erano entrambe giovani, avvenenti, fulve e in carriera. Un punto di partenza su cui concentrarsi per stilare un profilo.

In ogni caso era necessario indagare sul loro passato, capire perché frequentassero il centro.

«Giovanna non fa che chiedere di lei dottoressa, sta dando i numeri, deve dirle qualcosa di urgente» la fagocitò l'infermiera appena salì le scale.

Giada si bloccò senza risponderle e appoggiò la valigetta a terra.

«Si sente bene?» domandò la giovane infermiera.

Temporeggiò tentando di ricomporsi.

«Sì Laura, non ti preoccupare, sono solo un po'… non importa. Vado subito da lei» replicò dileguandosi per il corridoio.

Laura la rincorse con la con la valigetta, ma Giada si era già volatilizzata.

«Eccomi cara, sono corsa subito da te!» annunciò entrando nella camera della paziente.

Giovanna, seduta sulla poltroncina, le dava le spalle e sembrava assente.

«È troppo tardi ormai» rispose senza distogliere lo sguardo dalla finestra.

«Troppo tardi per cosa?» replicò Giada, ruotando la poltrona verso di sé e guardandola negli occhi.

«Per salvarla. Ma forse sei ancora in tempo per liberare l'altra. Devi fare presto. Manca poco.»

«Cosa stai dicendo?»

«Io ho visto, tutto. Lei è in acqua.»

Giada era una scienziata e non poteva dar credito alle allucinazioni di una paziente, tuttavia la assecondò.

«Quale acqua? Lago, mare, fiume?»

«È un bel posto, c'è un casolare nel verde, lei è vestita di bianco.»

«Hai visto anche dove si trova?»

«C'è un bosco molto fitto, lei è nascosta in un posto buio. Dovete fare presto. Adesso voglio andare a letto, sono stanca.»

Giada l'aiutò a stendersi e le rimboccò le coperte.

Sarà una delle sue visioni, anche se è una strana coincidenza, pensò mentre il *bip* del cercapersone la distolse da un dubbio che stava nascendo dentro di lei.

La sottile pioggia caduta per ore aveva impregnato il vialetto lastricato, rendendolo scivoloso.

Giada stava pensando se fosse stato il caso di informare Anika delle strane parole di Giovanna, ma poi non diede seguito ai suoi dubbi, perché Anika le avrebbe detto che si trattava solo di una vecchia pazza, e tutto sommato non ci credeva nemmeno lei. Quando salì in auto, scagliò la valigetta sul sedile posteriore, la borsa su quello del passeggero e avvertì una stretta alla gola.

I ricordi stavano irrompendo negli angoli oscuri della sua anima come onde minacciose.

La nausea salì dallo stomaco fino alla bocca, mentre le parve di scorgere un'ombra tra gli alberi.

Percepì quell'ombra come una presenza silenziosa, ma avversa. Le sembrò di udire le grida soffocate di una giovane donna. Appoggiò la testa al volante.

Sobbalzò sentendo bussare a un finestrino. D'istinto fece per abbassarlo, ma si accorse di non aver avviato il motore. Aprì la portiera e riconobbe una paziente che si stava chinando verso di lei.

«Dottoressa, si sente bene?»

«Sì, è tutto a posto. Sono solo stanca.»

«È sicura di poter guidare? Ha tanta strada da fare e sta piovendo ancora.»

«Non si preoccupi, mi sento già meglio. È solo un calo di pressione» la rassicurò, cercando di mostrarsi più lucida.

Accese il motore con una manovra svogliata. La donna la seguì con lo sguardo fino a quando la macchina scomparve dietro la curva.

Guidò con andatura di crociera, si sentiva intontita, la testa ovattata, come sotto l'effetto di un ansiolitico.

Inquadrò la cancellata di un cimitero. Un uomo camminava lento tenendo con una mano un ombrello aperto e nell'altra un mazzo di fiori.

Tristezza e rabbia lottavano dentro di lei, le mancava l'aria.

Aprì il finestrino e lasciò che le gocce aderenti alla carrozzeria invadessero gli interni.

Il suono del telefono la fece sussultare. Arrestò di colpo il veicolo e con la mano destra tastò nella borsa.

Il verso ostinato del gabbiano la irritò. Odiava quelle suonerie, ma non poteva cambiarle, avrebbe scatenato i capricci di Samanta.

Quando finalmente lo trovò, smise di suonare. Guardò il display. Non aveva voglia di rispondere. Lorenzo poteva anche aspettare.

Riprese a guidare con ritmo più sostenuto. Schivò le pozzanghere con manovre a zig zag, una valvola di sfogo che sembrò funzionare.

Era a pezzi, quel giorno era accaduto di tutto alla clinica. Giovanna era stata sull'orlo di una crisi, aveva perfino tentato di andarsene, colpendo con pugni e calci le porte bloccate. Era stata costretta a legarla al letto fino a quando il farmaco aveva avuto il suo effetto. Un altro paziente con depressione maniacale aveva cercato di uccidersi bevendo un detersivo che, non si sa come, era finito nel bagno della sua camera. Infine una ragazza anoressica aveva aggredito un operatore durante il pranzo.

Le sue giornate erano impegnative e anche quando non andava al Namasté, arrivava tardi a casa, complice il traffico sulla statale. Ogni giorno il percorso da Trovo, dove risiedeva, fino a Milano la sfiniva, ma il lavoro in clinica era troppo importante per lei.

Quando aprì la porta di casa e vide la piccola correrle incontro, la prese tra le braccia inondandola di baci e la fece piroettare più volte.

«Mi gira la testa, mettimi giù» urlò Samanta picchiando i pugni sulla schiena.

«Scusami gioia. Mi sei mancata.»
«Mi sa che faresti meglio a prenderti una pausa dal lavoro, ne hai davvero bisogno. Io devo andare» sbottò la madre già pronta per uscire.

Giada non raccolse la provocazione. Cercò lo sguardo complice della figlia, che nel frattempo si era seduta davanti alla tv a guardare i Pokémon, pensando che avrebbe fatto volentieri a meno dell'aiuto di sua madre, ma purtroppo non aveva altra soluzione.

Il suo ex marito, Luca, non era infatti un buon esempio da seguire per sua figlia, per questo non desiderava lasciarla troppo con lui, ma Samanta lo adorava, soprattutto per il suo modo di comportarsi, quello di un bambinone mai cresciuto che andava incontro al mondo sorridendo. Era stato proprio questo atteggiamento burlesco e ribelle che l'aveva fatta innamorare di lui, ma anche il medesimo che aveva poi condotto alla rottura.

Così aveva preferito crescere sua figlia da sola, era stata dura e purtroppo non aveva potuto fare a meno dell'aiuto di sua madre, sebbene detestasse affidarle la bambina. Ma che alternative aveva?

Ora c'era Lorenzo, un uomo con qualità opposte a quelle di Luca. Giada viveva un conflitto interiore senza via d'uscita. Se avesse accettato Lorenzo nella sua vita, lui si sarebbe occupato della bambina. Con la sua professione, poteva gestirsi il tempo libero e lei si sarebbe svincolata dalla madre, ma questo avrebbe implicato una scelta di vita per la quale non era pronta.

Professore di filosofia in un liceo di Pavia, Lorenzo viveva per i suoi libri, trascorreva ore rintanato nel suo studio a leggere e scrivere, al riparo dalle brutture del mondo.

Giada si sentiva compresa e coccolata: con lui era un ritorno al focolare, al calore di una casa, di una famiglia che non aveva mai avuto, sebbene facesse di tutto per contrastare queste sensazioni. Temeva di farsi trascinare in una relazione troppo stretta per la quale non era ancora pronta e forse non lo sarebbe mai stata.

Allontanò dalla mente quelle riflessioni e dopo una cena frettolosa si coricò. Quella notte erano altri i pensieri che le avrebbero tolto il sonno.

DICIANNOVE

Continuava a girare e rigirare le pagine del fascicolo sulla scomparsa di Melissa e Marika, un puzzle incompiuto di frammenti, tante tesserine che non si incastravano tra loro.

Le indagini erano a un punto morto, gli interrogatori non avevano aperto alcuno spiraglio. Entrambe le vittime erano persone comuni, non avevano nemici, nessuno poteva aver avuto interesse a rapirle. Non c'era stata alcuna telefonata, nessuna richiesta di riscatto, nessun movimento sospetto sul conto corrente.

Anika ebbe un capogiro e per un istante le sue certezze vacillarono. Di norma aveva sempre il controllo della situazione, sia nelle indagini, sia nella vita privata, seppur minima.

Il trasferimento da Berlino a Milano e l'incarico alla squadra omicidi avevano influito sul suo equilibrio psicofisico. Il rapporto con il marito, che l'aveva raggiunta dopo un anno, si era incrinato. Lui la accusava di trascurare la famiglia, soprattutto le due figlie adolescenti, delle quali si occupava Helena, una giovane donna ucraina, sempre disponibile e premurosa. Senza di lei sarebbe crollata.

Fin dai primi anni di matrimonio, Anika aveva anteposto a tutto il resto la carriera, da classica donna abituata al comando, aggressiva e intollerante con tutti.

L'unica persona con cui aveva instaurato un rapporto alla pari era Giada. Si lasciò cadere sulla sedia, sopraffatta dalla disperazione che affligge gli ispettori di polizia quando si rendono conto di non avere collegamenti per risolvere il caso. Nessuno che ha aveva visto nulla, nessuna telecamera di sorveglianza, nessun sospettato, o meglio nessuna prova o indizio che portasse a un sospettato.

Avevano scandagliato nella vita di tutti, non ultimo il padre di Marika. Secondo Piras, lui avrebbe potuto far sparire la figlia per vendicarsi di Angela che l'aveva lasciato per l'attuale compagno. Marika amava suo padre e non vedeva di buon occhio il nuovo compagno della madre. Sembrava che Marika frequentasse il centro per superare quel trauma, ma questa ipotesi non convinceva Anika. Poteva trattarsi di un rapimento a sfondo sessuale, ma al momento non c'era ancora un profilo chiaro del criminale.

L'unica certezza era che non avevano ancora piste sicure da seguire. Le sembrava di aver rispettato le procedure alla lettera, di aver fatto tutto quello che viene richiesto a un commissario, senza risultati.

Posò entrambe le mani sullo stomaco per lenire una fitta al plesso solare. Una donna granitica come lei non poteva farsi sorprendere così dall'ansia. Si alzò di scatto e rivolse lo sguardo alle foto delle due donne, come se loro avessero potuto darle un indizio.

Aveva sguinzagliato i suoi uomini a interrogare mezzo mondo, messo sotto controllo tutto e tutti, aveva introdotto una talpa al Namasté, ma lei cosa stava facendo?

Prima o poi avrebbe dovuto rendere conto al pm, e quell'uomo era l'unico in grado di contrastare la sua arroganza. I mass media le stavano col fiato sul collo. Doveva agire di persona, prendere in mano le indagini senza più delegare nessuno.

Il telefono la fece sobbalzare.

Allungò un braccio per arrivare all'apparecchio, le tremava la voce quando rispose.

La rabbia divampò sul viso. Le guance si tinsero di rosso porpora. Si sedette sul bordo della scrivania con la cornetta tra le mani. Aveva voglia di vomitare.

«Arrivo subito.»

VENTI

«Chi ha trovato il corpo?» domandò Anika a Piras, sollevando con una mano il nastro bianco e rosso che delimitava l'area. Passò in mezzo agli agenti impegnati a tenere a debita distanza le telecamere delle televisioni locali.

Un uomo in tuta bianca si avvicinò a lei gesticolando.

«Per di qua, segua il percorso. Stiamo per effettuare i rilievi. Il cadavere della donna era impigliato in un ramo che sporgeva nel fiume, laggiù, vede? L'hanno trovato stamattina due fidanzati mentre passeggiavano.»

«Vorrei dare un'occhiata prima, aspettate un attimo con la repertazione.»

L'uomo annuì con un cenno del capo poco convinto.

La Miller aveva da sempre una sua regola: osservare prima che i cartellini dei repertatori e dei fotografi della scientifica inquinino il luogo del ritrovamento. Voleva una scena incontaminata, sgombra, per tentare di ricostruire la dinamica, *vedere* i comportamenti dell'assassino.

Anika si piegò sul corpo, adagiato a terra. La donna giaceva supina, le braccia lungo i fianchi, gli occhi sbarrati, scalza, con una tunica bianca, sotto la quale non indossava biancheria intima. Al collo una ghirlanda di candidi gigli.

«Merda, merda...» pronunciò portandosi una mano alla bocca.

Piras, che l'aveva seguita, la guardò da sopra il bordo degli occhiali.

«Non ci si abitua mai, eh?»

La Miller non rispose. Le parve di sentire ancora il monito del suo professore di medicina legale, quando asseriva che non è possibile mantenere sempre il distacco necessario tra sé e l'orrore che può subentrare alla vista di un cadavere. Le sembrò di udire delle grida di dolore provenire da quegli occhi sbarrati. Avrebbe desiderato tapparsi le orecchie.

Il fotografo stava continuando a riprendere la vittima da più angolazioni, mentre alcuni uomini della scientifica erano alla ricerca di indizi.

«Non troverete nulla, questa non è la scena del crimine. Il corpo è stato gettato nel fiume e la corrente lo ha trascinato fin qui, dove la tunica si è impigliata nel ramo» s'intromise la Miller.

«Tu pensi si tratti della nostra vittima?» chiese il collega senza alzare lo sguardo.

«Non ci sono elementi certi, ma se non è lei, le assomiglia come una goccia d'acqua.»

Umberto si piegò sulle ginocchia e osservò con attenzione la collana di fiori. Erano gigli di seta incollati su un nastro di raso, alla cui base era appeso un medaglione di bronzo con un'effigie.

«Questo simbolo non mi è nuovo!» esclamò guardando Anika negli occhi.

«Mai visto niente di simile. Sembra un fiore.»

Il tecnico gli porse un paio di guanti.

«Tenga ispettore, si metta questi prima.»

«Grazie, ma ne porto un paio sempre in tasca.»

Piras indossò i guanti e prese il ciondolo tra le mani.
«Ecco dove l'ho visto, ma certo!» Si rialzò a fatica.
«E dove?» domandò la Miller sollevando le sopracciglia.
«Al centro. È il logo del Namasté!»
«L'avevo detto io che c'era di mezzo quel covo di stregoni. Dobbiamo intensificare le indagini lì dentro, ma prima bisogna capire com'è morta. Aspettiamo il medico legale.»
Anika si girò di scatto, quando udì una voce conosciuta alle sue spalle.
«Ai tuoi ordini» disse il dottor Poggi infilandosi i guanti con un gesto quasi rituale. Si smarrì per un istante nel blu cobalto dei suoi occhi. Quella donna, nonostante il temperamento prepotente, lo attraeva.
«Ah perfetto, ti stavamo aspettando» affermò invitandolo con un cenno del capo ad avvicinarsi.
Il medico misurò la temperatura della vittima, esaminò il cadavere cominciando dagli occhi un po' affossati nelle orbite e le pupille dilatate, osservò i denti, le unghie, e il collo arrossato, analizzò la cute del palmo delle mani e della pianta dei piedi: il colorito biancastro, di consistenza molle e di aspetto raggrinzito presumevano una permanenza in acqua di poche ore.
«Allora?» lo incalzò la Miller visibilmente in tensione.
«Occlusione delle vie respiratorie all'altezza del collo, senza uso delle mani. Credo abbia usato una sciarpa, o qualcosa di simile. Il solco è meno evidente, c'è solo un alone rossastro» spiegò abbassandosi sul cadavere.
«Quindi è stata strangolata e poi buttata in acqua?» intervenne Piras rimasto in disparte.
Poggi si girò verso l'ispettore, squadrandolo dal basso. Non l'aveva mai visto prima di allora.
«Su questo non c'è dubbio. Con chi ho il piacere di…?»

«Lui è Piras, ispettore capo, è con noi da poco. Secondo te, da quanto tempo può essere morta?»
Poggi rispose con distacco professionale.
«Dalla temperatura e dalla rigidità del collo, direi non più di dieci, dodici ore.»
«Ci sono segni di violenza sessuale?»
«Non direi a prima vista, ma sarò più preciso solo dopo l'autopsia.» Si rialzò con uno scatto atletico.

Anika fece cenno ai barellieri di portare via il corpo e rimase a osservarli con le braccia incrociate, poi sollevò lo sguardo sopra gli alberi, i cui rami spogli si intrecciavano, lasciando a malapena intravedere un cielo livido.

Osservò ancora quel corpo bianco, e poi tutt'attorno. Non c'era nulla di violento in quella scena, anzi sembrava permeata da un alone di serenità.

Prima di tornare all'auto, Anika si incamminò verso l'uomo che aveva rinvenuto il corpo. Un ragazzo alto, capelli corti a spazzola, carnagione un po' scura. Se ne stava appoggiato al cofano dell'auto della macchina di pattuglia.

La Miller si presentò. L'uomo anticipò le sue domande e iniziò a descrivere i fatti.

«Non mi è mai successa una cosa del genere, sono ancora sconvolto. La mia ragazza è stata male. Avevamo deciso di fare una passeggiata questa mattina, a noi piace camminare in riva al fiume, lo facciamo spesso. Stavamo parlando, quando Giulia si è fermata di colpo, si è messa una mano sulla bocca, poi ha lanciato un urlo indicandomi con un gesto una mano che spuntava da un ramo sul fiume. Mi sono avvicinato e così...» sbottò, quasi per liberarsi da un incubo. Con il dito indice tremante specificò il luogo esatto, poi continuò: «Ho visto il corpo di una donna. Aveva un vestito bianco che si era impigliato nel tronco».

«Poi cos'avete fatto?»
Il commissario prese appunti su un taccuino.
«È strano, sono rimasto lì come un ebete a fissarla. La mia ragazza continuava a gridare, voleva andare via, ma io non riuscivo ad allontanarmi. Poi all'improvviso sono corso dietro a un cespuglio e ho vomitato.»
«Stia tranquillo, è normale. È successo anche a me i primi tempi, non ci si abitua mai, glielo assicuro» lo confortò Anika.
«Lei pensa che si sia tolta la vita oppure è stata uccisa?»
«Lo scopriremo. Grazie per la sua testimonianza.»
Anika, con la coda dell'occhio, seguì il ragazzo mentre svaniva nella penombra. I giornalisti li scortarono con i microfoni puntati su di loro, tempestandoli di domande.
Anika, che aveva finora tenuto a debita distanza la stampa per non far riprendere il corpo, rispose con un semplice «no comment».
Durante il viaggio di ritorno, Piras guidò senza proferire parola, mentre Anika tamburellò le dita sul finestrino per quasi tutto il tragitto. Erano entrambi prostrati e inquieti per l'improvvisa svolta. Se il corpo era davvero quello di Melissa, non c'era tempo da perdere per salvare Marika.

VENTUNO

La respirazione mi ha calmato un po', adesso sono qui raggomitolata sul letto con gli occhi socchiusi, è quasi un dormiveglia. Vedo la mia casa in questo momento. La camera da letto con il mio piumone azzurro come il cielo, i cuscini soffici... quanto mi mancano le mie cose, la mia vita prima di tutto questo. Mi piace affondarci dentro e sentire l'essenza della lavanda. Di solito quel profumo mi aiuta a prendere sonno. Mi sembra di sentirlo ancora.

Adoro la sala color rosso e oro, con poster zen alle pareti. Come vorrei essere lì adesso. Mi manca il mio altarino dove la mattina faccio meditazione prima di andare in ufficio, per essere in pace con il mondo.

Quando ancora non frequentavo il centro, ero sempre nervosa con tutti, soprattutto dopo che me ne sono andata da casa, per colpa di quello stronzo che ha preso il posto di mio padre...

Se ci penso sento un nodo alla gola.

Basta con questi ricordi, mi fanno stare ancora peggio. Devo pensare a salvarmi.

Perché è così crudele con me, cosa gli ho fatto? E chi è?

Cos'è stato? Uno strano scricchiolio. È una serratura. C'è

qualcuno. Giro la testa verso la porta e in quel momento vedo un'ombra. È lui.

«Eccomi, vedi che mantengo le promesse. Ti ho portato qualcosa da mangiare. Avrai fame» mi dice appoggiando un piatto sul pavimento.

Mi metto seduta e cerco di reagire. Devo provarci almeno. Il mio cuore sta galoppando.

«Non ho fame, voglio uscire di qui.»

«Non si fa così con chi ti vuole salvare. Io sono qui per aiutarti, non per farti del male. Adesso obbedisci. Devi mangiare!» urla picchiando un pugno sulla porta.

Non devo farmi prendere dal panico. Voglio provare a combatterlo con le sue stesse armi.

«Dimmi perché mi hai portato qui e mangerò.»

«Ma te l'ho già spiegato. Perché voglio salvarti, redimerti dai tuoi peccati.»

«Sei un prete?»

«Molto di più. Ho già salvato la Numero Uno.»

«E chi è la Numero Uno?»

«Era qui con te, ma tu dormivi come un angioletto quando l'ho portata di sopra. Il suo nome è Melissa. Tu la conosci, è una tua amica, vero?»

«Melissa? E dov'è adesso?»

«Lei è in un mondo di pace e ha purificato i suoi peccati.»

«E quali sarebbero?»

«C'è il segreto della confessione, non posso dirtelo. Ma tu dovresti saperlo.»

«Perché dovrei?»

«Siete amiche. Siete anche molto simili.»

«Simili? In che senso?»

«Lo sai molto bene. Siete cattive. Ma adesso la Numero Uno ha raggiunto il nirvana, uno stato di profondo benessere.»

Sento le gocce di sudore percorrermi il viso, sono salate. Ma continuo a stare al gioco.

«Tu come lo sai? Sei stato in paradiso?»

«È uno stato di beatitudine eterna, dove le brutture spariscono, le passioni si calmano.»

«Però non mi hai risposto, come lo sai?»

«Io lo so e basta e presto lo saprai anche tu» mi sussurra accostandosi al viso.

Sento il suo alito vicino alla mia bocca. Puzza di birra.

VENTIDUE

«Sei nuova?» le domandò Omar spogliandola con lo sguardo, stregato dalle sue pupille verdi e dal suo fisico plastico.
«Sì, mi sono appena iscritta.»
Maia si mise di fronte a lui con le mani in tasca e lo fissò.
«Io mi chiamo Omar. Benvenuta al Namasté. Se vuoi, ti spiego come funziona. Io posso rivelarti cose che nessuno sa.»
Maia cercò di assecondarlo per conquistarsene la fiducia, avrebbe potuto darle qualche informazione utile.
Omar si tolse gli occhiali e li strofinò con la cravatta, gialla a righe marroni.
Si avvicinò a lei.
Maia avvertì il suo alito nauseante e indietreggiò osservandolo meglio.
Il viso scarno, gli occhi grandi e i denti sporgenti lo facevano somigliare a un topo.
Sembrava un tipo strano, forse poco equilibrato, ma poteva essere l'uomo perfetto per farsi raccontare quello che succedeva lì dentro, pettegolezzi compresi.
Omar le diede informazioni sulle iscritte, sul perché frequentavano il centro, su Monique e gli insegnanti, compiacendosi del fatto che Maia lo ascoltasse con interesse.

Dopo aver parlato con Omar, decise di provare una pratica di meditazione. Quando entrò nello spogliatoio non c'era nessuno. Maia appoggiò il giaccone su un appendiabiti in bambù e cercò un armadietto dove riporre il suo zainetto.

Si guardò attorno: solo scaffali colmi di oggetti disparati, borse, libri, sacchetti, sciarpe.

Cercò di nascondere lo zaino sotto il giaccone, ma non si sentiva per nulla tranquilla a lasciarlo lì. Si soffermò ancora osservando l'ambiente, e notò una scritta sulla parete.

«Uno degli obiettivi principali dello Zen è aiutare tutti gli esseri a ritrovare il proprio Buddha interiore.»

Stava riflettendo su quella frase e non si accorse che qualcuno stava entrando.

«Sei nuova a quanto pare!» esclamò la donna senza neppure salutarla.

Maia si girò di scatto osservandola con gli occhi spalancati.

«Scusa, non era mia intenzione spaventarti. Ho notato che fissavi la parete e mi è venuto spontaneo. Nessuno di noi oramai fa più caso a quella frase del maestro. Be', io sono Alessandra, benvenuta tra noi.»

«Stavo cercando di capire il significato e non ti ho sentita entrare. Mi chiamo Maia e mi sono appena iscritta.»

«Non sforzarti di capirlo, il maestro ci guida a ritrovare il nostro Buddha, è un percorso illuminante.»

«Tu l'hai trovato?»

«Sono sulla buona strada, ma è un lavoro lungo da fare con se stessi, ci devi credere. La meditazione è una scelta di vita, non una pratica qualsiasi. Come mai sei venuta al centro? Anche tu hai un passato da dimenticare? Alessandra nel frattempo si era spogliata e stava indossando un kimono.

Maia stava per assentire di getto, ma si riprese all'istante, non poteva scoprirsi troppo.

«Ognuno ha i suoi scheletri negli armadi, io cerco un po' di serenità interiore.»

«Sei fortunata allora, perché la maggior parte di noi si trova qui perché ha subito abusi. Questo centro aiuta le donne maltrattate o violentate a ritrovare la forza di andare avanti, con pratiche come meditazione, yoga, shiatsu. Ci sono anche due psicologici. Per fortuna esiste un luogo come questo dove leccarsi le ferite, qui siamo al sicuro, anche se dopo quello che è successo...»

Maia non le diede il tempo di terminare.

«È accaduto qualcosa qui dentro?» domandò ad Alessandra fissando i suoi piedi.

«Non leggi i giornali? Sono scomparse due donne che lo frequentavano.»

«Scomparse? Ma quando, come?»

Alessandra si stava avviando verso l'uscita.

«Adesso non c'è tempo di parlarne, è ora della pratica. Le altre sono già nel *dojo*, il maestro ha battuto il secondo gong. Vieni con me e fai quello che faccio io. Prima di entrare ti devi inchinare e salutare con le mani giunte al petto, è un segno di rispetto e di ringraziamento. Adesso andiamo.»

Maia la seguì incuriosita. Prima di accedere alla Sala, si inchinò come le aveva suggerito Alessandra e la seguì mentre camminava con passo solenne lungo il perimetro del *dojo*, dove erano sedute in semicerchio, nella posizione del loto, una ventina di donne. Il *dojo* era in penombra, rischiarato solo da lampade in carta di riso; regnava un silenzio ancestrale, l'aroma rilassante dell'incenso aleggiava nell'aria insieme al suono solenne del mantra.

Al centro, sul fondo campeggiava la figura di un uomo con un kimono nero, seduto in posizione *seiza* sul cuscino *zaffo*. Il maestro la salutò congiungendo le mani al petto, senza sollevare lo sguardo.

Maia percepì un'atmosfera di intensa calma, la sala era permeata da una potente energia, quella delle persone che ogni giorno vi praticavano.

Trascorsa l'ora di meditazione, Maia rimase ancora qualche istante nella sala, attraversata da una sorprendente sensazione di pace e benessere.

Quando rientrò nello spogliatoio, Alessandra la presentò alle altre che l'accolsero con simpatia, come se fosse una di loro.

Maia provò a tornare sull'argomento, ma Alessandra le rispose che non era quello il momento giusto, avrebbe compromesso l'equilibrio energetico appena raggiunto.

Prima però doveva incontrare la dottoressa Damonte per un colloquio informale.

Dopo la pratica, Giada la accolse con un sorriso.

«Allora hai scoperto qualcosa?» le domandò.

Maia si accomodò sulla sedia di fronte a lei.

«A parte l'esperienza interessante, direi di no.»

«Hai avuto modo di scambiare due chiacchiere con le altre?»

«C'era solo una persona prima della pratica, mi ha accennato ad alcune donne scomparse, ma era tardi e non ha aggiunto altro. Spero di saperne di più dopo la seduta di yoga. Omar invece mi ha spiegato un po' di cose sulle donne iscritte qui, ho cercato di sondare un po' il terreno, e da quello che mi ha detto sembrerebbe che nessuno le abbia mai importunate. Da quello che dice lui, anche gli insegnanti sembrano a posto, nessuno di loro si è mai soffermato a parlare in disparte con le allieve. Le persone che ho incontrato finora mi sono sembrate serene, ma è presto per trarre conclusioni, io sono troppo impulsiva, e nella vita ho sempre pagato per questo.»

«Gli errori sono i migliori maestri, credimi» la confortò Giada, offrendole una tisana. «Allora io non sono una buona alunna, perché non ho imparato niente e continuo a sbagliare.»

Giada notò nei suoi occhi un dolore che lei celava anche a se stessa, dietro una maschera di rassegnazione.

«Sei troppo dura, non devi mai giudicarti, piuttosto ti farebbe bene buttare fuori quello che non ti serve più» le suggerì guardando l'orologio.

«Ti sto facendo perdere tempo con le mie manie» reagì Maia giocando con la lampo del maglione.

«No, anzi sono qui per parlare con te, non ho intenzione di fare una seduta, se è questo che temi, solo una chiacchierata tra donne.»

«Io... non so se sia il caso, magari...»

Senza rendersene conto, Maia parlò a ruota libera, confidandole segreti sepolti fin dalla sua infanzia: aveva perso la mamma in tenera età ed era cresciuta con una nonna per nulla tenera, e uno zio che aveva screditato il padre ai suoi occhi, inventando che aveva abbandonato la sua famiglia per un'altra donna. Maia l'aveva odiato vivendo nel rancore, fino all'incontro casuale con lui e al riavvicinamento, purtroppo stroncato da un incidente d'auto nel quale suo padre aveva quasi perso la vita e versava da mesi in coma farmacologico.

Giada aveva capito che c'era qualcosa di profondo e più recente, qualcosa che Maia non aveva ancora accettato. La esortò a continuare, mentendo sui suoi impegni.

«Mi sono ricordata che oggi manca una paziente e la seduta è saltata. Non tenerti dentro tutto il dolore, c'è dell'altro, ed è fresco, vero?»

Maia guardò le mani appoggiate sulle gambe, indugiò a lungo, senza dire nulla, e di colpo buttò fuori la sua angoscia. Dopo il suicidio del suo fidanzato, Maia aveva conosciuto Paolo, un biologo che collaborava con suo padre, scienziato presso una multinazionale farmaceutica, e si era innamorata. Con lui aveva ritrovato un po' di equilibrio e una nuova vita nasceva dentro di lei, ma purtroppo la gravidanza era stata problematica, e aveva perso il bambino che portava in grembo.

Dopo averle confidato quel nuovo dolore, Maia scoppiò in un pianto liberatorio.

«Va tutto bene. Non sei sola, io posso aiutarti» la rassicurò Giada, stringendola tra le braccia.

Terminata la conversazione, Giada rimase alcuni istanti a riflettere su Maia.

Stava per andarsene, quando squillò il telefono.

«Damonte» rispose svogliatamente.

«Sono Anika, volevo solo dirti che abbiamo ritrovato il corpo della Schiaffino, o almeno pensiamo sia il suo.»

«Mio Dio che notizia orribile. Dove? Come è stata uccisa?»

«Questa mattina nel fiume Lambro, sembra sia stata strangolata e poi gettata in acqua. Ho indetto una riunione, devi venire subito. Mi serve un profilo al più presto» aveva poi aggiunto, agganciando senza neppure salutare.

Giada sprofondò sulla sedia. Le tornarono in mente le parole di Giovanna. Non si può dare ascolto alle parole di una schizofrenica, anche se ora corrispondono a fatti reali, pensò. Ma il dubbio oramai si stava insinuando nella sua mente.

VENTITRÉ

Seduta alla scrivania, sguardo sul pc, Anika non aveva ancora aperto bocca, sebbene tutti gli agenti avessero già preso posto. Mancava solo Giada che, tanto per cambiare, si era impantanata in un blocco stradale all'ingresso di Milano.

«Scusatemi, una manifestazione» entrò trafelata.

Un silenzio spettrale aleggiava sulla sala.

Anika si alzò di scatto, iniziò a camminare avanti e indietro, le mani dietro la schiena e lo sguardo al pavimento.

«Non siamo qui per fare polemiche o piangerci addosso, ma per stilare un piano d'azione. Ho bisogno della collaborazione di tutti per trovare questo criminale e salvare Marika» esordì alzando gli occhi verso la platea. Con una mano allontanò una ciocca di capelli dalla fronte e continuò. «Il corpo trovato questa mattina, sulla sponda del fiume Lambro, con buone probabilità è quello di Melissa Schiaffino, anche se la certezza assoluta l'avremo solo dopo il riconoscimento. I genitori sono già stati avvisati.»

«Dobbiamo agire su più fronti per capire con chi abbiamo a che fare» proseguì. «Interroghiamo tutti quelli che frequentano il centro, sono certa che lì dentro ci sia il nostro uomo o per lo meno il mandante. Il medaglione che aveva al collo la vittima non le apparteneva, dal momento che, a quanto hanno affermato sia i genitori, sia il suo ragazzo, lei era allergica ai metalli, quindi è stato messo dall'assassino e, secondo Piras, riproduce il logo del Namasté. Quindi deve esserci un nesso che collega quanto accaduto a quel dannato posto. Andiamo a parlare con i vicini di casa delle due donne, è impossibile che nessuno abbia visto nulla, un movimento strano o persone sospette, che ne so? Ricontrolliamo le denunce di auto rubate, senza dubbio il criminale ha utilizzato un mezzo di trasporto per rapire la vittima e portarla fino in Brianza.»

Fece una pausa.

«Ho dato disposizioni a effettuare ricerche nei pressi del ritrovamento del cadavere. Abbiamo l'okay del pm a utilizzare un elicottero con videocamera termica per cercare edifici isolati che potrebbero costituire potenziali nascondigli, un posto dove magari tiene la seconda vittima o ciò che ne resta. Ho già trasmesso al capo ufficio stampa le informazioni strettamente necessarie, non voglio che trapeli la storia del medaglione, i media potrebbero dire che non abbiamo niente su cui indagare e ci mettiamo a seguire spiriti maligni o fesserie simili. Non aspettano altro che metterci in cattiva luce. Adesso, se non ci sono domande, vorrei ci dedicassimo al profilo. Giada?» terminò con un sospiro, mettendosi a sedere.

«Be', non è un argomento che si può discutere in due minuti e in ogni caso prima vorrei lasciare spazio a eventuali domande» reagì la psichiatra, chiamando con lo sguardo i presenti a rompere quel silenzio.

Esposito alzò la mano per primo.

«Se posso dire la mia, credo che quel ciondolo possa essere un elemento chiave.»

Si avvertì un leggero brusio nella sala che costrinse l'agente a interrompersi.

«Vai avanti» lo sollecitò il commissario, mordicchiando il labbro inferiore.

«Ho fatto delle ricerche e si tratta del Fiore dell'Apocalisse, allegoria che risale al Medioevo e significa rivelazione del divino nell'uomo. È un fiore composto dall'intersezione di quattro porzioni di cerchi che formano quattro petali e rappresentano i quattro elementi della natura: fuoco, acqua, terra, aria. Un equilibrio che sta a significare il rifiorire dell'armonia.»

«Riflessione interessante, ma dove vuoi arrivare?» lo interruppe Anika.

«Voglio dire che chi ha ucciso Melissa conosce il significato del simbolo e forse ha a che fare con queste pratiche.»

«Giada, cosa ne pensi?»

«È una teoria che merita di essere approfondita, un elemento da cui partire. In ogni caso, dal modus operandi, potrebbe trattarsi di un uomo, tra i trenta e i quarant'anni, o forse di più. Potrebbe aver ricevuto un'educazione severa o al contrario essere cresciuto senza genitori, o alla deriva. Potrebbe aver subito abusi nell'infanzia o non averla vissuta, oppure essere cresciuto in un ambiente carico di tensione, aver odiato i genitori. La vittima è stata violentata?»

«Secondo il medico legale non ha subito violenza, ma solo l'autopsia potrà dirlo con certezza. Andiamo avanti, mi interessa la relazione con il simbolo sul ciondolo» replicò Anika alzandosi di nuovo.

«Dovrei capire meglio il significato del simbolo. Congetture se ne possono fare tante, tipo qualcuno che uccide motivato da una fede, o un "missionario" convinto di avere il compito di ripulire il mondo, ma sono davvero da manuale e non ci sono prove per sostenerle.»

Piras si stiracchiò prima di dare il suo apporto.

«Per me l'assassino ha a che fare con quel centro, altrimenti come avrebbe fatto a conoscere il simbolo e a procurarsi il ciondolo?» sostenne con enfasi.

Maia non sarebbe voluta intervenire, ma la conclusione di Piras le era parsa troppo frettolosa.

«Scusa se mi intrometto Umberto, non ho esperienza nelle indagini, ma una cosa la so per certa. Il Fiore dell'Apocalisse è un simbolo che si trova anche on line, non è detto che l'assassino l'abbia visto al centro. Quanto al ciondolo, ci sono tanti siti dove creare medaglie personalizzate. Questa è solo la mia opinione.»

La Miller stava per metterla al tappeto, ma Giada la anticipò.

«Complimenti Maia per l'acuta analisi. Non dobbiamo fossilizzarci sul centro solo perché il simbolo coincide con il logo. Collaboro da anni con il Namasté e vi assicuro che è un luogo di meditazione. Non metterei la mano sul fuoco, ma nessuno di coloro che lo frequenta ha qualcosa in comune con il nostro profilo. Per il momento è tutto quello che posso dirvi.»

La Miller bevve un po' d'acqua prima di prendere la parola.

«A questo punto, se non ci sono altri interventi possiamo sciogliere la riunione. Ah, un'ultima cosa: voglio che qualcuno partecipi ai funerali di Melissa e faccia un elenco dei partecipanti, tra loro potrebbe esserci qualcuno di sospetto, o addirittura l'assassino! Abbiamo tanto lavoro da fare e poco tempo a disposizione. Voglio essere informata ventiquattro ore su ventiquattro. Quel mostro è là fuori e il nostro compito è impedire che faccia altre vittime. Spero di sbagliarmi, ma secondo me, siamo solo all'inizio. Domani, o al massimo tra due giorni, dovrei avere l'esito dell'autopsia, poi aspettiamo la relazione della scientifica. Nel frattempo chiedo a Piras di coordinare la squadra e suddividere gli incarichi. Io andrò dalla madre di Marika per rassicurarla che troveremo sua figlia, anche se non so come. Potete andare.»

A briefing terminato, Giada rimase con lei.

«Chi dobbiamo cercare?» le aveva chiesto Anika fissando ancora le foto sulla lavagna.

«Qualcuno che vive di odio da tempo, qualcuno che ha subito un torto e vuole vendicarsi.»

«Che tipo di torto?» replicò Anika raccogliendo con cura i fogli sulla scrivania.

«Non lo so, ma Melissa e Marika non sono state scelte a caso.»

«Sono d'accordo. Hanno caratteristiche comuni. Potrebbe trattarsi di uno psicopatico?»

«Facile dare etichette. Gli psicopatici non sono poi così rari, addirittura sembra rappresentino una buona percentuale della popolazione cosiddetta "sana". A volte viene definito tale chiunque non ci vada a genio.»

«Già, spesso è una scorciatoia troppo abusata.»

«È importante capire che tipo di violenza ha utilizzato, quella reattiva o strumentale.»

«Non ti seguo. Puoi essere più chiara?»

«Quella reattiva è la reazione a una minaccia esterna, quella strumentale invece è l'esercizio pianificato con uno scopo preciso e...»

«E il nostro uomo rientra nel secondo caso. Dico bene?» la interruppe Anika impaziente di esibire le sue conclusioni.

«Sì, sembrerebbe. La violenza strumentale è più diffusa negli psicopatici che nelle altre persone, richiede una sorta di cattiveria, una mancanza di empatia. Insomma, un'anima che non si lascia tormentare dai rimorsi» concluse Giada, dando un'occhiata all'orologio a parete che ticchettava inesorabile.

«O cavolo, ma è tardissimo. Scusami Anika, devo scappare. Se vuoi però possiamo continuare a parlare stasera, ti offro qualcosa da bere, ti va?»

«Perché no? Sono secoli che non mi concedo una pausa, allora ti aspetto verso le otto?»

«Dovrebbe andare bene, ma non voglio lasciare Samanta ancora con mia madre, e mi scoccia chiederlo a Lorenzo, non ho neppure risposto alla sua telefonata. Lui è sempre comprensivo con me, però tutto ha un limite. Be' dai troverò il modo e ti farò sapere più tardi» tagliò corto uscendo in tutta fretta.

VENTIQUATTRO

Ho freddo, i brividi lungo la schiena, ma non è solo freddo. Ho perso la cognizione del tempo e dello spazio.
Papà perché non vieni a cercarmi? Non voglio morire anch'io. Vieni a salvarmi.
Quel folle ha già ammazzato Melissa, adesso verrà a prendere anche me.
Devo scappare da qui, ma non ho più la forza di alzarmi da questa branda schifosa. Dovrei mangiare qualcosa, lui mi ha lasciato del cibo, ma non l'ho toccato. Non ho visto che roba è, ma solo l'odore mi dà la nausea. Però se non mangio morirò e non per mano di quello psicopatico.
Ci provo allora, cerco di alzarmi. Ecco ce l'ho fatta, annuso il piatto.
Che puzza di marcio, merda! Sembra prosciutto andato a male con un pezzo di formaggio e del pane durissimo.
L'odore è ripugnante. Mi viene il vomito, poi mi decido. Metto in bocca qualche fetta di prosciutto come una medicina e butto giù tutto con una sorsata d'acqua.
Vedo mio padre, sta entrando dalla porta per liberarmi.
Lo chiamo, ma non risponde, non c'è nessuno qui!
Anche l'uomo sembra scomparso.
Forse è andato via. Devo trovare il modo di uscire da qui.

Mi avvicino alla porta, tendo le orecchie. Silenzio, solo il rumore assordante del silenzio. Provo a ruotare la maniglia arrugginita, ma non si muove di un millimetro.

La porta è chiusa dall'esterno e io non ho niente per scassinare la serratura. La borsa, dov'è la mia la borsa? Lì dentro c'è lo spray al peperoncino e un coltellino svizzero. Lo porto sempre con me, ma quella sera maledetta ho perso i sensi prima di poterlo utilizzare. Il bastardo mi ha portato via la borsa, maledetto stronzo.

Cosa posso fare?

Non devo, non voglio arrendermi.

Picchio i pugni sulla porta, poi vado alla finestra e mi metto a urlare, forse qualcuno mi sentirà.

VENTICINQUE

Prima di uscire dall'auto, radunò la documentazione relativa al caso, voleva dare l'impressione di aver lavorato sodo, sebbene si sentisse in colpa per quanto accaduto a Melissa, ma oramai per lei era tardi.

Anika espirò a fondo e diede un'occhiata alla casa dei Ravasi che, al contrario di quelle accanto, dove fervevano lavori di vario genere, non mostrava segni di attività. Chiuse la macchina con il telecomando e si avviò.

Si decise a suonare e, dopo qualche istante, udì un passo strascicato.

Angela Ravasi non la conosceva, ma era stata informata della sua visita. Senza nemmeno salutarla, la fulminò con lo sguardo dal quale traspariva terrore ma anche speranza.

«Allora, ci sono novità?»

Anika sbirciò dietro di lei. Il compagno di Angela era seduto davanti a un computer.

«Purtroppo non ancora, ma stiamo facendo…»

Non riuscì a terminare la frase.

«Commissario, con noi non serve che si giustifichi, non avete fatto niente per salvare Melissa e la mia Marika è ancora nelle mani di quel criminale. Se lei non intende cercarla, lo farò io» strepitò la donna scoppiando a piangere.

«Si calmi signora, non è vero che non voglio cercarla, ma non è così semplice come aprire un cassetto. Purtroppo è scomparsa senza lasciare tracce, nessuno ha visto niente, nessuno ha idea del perché. Ma deve stare tranquilla, abbiamo diramato la sua foto ovunque e stiamo utilizzando tutti i mezzi in nostro possesso, perfino gli elicotteri. Ma abbiamo bisogno anche del vostro aiuto. Voi non avete avuto alcun contatto finora? Telefonate o nulla che possa…?»

Si bloccò quando vide un'espressione vuota sul volto di Angela.

Il compagno della madre si alzò dalla sedia e le fece cenno di accomodarsi. Poi le mostrò una pagina Facebook e un sito web da lui creato per raccogliere informazioni su Marika. Finora però non aveva dato frutti. Anika tuttavia prese un foglio stampato con tutte le risposte ricevute. Avrebbero potuto rintracciare gli IP nel caso fossero state interessanti, purtroppo però la maggior parte erano messaggi di conforto del tipo «preghiamo per lei», o addirittura osceni. Alcuni dichiaravano «so dove si trova, ma…» e celavano richieste di denaro.

Anika rimase a fissare i fogli, consapevole che sfondare quella porta poteva essere problematico, non sarebbe stato semplice distinguere un semplice alienato o pervertito da qualcuno che sapeva davvero qualcosa.

Anika avvertì i loro sguardi su di sé, si aspettavano risposte che lei non poteva dare. Prese i fogli e li mise in mezzo al carteggio che aveva portato. Prima di andarsene, pregò Angela di preparare una lista con le persone che Marika aveva frequentato o conosciuto, colleghi, fidanzati, amici di famiglia e quelli del padre.

«Abbiamo chiesto anche ai genitori di Melissa di fare la stessa cosa, poi confronteremo le liste» aggiunse.

«I due casi sono collegati, con troppi punti in comune, e non solo il Namasté. Quindi, per favore, mi faccia avere l'elenco al più presto» concluse, congedandosi con una stretta di mano.

Angela assentì e, quando Anika se ne andò, la seguì con lo sguardo dalla finestra, mentre saliva in auto. Si sedette sul bordo del divano e pregò. Non Dio, in lui aveva smesso di credere già da un po', ma sua madre morta da pochi mesi. La invocò di venirle in sogno e darle qualche indizio, lei era l'unica in grado di salvare Marika.

Anika si alzò all'alba, anche se era stata sveglia tutta la notte. Massaggiò le tempie doloranti e, quando scese dal letto, quasi inciampò. Il cagnolino che dormiva ai suoi piedi, cominciò a leccarle le gambe. Lo prese in braccio e l'accarezzò con dolcezza. Piovigginava. Il cielo cupo incombeva sulla città, opprimente come un masso sulla coscienza.

Il cane schizzò a terra fissandola con insistenza.

Avrà fame povero Karl, qui nessuno si occupa di lui, considerò.

Si era affezionata a lui. Karl, l'unico nome che le fosse venuto in mente, era la sua terapia dopo una giornata stressante. Quando rientrava la sera le ragazze, che dopo l'idillio iniziale si erano stancate di accudirlo, erano già in camera loro, il marito nel suo studio; Karl invece le andava incontro saltandole addosso per la gioia.

Andò in cucina e preparò la ciotola con i suoi croccantini preferiti.

Si sedette e si versò una tazza di caffè che Helena le aveva lasciato in caldo nel bollitore elettrico.

Appoggiò le mani sulle tempie, ripensando alla serata con

Giada. Era da tempo che non beveva alcolici e una sola birra media l'aveva messa ko.

Anika si toccò la fronte. Un martello le rimbombava nella testa. Il suono del cellulare la fece sobbalzare.

Non aveva voglia di rispondere, ma poteva essere comunque importante, pensò.

Il medico legale la informò che avrebbe eseguito l'autopsia in giornata. Le domandò se desiderasse assistere.

«Scusami, ma preferisco venire quando hai finito.»

Riagganciò sospirando. Accese la tv. Il telegiornale stava trasmettendo un servizio sull'omicidio di Melissa Schiaffino, con pessimi commenti sullo svolgimento delle indagini. Anika spense con rabbia l'apparecchio e scaraventò il telecomando sul divano.

Odiava i giornalisti, sempre pronti a criticare solo per fare colpo, ma stavolta avevano ragione, pensò, da quel caso non sapeva proprio come venirne fuori.

VENTISEI

Il profumo dell'incenso e la musica soffusa del flauto di bambù giapponese si propagavano nello *zendo*, ma sembravano non produrre alcun effetto.

Maia non avvertiva la stessa energia delle prime pratiche; quel pomeriggio nell'aria aleggiava una vibrazione negativa.

Anche il maestro durante la meditazione aveva percepito un'onda irregolare che impediva alle sue allieve di liberare la mente, era come se una presenza estranea aleggiasse sulla sala.

Al termine della pratica, eludendo le regole da lui stesso imposte, decise di infrangere il silenzio.

«Non preoccupatevi di ciò che è accaduto, non perdete di vista il vostro obiettivo, quello di vivere nel presente, qui e ora, con tutto il vostro essere e agire in accordo con la vostra natura. Dovete acquietare la mente che, come una scimmia impazzita, saltella da un pensiero all'altro, da un'emozione all'altra. Non importa quanto sia fuori controllo la vostra giornata o quanto sia stressante il vostro lavoro, l'azione di essere presente può diventare un'oasi di benessere. Il sole e la luna sono sempre brillanti, ma possono non essere visibili perché sono oscurati da nuvole e foschia, allo stesso modo la natura del Buddha è sempre presente dentro di noi, ma può non essere visibile perché coperta dalle nuvole di odio e illusione. Attraverso la meditazione rimuovete questi strati di nuvole che nascondono il vero essere, così la vera essenza apparirà splendente e radiosa nella sua purezza.»

Il maestro terminò con il tocco della campana e l'inchino tradizionale.

Le sue parole diedero il la a uno scambio di vedute. Maia si defilò dalla conversazione e finse di non interessarsi al brusio che si era creato nello spogliatoio, ma tergiversò prima di cambiarsi, per seguire il dialogo tra Alessandra e le altre.

«C'è troppa tensione oggi» esordì Alessandra senza rivolgersi a nessuno in particolare.

«Non solo oggi Ale, è qualche giorno che qui dentro si respira una brutta aria. Dopo quello che è successo, non è più la stessa cosa. Io comincio ad avere paura quando esco, infatti viene il mio ragazzo a prendermi la sera» s'intromise Claudia sedendosi su una panca per infilarsi le calze.

«Vorrei proprio sapere chi è quel criminale che ha ucciso Melissa e perché? Spero solo che trovino Marika al più presto, ma ho un brutto presentimento» mormorò un'altra.

«Che gufo! La polizia sta facendo di tutto per trovarla» replicò Alessandra.

«Ah sì? E cosa secondo te? Sono venuti qui gli ispettori a interrogare tutti, ma non sanno da che parte cominciare, non hanno nessun sospetto.»

«Sono d'accordo con Anna, per me stanno perdendo tempo qui dentro, l'assassino non è uno del centro» contestò Claudia avviandosi verso la porta con la copertina di pile che utilizzava per la pratica di yoga.

Maia stava per intervenire, ma si morsicò la lingua. Anna lo fece al posto suo.

«Be' io non ne sarei poi tanto sicura, crediamo di conoscere tutti, ma in fondo in fondo non sappiamo neppure chi siamo. Chiunque potrebbe essere un assassino.»

«Sospetti di qualcuno in particolare?» chiese Claudia.

«Be', non ci sono tanti uomini qui dentro, quindi si fa presto.»

«E chi ti dice che sia un uomo? Potrebbe essere una di noi a questo punto» tagliò corto Claudia uscendo.

L'atmosfera si era surriscaldata e lo scambio di vedute proseguì tra le donne rimaste nello spogliatoio. La maggior parte di loro temeva che il killer si nascondesse sotto false sembianze, ma nessuno aveva avanzato dei sospetti particolari. Tutte però avevano paura e qualcuna aveva pensato di non frequentare più il centro, almeno fino a quando avrebbero preso l'assassino.

Maia a un certo punto se ne era andata, senza mai intervenire o essere coinvolta nella discussione.

Meglio così, pensò uscendo dal centro. Si strinse nel cappotto e si avviò verso la metropolitana.

A stento riusciva a distinguere i perimetri della strada buia e deserta, immersa in una foschia che avvolgeva ogni angolo.

Pensò a Melissa, a quello che aveva provato quella sera. Un brivido le percorse la schiena.

Paura?

Il freddo umido le penetrò nelle ossa e le ghiacciò il respiro, ma non avvertiva paura.

C'era qualcosa di nuovo dentro di lei, qualcosa che sembrava aver attutito la sua inquietudine.

Nonostante il timore per il ruolo che doveva ricoprire, aveva scoperto una nuova dimensione dell'esistere.

Dopo una giornata così intensa di emozioni, si sentiva leggera. Con Giada si era liberata di un fardello che da troppo incombeva sul suo animo, e anche lo yoga le aveva giovato.

Le donne con cui era riuscita a entrare in contatto le erano piaciute, per il resto non aveva ancora conosciuto molte persone, a parte Monique.

Maia, nonostante l'avesse osservata a lungo, non era riuscita a farsi un'idea di lei. Di solito intuiva a pelle se le piaceva una persona appena conosciuta, ma con Monique non era accaduto. Senza dubbio le era parsa stravagante e non solo per l'abbigliamento, all'apparenza eccentrico. Le sfuggiva una parte della sua personalità, quasi si trattasse di una figura incorporea.

Quando rientrò, l'atmosfera della sua casa la circondò come un abbraccio. Buttò gli scarponi a terra, il giaccone sulla sedia e andò dritta in cucina, riempì la ciotola di croccantini per la sua gatta e scaldò il latte nel microonde. Si stese sul divano con il bicchiere fumante tra le mani, si avvolse nel pile arancione, sul quale la gatta non esitò a spiccare un salto. Faceva le fusa. Anche lei percepiva un'inconsueta energia.

VENTISETTE

Non sapeva mai come comportarsi con i parenti delle vittime dopo il riconoscimento del corpo, nonostante l'esperienza nella polizia giudiziaria.

Appena poteva, delegava qualcuno dei suoi per tale ingrato compito, ma questa volta non aveva potuto esimersi.

Anika si limitava a una rapida stretta di mano e al classico «mi dispiace».

I genitori di Melissa però meritavano un atteggiamento differente. Erano usciti dall'obitorio stretti nel loro strazio, lo sguardo basso, l'incedere lento, quasi malfermo.

Avrebbe desiderato essere inghiottita dal pavimento, piuttosto che andare loro incontro. Quando la coppia fu più vicina, Anika si presentò.

«Buongiorno, sono il commissario Anika Miller, capisco che questo è un momento terribile per voi. Le mie parole non possono aiutarvi, ma sono qui per...»

«Lo sappiamo. Non dica niente, per noi è meglio» la fermò il padre della vittima, incrociando il suo sguardo.

La moglie si sciolse dall'abbraccio.

«Non sappiamo cosa farcene del suo falso cordoglio, doveva darsi da fare prima e salvare nostra figlia. Invece di stare qui a perdere tempo, faccia qualcosa per trovare l'altra donna» inveì folgorandola con un'occhiata.

«Signora, mi perdoni per avervi importunato, ma sono amareggiata e comprendo il vostro rancore. Abbiamo fatto di tutto per trovarla» balbettò stropicciandosi le mani.

Si asciugò una lacrima furtiva prima che si avventurasse sulla sua guancia.

Il marito prese la mano della moglie e le voltò le spalle.

Anika indugiò qualche istante osservandoli, mentre si avviavano verso l'uscita.

Una sensazione di impotenza la avvolse nelle sue maglie. Si sedette su una panca nel corridoio e si tolse il cappotto, sudata come se fosse luglio.

Le sembrò di essere sull'orlo di un dirupo e di non vedere il fondo.

«Ti senti bene?» le domandò il dottor Poggi chinandosi su di lei.

«Sì sì, tutto a posto» farfugliò alzandosi di scatto.

«Nessuno può alleviare il dolore di chi ha perso una figlia in quel modo» la incoraggiò con una leggera pacca sulla spalla.

«A te non si può nascondere niente» sussurrò abbozzando una specie di sorriso.

«Il corpo parla, Anika. Noi possiamo mentire, ma lui no. In ogni caso, mostrare le nostre emozioni non è debolezza. Tu sei una donna dura, ma sotto quella scorza si nasconde un animo nobile.»

Anika, un po' imbarazzata, lo seguì nella sala autoptica, con passo deciso.

«Allora Andrea, vogliamo occuparci della vittima adesso?»

«Okay» le rispose sfoderando un sorriso.

Anika avrebbe voluto girarsi dall'altra parte alla vista del cadavere che giaceva sul tavolo d'acciaio, senza veli. Nonostante l'abitudine, la morte la induceva sempre a riflessioni interiori.

Una vita finita così, un rapporto medico infilato in uno schedario, un cartellino attaccato al dito del piede.

«Allora?» lo sollecitò tentando di spostare l'attenzione dal corpo all'indagine.

«Come ti dicevo, è stata strangolata.»

Stese un lenzuolo bianco sopra il cadavere.

«Voglio i dettagli.»

Il medico, in piedi accanto al tavolo, sembrava assorto nei suoi pensieri. Si passò una mano sui capelli a spazzola e continuò.

«Il soggetto era una donna, bianca di trent'anni. Sana. Dall'autopsia non risulta nessuna malattia, nessuna lesione agli organi interni, niente danni allo scheletro, né ai tessuti connettivi. Presenta un solco molle sul collo, prodotto da un laccio morbido, forse una sciarpa, escoriazioni sulle mani e sulle braccia, come se avesse lottato, o tentato di liberarsi da qualcosa. Nessun segno di violenza sessuale» recitò come se stesse dettando una relazione.

Anika si passò le mani sul viso. La stanza le girava attorno.

«Quindi non è stata stuprata?»

«No, ma ha avuto un rapporto sessuale e non c'è traccia di sperma.»

«Vuoi dire che era consenziente?»

«Non credo, aveva del diazepam nelle urine.»

«L'assassino l'ha avvelenata e poi l'ha violentata, giusto?»

Il medico si grattò il mento.

«Non è stata avvelenata. La dose somministrata non era letale, ma sufficiente a stordirla.»

Anika cercò una sedia e si appoggiò con le mani allo schienale.

«Valium?» bisbigliò La Miller, come se la parola celasse un segreto o ne avesse timore.

«O qualcosa di simile, con gli stessi principi attivi.»

«Ma per cosa si usa esattamente?»

«Dai, non dirmi che non lo sai. Negli stati di tensione, di ansia, di irritabilità, negli stati fobici... Inoltre è un miorilassante.»

«Okay, okay, non mi serve una relazione scientifica, piuttosto come ha fatto a procurarselo? Non serve la ricetta?»

Il dottor Poggi soffocò uno sbadiglio.

«Non ti facevo così ingenua. Basta un medico compiacente. E poi oltre il sessanta per cento delle persone di solito lo tiene nell'armadietto del bagno. Non ci vuole nulla a rubare due o tre pastiglie in casa di qualcun altro e non è reato essere in possesso di benzodiazepine.»

«L'assassino è stato abile e accorto, non ha lasciato impronte, né indizi che possano far risalire a lui. Ha usato senz'altro un preservativo. E noi siamo nella merda senza il suo Dna.»

Il medico guardò l'orologio.

«Penso proprio di sì. Io avrei finito, lavoro da undici ore e sono a pezzi. Ti farò avere al più presto un rapporto preliminare, quello definitivo lo mando al pm tra qualche settimana.»

Si tolse il camice bianco e indossò un giaccone che aveva conosciuto giorni migliori. Uscendo chiuse la porta con tre mandate.

«Buona fortuna. Ne avrai bisogno» le disse stringendole la mano e facendo scivolare lo sguardo sulle sue curve.

Quando Anika uscì, stava piovigginando.

Camminò sotto l'acqua, come se potesse lavare via l'odore della morte che percepiva su di sé, trovandosi d'improvviso sommersa dalla fiumana di persone che si affannavano alla ricerca dei regali natalizi, come tanti robot ipnotizzati dal consumismo.

Mille luminarie rallegravano la via, case e negozi erano addobbati da luci intermittenti, adesivi a forma di renna, di Babbo Natale, o altre decorazioni dorate.

Le vetrine brillavano di mille colori e traboccavano di merci. Dai negozi di elettrodomestici si affacciavano televisori accesi, con immagini di famiglie felici che si scambiavano regali e babbi natale che correvano sulla slitta augurando «Buon Natale!»

Tutto questo strideva con l'inquietudine del suo animo.

Erano le cinque del pomeriggio del 10 dicembre. Una donna era stata uccisa, un'altra rapita e ancora nessuna pista da seguire.

Non sarebbe stato un Buon Natale, pensò, evitando a mala pena di urtare una ragazza carica di pacchi di fronte a lei.

VENTOTTO

Guardò l'ora proiettata sul soffitto: le tre di notte.
Scostò il piumone da un lato e si alzò, scese le scale senza far rumore. Samanta aveva il sonno leggero. Non accese neppure la luce. La cucina era illuminata dai lampioni sulla strada.
Giada si avvicinò alla finestra. La nebbia avvolgeva la terra nel suo mantello, come una sciarpa. La luna sembrava scomparsa, il mondo sembrava scomparso, così come ogni sua certezza.
Qualcosa le sfuggiva nel profilo dell'assassino, qualcosa che avrebbe potuto salvare Marika.
Si massaggiò il collo e di colpo fu invasa da una sensazione di calma, tutto intorno a lei sembrava ovattato.
I ricordi si disegnarono sulla lavagna della sua memoria. Si rivide quando da bambina andava dalla nonna nel weekend. Era sempre così tenera con lei, al contrario di sua madre.
La sera si sedevano sul divano con una tazza di latte fumante, spolverato di cannella. Percepì ancora il suo aroma, come un tuffo nel tempo.
La nonna le leggeva un libro fino a quando non si addormentava, poi la metteva a letto e le rimboccava le coperte. Erano momenti magici, gli unici in cui si era sentita amata.

Poi un giorno l'incanto si spezzò, la nonna morì in una notte nebbiosa di dicembre, lasciandola sola al mondo.

A dicembre aveva perso anche Chiara, la sua più cara amica.

Giada non si era mai perdonata per questo, e il rimorso la seguiva come un'ombra.

La madre di Giada, come spesso accadeva dopo il divorzio, era fuori per lavoro o almeno così le aveva fatto credere e l'aveva lasciata sola, invitandola a ospitare la sua amica Chiara per la notte.

Le ragazze, dopo una frugale cena, stavano ascoltando della musica rock ad alto volume, confidandosi le prime esperienze amorose.

Lui era entrato di soppiatto dal retro della villetta, rimasto socchiuso. L'uomo aveva legato prima Chiara e poi lei, senza che le due potessero opporre resistenza. Si era poi avventato sull'amica, strappandole i vestiti e costringendo Giada a guardarlo, mentre la violentava, abbaiando parole sconce. Le diceva di stare buona che poi avrebbe soddisfatto anche lei.

Ma Giada, mossa dalla forza della disperazione, era riuscita a sciogliere il nodo, per fortuna piuttosto cedevole e a liberarsi le mani. Approfittando poi del momento in cui l'uomo raggiungeva l'acme del piacere, si era lanciata dalla finestra rotolando nel giardino sottostante, quindi era corsa via a perdifiato senza pensare all'amica, vittima di quel mostro. Voleva solo salvarsi. Giunta sulla strada principale, aveva urlato agitando le braccia e un'auto si era fermata a soccorrerla. Chiara era morta soffocata dal corpo dell'uomo che, dopo l'orgasmo, aveva avuto un infarto.

Quella sera pianse fino a non avere più lacrime, sconvolta per l'accaduto. La sua più cara amica era volata via come una fragile foglia trascinata dal vento, in una nebbiosa notte di dicembre. Se non fosse scappata come una ladra, forse anche lei si sarebbe salvata.

A dicembre di sei anni prima si era separata dal marito.
L'ossessione si ripeteva a distanza di anni.
A dicembre Melissa era stata rapita da una mente malata, in una sera di nebbia. Marika sarebbe stata la prossima.
Un mese che avrebbe voluto cancellare dal calendario.
Pensò a Giovanna. Quando era entrata nella sua camera, la paziente stava camminando intorno al letto, come un automa, parlava da sola, ripetendo come un mantra la stessa frase: manca poco. Lui sta per ucciderla. Devi fare qualcosa.
Giada aveva cercato di approfondire, ma Giovanna sembrava in trance.
Forse lei sapeva qualcosa, magari avrebbe potuto dirle dove si trovava, darle qualche indizio.
Non avevano nulla, nessuna traccia, nessuna pista. Anika si aspettava tanto da lei, ma Giada si sentiva inutile in questo caso.
Avevano discusso a lungo quella mattina nel suo ufficio, Anika le aveva espresso ancora i suoi sospetti sul centro.
«Secondo me, è uno che conosce le vittime, magari lavora con loro o ha a che fare con quelle pratiche occulte.»
«Sei troppo ossessionata da questa storia, ti assicuro che al centro non c'è nulla di magico. Domani te ne renderai conto anche tu.»
«Lo vedremo, adesso la priorità è salvare Marika. Non possiamo permettere che anche lei faccia una brutta fine.»

***

Giada cercò di liberare la mente dalla giornata trascorsa. Quella notte sognò sua nonna. Camminava su un sentiero in una fitta boscaglia, al termine del quale si stagliava una casupola abbandonata. La nonna le faceva cenno di seguirla.

Si svegliò in un lago di sudore.

VENTINOVE

La pioggia non aveva smesso di scendere, sembrava non dovesse finire mai. L'odore dolciastro dei cappotti bagnati rendeva l'aria opprimente all'interno della chiesa. C'era molta gente, tra cui curiosi e giornalisti alla ricerca dello scoop. Il parroco aveva permesso loro di entrare, a patto che non facessero riprese o foto.

Nelle prime file, oltre ai genitori e i parenti, erano sedute numerose donne, forse amiche di Melissa e colleghe di lavoro. Alcune si abbracciavano e piangevano in silenzio. Valerio sedeva nelle ultime panche, indossava occhiali da sole e teneva la testa reclinata sul petto.

Sui volti era dipinta una paura palpabile, come se la morte si stesse avvicinando troppo.

Del Namasté c'erano quasi tutti, tranne Giulio e Ilaria, Giada era seduta accanto a Monique. Nessuna delle due aveva voglia di parlare. Un clima di orrore sembrava essersi steso sui volti degli astanti.

Gli occhi erano puntati sulla bara di Melissa, circondata da orchidee rosa, mentre il parroco pronunciava l'omelia funebre.

«Di fronte al mistero della morte, ogni parola è realmente inutile. La nostra fede non fa scomparire il dolore o cancellare il pianto, ma dà un senso alla tristezza, al vuoto del distacco. E il periodo che stiamo vivendo, con il Natale ormai alle porte, lo sottolinea ancor di più. Qui, una bara, ma laggiù, nel presepe, c'è una grotta con una nascita. Dio ha chiamato Melissa a sé come un giorno chiamerà ognuno di noi. Nel suo amore, tutto trasforma e trasfigura. E lo crediamo, perché ci fidiamo di Dio, della sua parola, delle sue promesse. "Dove vado io, un giorno verrete anche voi" ci dice Cristo. Ci affidiamo a Te, e al tuo Amore affidiamo la nostra Melissa.»

Che presa per i fondelli. Fanno bene gli Indiani che bruciano il corpo e gettano le ceneri nel Gange, se non altro non arricchiscono le agenzie funebri.

Tanto dopo la morte c'è solo il nulla, sono tutte fesserie per ingrassare i preti.

E poi ci vuole un bel coraggio a raccontare ste frottole a due genitori ai quali è stata assassinata una figlia. Se davvero esistesse un Dio, non permetterebbe queste tragedie. Non ci sarebbe tanto dolore al mondo.

Piras si era fatto accompagnare da Esposito; la presenza di Maia, essendo sotto copertura, non sarebbe stata prudente.

«Usciamo prima che finisca, così possiamo avere la situazione sotto controllo. Tra la gente potrebbe esserci l'assassino» sussurrò Umberto.

Il collega, assorto nelle sue riflessioni, non l'aveva sentito.

«Hai capito cosa ti ho detto?» ribadì con una gomitata.

«Scusa, ero sovrappensiero» reagì trasalendo.

Guadagnarono l'uscita tra gli sguardi curiosi dei presenti.

«Che cavolo ti è preso prima? Il sermone ti ha incantato?»

«Stavo riflettendo sulle parole del prete. È incredibile che ci sia ancora gente disposta a credere a simili idiozie.»

«La Chiesa si è sempre servita dell'ignoranza. Anch'io penso sia una presa in giro, adesso però ci sono altri misteri a cui badare.»

Quando terminò la cerimonia, i due agenti attesero l'uscita con la speranza di individuare qualche movimento sospetto.

«Io li odio quelli, pensano solo a far notizia. C'è anche Rai Tre, hai visto?» sbottò Umberto. Si riferiva ai reporter piazzati davanti l'ingresso, pronti a catturare lo scoop.

«Stasera ci sarà un servizio sul Tg regionale. Chissà i commenti!»

«Spareranno di nuovo a zero sulle indagini.»

«Su questo non c'è dubbio. A parlare si fa presto, ma mi piacerebbe vedere loro al posto nostro. Questo caso mi sta togliendo il sonno. Non abbiamo niente, ti rendi conto?»

«C'è qualcuno dietro quel cespuglio» bisbigliò Esposito, indicando un arbusto a lato della piazza.

«Sei sicuro?»

«Ho visto un movimento tra le fronde.»

«Rimani qui, vado a verificare.»

Lo seguì con trepidazione mentre si allontanava. Sperava di trovare conferma ai suoi sospetti.

A ridosso del cespuglio c'era un giovane uomo e stava fotografando con il suo smartphone.

«Cosa ci fai qui?» inveì Umberto.

«Cosa te ne frega, sono cazzi miei» abbaiò l'altro scappando via.

Piras lo inseguì gridando.

«Fermati, polizia!»

Gli sguardi dei presenti furono attratti dal trambusto sulla piazza.

L'uomo aveva già guadagnato terreno.

«Fermati, o sparo» urlò Umberto, maledicendo i suoi chili di troppo.

Esposito schizzò all'istante, lo raggiunse in un secondo e con una mossa di karate lo atterrò, bloccandolo con un piede sul petto.

Umberto arrivò qualche istante dopo, quasi senza fiato.

«Bella mossa. Lascialo adesso.»

«Allora ci vuoi dire cosa stavi facendo là dietro?» lo incalzò, tenendolo per un braccio.

«Niente, è proibito fare foto?» rispose sputando per terra.

«Ehi attento a come ti comporti, perché ti sbatto dentro. Chi sei e perché ti eri nascosto?»

«Sono uno che ama andare ai funerali, okay? Da quando è reato fotografare?»

«Conoscevi la defunta?»

«No, non so chi sia, so solo che è stata uccisa, ma io non c'entro.»

«Questo lo vedremo. Adesso dacci le tue generalità, subito. O preferisci farlo in questura?»

Tolse la carta d'identità dallo zaino e la buttò a terra con stizza.

«Cazzo che palle. E prendete sto maledetto documento.»

«Se continui a fare l'imbecille, peggiori la tua situazione. Se sei a posto, non hai nulla da temere» lo ammonì Esposito, con tono meno brusco.

Piras stava già telefonando a De Rosa per verificarne l'identità. Rimase in linea, attendendo la risposta.

Esposito lo osservò con discrezione, mentre spostava il peso del corpo da un piede all'altro.

«Sei ancora lì?»

«Non sarò bravo come Espo', ma mica dormo sugli allori. Dunque, il tipo in questione è incensurato, ma ha subito due ricoveri allo psichiatrico per psicosi maniaco-depressive. Inoltre è già stato fermato diverse volte per episodi simili. A quanto pare, non ci sta molto con la testa, ma non è un assassino. Puoi lasciarlo andare per la sua strada, ai nostri fini non ci interessa.»

«Okay, grazie. Ci vediamo dopo, dì al capo che stiamo rientrando. Qui non si cava un ragno da un buco.»

«Puoi andare, ma sta attento. Non è bello prendersi gioco del dolore altrui.»

«Io non mi prendo gioco di nessuno, non mi vedono mica gli altri. Invece di perdere tempo con me, cerca l'assassino» sghignazzò correndo via.

«Ehi, figlio di buona donna, torna qui!» gridò Umberto provando a inseguirlo.

«Lascia perdere, è solo un mitomane» gli suggerì Esposito, facendogli cenno di seguirlo verso la chiesa.

«Sì, hai ragione, è che...» Piras si allentò il nodo della cravatta.

«Anch'io speravo fosse il nostro uomo, o magari un tramite, ma sarebbe stato troppo facile.»

«È vero, ma spesso gli assassini vanno ai funerali delle loro vittime. A questo punto non ci resta che puntare sul centro. Ha ragione la Miller, stronza, ma tosta» continuò Umberto, mentre si avviava verso il sagrato.

«Sono d'accordo sul fatto che sia stronza, ma tosta non direi. Cos'ha fatto finora? Niente, si è intestardita col Namasté perché Melissa e Marika lo frequentavano, ma questo non vuol dire che l'assassino si trovi lì.»

«Ma non puoi provare nemmeno il contrario. Sai se Maia ha scoperto qualcosa in questi giorni?»

Esposito camminava davanti a lui con passo spedito. Si fermò ad aspettarlo. Non amava parlare con qualcuno senza guardarlo in faccia.

«Non ho avuto modo di parlare con lei, ma credo sia troppo presto per trarre conclusioni.»

La pioggia era cessata quando la bara, traboccante di fiori, venne caricata sulla limousine che avrebbe accompagnato Melissa nel suo ultimo viaggio.

Un atto di clemenza del creato nei confronti di una vita spezzata.

TRENTA

L'ho scelta anche per il suo nome, Sarah. *Principessa*. Ha le qualità delle prime due e abita vicino a me, in un quartiere di villette, una delle poche zone di Milano dove le aree verdi si sono salvate dalle colate di cemento.
    L'ho conosciuta in una palestra che frequentavo tempo fa. Lei è la numero Tre.
    La pedino da qualche giorno, oramai conosco i suoi spostamenti e gli orari in cui rientra.
    Parcheggio il furgone in un punto poco visibile e aspetto. Mi accendo una sigaretta e aspiro il fumo con intensità, lo sento entrare nei polmoni, provo una sensazione di rilassamento. Mi avvicino alla bocca una lattina di birra, sorseggio il contenuto sorso dopo sorso. Mi muovo appena, tentando di trovare una posizione adatta sul sedile. Sono le 19.30. Trattengo il fiato e sbircio dallo specchietto retrovisore, di lei nessuna traccia. Poi il rumore di un motorino che svolta nella via.
    Mi si blocca il respiro, un tremore violento mi sommerge come un'onda, bevo dell'altra birra e cerco di respirare a fondo.
    Le 19.35. Il motorino per fortuna è scomparso.
    La vedo sbucare e avvicinarsi con passo spedito.

Scendo dal furgone, le chiedo in maniera amichevole se mi presta il cellulare, con la scusa che non ho credito e sono in panne.

Sarah non sospetta nulla, mi sorride e fruga nella borsa. Che ingenua! Intanto io mi guardo intorno: il marciapiede è ancora umido dopo la pioggia del pomeriggio, la strada è deserta, un cane annusa un ciuffetto di erbacce che fa capolino dall'asfalto. Approfitto di questo momento per stordirla. In una frazione di secondo la carico sul mio mezzo, ingrano la prima e sgommo via.

Mio Dio che freddo. Ho provato a picchiare la porta, a urlare, a rompere quelle maledette sbarre, ma niente. Sono stanca, ma non mi arrendo. Devo trovare il modo di salvarmi, ci dev'essere qualcosa che posso fare.

Ancora un cigolio? Cosa succede? È tornato? Una mano mi stringe la gola, non respiro più. Soffoco. Calma, calma. Cerco di riprendere fiato, ho fame d'aria. Riesco a mettermi in piedi e raggiungo la branda. Mi sdraio con le gambe rannicchiate.

Sento una voce vicino a me. È lui!

Il mio aguzzino adagia un corpo sul letto vicino a me e mi parla con tono pacato.

«Per qualche ora ti farà compagnia. Lei è Sarah, non vi conoscete, ma siete molto simili. Prenditi cura di lei, è una principessa sai? Il suo nome viene dalla Bibbia. Quando si sveglia, le dirai che è stata scelta per salvarsi. Adesso ho da fare, ma tornerò.»

Ho la gola secca, non posso più parlare. Lui è uscito, ha chiuso con il catenaccio. Ho i brividi e una morsa nello stomaco. Mi faccio coraggio. Accanto a me vedo il corpo di una donna, ha i riccioli rossi che le ricadono sulle spalle. Sembra dormire. Anche lei è stata rapita dal mostro. In due magari possiamo tentare di andarcene.

Appoggio la testa sulla sua spalla e aspetto.

Prima o poi si sveglierà.

TRENTUNO

Non aveva smesso un attimo di girare in tondo da quando Giada l'aveva informata dell'interrogatorio. Monique non gradiva la visita della Miller, le sembrava una violazione del suo tempio.

«Non capisco cosa voglia la polizia, ho già detto tutto quello che sapevo a quell'ispettore, dovrebbero lasciarci in pace e cercare l'assassino.»

Giada la osservava sottecchi mentre continuava a toccarsi i capelli.

«È quello che stiamo facendo ma bisogna indagare ancora. Chi ha ucciso Melissa e rapito Marika potrebbe aver a che fare con il centro.»

«Tu non sai quello che dici, noi aiutiamo le donne in difficoltà, non siamo assassini. Adesso ho bisogno di stare sola e di riflettere prima di rispondere alle domande di quei piedipiatti.»

Giada non si era fatta pregare ed era uscita subito dal suo ufficio. Dal tono e dal modo di comportarsi, aveva percepito quanto Monique fosse inquieta per la pessima pubblicità che l'accaduto avrebbe arrecato al centro.

De Rosa parcheggiò l'auto sulla strada ai bordi del vialetto e uscì chiudendo la portiera con delicatezza, quasi per non infrangere il silenzio. Era contento che la Miller gli avesse chiesto di accompagnarla, non vedeva l'ora di entrare al Namasté per farsi un'idea di quel centro così strano. Anika si era soffermata lungo il viale dove era stata rapita Melissa, attratta dal mare di fiori depositati sul sentiero, tra cui spiccavano mazzi di rose fresche e tanti biglietti di cordoglio.

Un fremito le trapassò la schiena, ma proseguì decisa verso l'ingresso, dove De Rosa la stava aspettando, incuriosito dal cartello che invitava a lasciare fuori le scarpe.

«Dotto', qua sta scritto che bisogna togliersi le scarpe, ma questi so' fuori di testa. Io non ci penso proprio a lasciare qui fuori i miei stivaletti di pelle, mi sono costati una fortuna! Ma pensa che mondo di squilibrati è questo.»

«Non riguarda noi, dai entriamo.»

Varcata la soglia rimasero affascinati dall'ambiente: il colore bianco delle pareti quasi offuscava la vista, sul fondo campeggiava un busto dorato del Buddha tra candele accese e fiori freschi. Entrambi stavano leggendo la scritta sopra la statua:

La vita è un viaggio da assaporarsi in ogni suo passo. Ieri è storia, domani è mistero e oggi è un dono: e perciò lo chiamiamo il Presente. Vivi qui e ora.

quando Omar si avvicinò a loro. Li accolse con una stretta di mano e li accompagnò nella Sala del Mandala, messa a disposizione per gli interrogatori.

Anika lo osservò con attenzione mentre faceva loro strada: piccolo di statura, esile, con braccia e gambe sproporzionate rispetto al tronco, e le orecchie a sventola. Sembrava a suo agio in presenza degli agenti, e pensò di cominciare proprio da lui.

Omar, in piedi con lo sguardo rivolto verso il mandala dipinto sulla parete centrale, non li invitò a sedersi, nella speranza si trattasse di una cosa breve.

«Che rapporti aveva con la vittima?» attaccò la Miller senza troppi preamboli.

Omar si accarezzò il mento con il pollice.

«In che senso?»

«La conosceva bene?»

«Non ci andavo a letto se è questo che intende, ma certo che la conoscevo, che domande! Veniva qui tutte le sere, a volte si fermava a scambiare due parole con me, era molto dolce e un po' timida.»

De Rosa non riuscì a stare zitto, odiava quando qualcuno dei sospettati usava un tono di sfida. Si avvicinò all'uomo fissandolo dritto negli occhi.

«Rispondi alle domande del commissario senza fare della stupida ironia.»

Sul viso della Miller si affacciò un sorriso di compiacimento.

«La sera in cui è stata rapita, lei era ancora al centro?»

«Io stacco prima che finiscano le pratiche.»

«Che tipo di pratiche seguiva Melissa?»

«Lei era iscritta a tanti corsi, ma quello che non si perdeva mai era la meditazione serale. Dovrebbe farlo anche lei, sarebbe meno nervosa.»

De Rosa stava per intervenire di nuovo, quando Anika lo invitò a desistere con un cenno del capo. Sapeva che Omar tendeva un po' all'instabilità, e non diede peso alle sue parole.

«Di Marika cosa mi dice invece?»

«Lei è più tosta di Melissa.»

«Cosa intende con tosta?»

«Cristo santo, ma dove vive? Tosta, nel senso che è una con le palle, è chiaro adesso?»

De Rosa lo fissò con le sopracciglia aggrottate, ma lo sguardo di Anika parlava chiaro. Lei riusciva sempre a mantenere il controllo, soprattutto in presenza di personaggi come Omar.

«Dove si trovava quando le ragazze sono state rapite?»
«A casa mia a guardare la televisione.»
«Qualcuno lo può provare?»
«Vivo solo con il mio canarino, ma lui non può parlare» rispose con un sorriso ironico.
«Ma avrà dei vicini che l'hanno vista o sentita entrare?»
«Può darsi, che ne so io? Manco li vedo i miei vicini, ognuno si fa i cavoli suoi lì dentro.»
«Ci pensiamo noi a verificare» tagliò corto De Rosa gelandolo con lo sguardo.
«Okay per ora è tutto, se avremo ancora bisogno di lei, la convocheremo. Può andare. Faccia venire la direttrice.»

I due ispettori si accomodarono sugli *zaffo,* sparpagliati sul pavimento in paglia di riso, ma non sembravano a loro agio.

«Io sarò ignorante, ma questi se so' bevuti il cervello.»

Anika si sforzò di rimanere seria, ma vederlo spostarsi in modo buffo sul cuscino, a destra e a sinistra per mantenere l'equilibrio, le strappò un risolino.

Monique entrò con passo strascicato e salutò i due ispettori con un buongiorno tra i denti. Passò davanti a De Rosa che la esaminò da capo a piedi, trattenendo a stento i commenti sul suo look. Indossava pantaloni alla turca color oro e una casacca cremisi con disegni floreali, portava i capelli raccolti sulla nuca e orecchini lunghi fino alle spalle.

Anche Anika la scrutò, mentre si sedeva in modo disinvolto sullo *zaffo,* ammirando incredula la sua mise.

«Grazie per essere venuta subito. Sono il commissario, Anika Miller, lui è il mio collega, l'ispettore Antonio De Rosa. Immagino che abbia già raccontato tutto al mio vice, ma vorremo ripercorrere i fatti con lei. Ci parli della vittima. Era in confidenza con la Schiaffino?»

Monique giocò con un pendente, prima di rispondere.

«Cosa vuole che le dica, sono sconvolta per quello che è successo. Melissa è una... era una donna dolcissima, ma molto riservata, non dava confidenza a nessuno, con me parlava ogni tanto, ma dopo la pratica le piaceva rimanere nella sala di meditazione. Io non ho idea di chi possa averla uccisa.»

«Non ha risposto alla mia domanda. Voglio sapere se la vittima seguiva i medesimi corsi della Schiaffino, o se ne seguivano di diversi, ma a orari simili così da incontrarsi nello spogliatoio.»

«Sì, seguivano i corsi di meditazione la sera e si incontravano nello spogliatoio, ma io non ho mai ascoltato le loro conversazioni e comunque, come le ho già detto, Melissa era molto schiva, anche con le compagne.»

«Che lei sappia, aveva nemici o qualcuno che fosse invidioso di lei?»

«Nemici Melissa? No, non può essere, lei era benvoluta da tutti, ma della sua vita privata non so molto. Aveva un fidanzato che veniva sempre a prenderla, però quella sera lui non c'era, io avrei voluto accompagnarla, ma ha preferito tornare da sola. Queste cose le ho già dette al suo collega.»

«Perchè avrebbe dovuto accompagnarla? Forse sapeva di qualcuno che la importunava, uno stalker magari? Ha mai visto o saputo se fuori ci fosse qualcuno che infastidiva le giovani?»

Monique cominciò a stropicciarsi le mani.

«Io volevo solo farle compagnia, sono grande e grossa, e in due ci si difende meglio. Che sappia io, non c'era nessuno che la importunava e non ho mai sentito dire che qualcuno avesse infastidito le ragazze, ma questa è una zona di periferia e la sera tardi, soprattutto in inverno, per una donna giovane non è tanto sicuro uscire per strada.»

«Mi spieghi come funziona questo centro, cosa fate esattamente? Perché le due donne lo frequentavano e che corsi specifici seguivano? Che rapporti avevano con loro gli insegnanti?» continuò la Miller cambiando discorso.

Monique strinse le braccia al petto, lo sguardo fisso sul pavimento.

«Diamo sostegno alle donne che hanno subito violenza, fisica, o psichica, che a volte è peggio. Oltre alle pratiche di meditazione e alle varie terapie, offriamo anche un supporto psicologico. Con i maestri il rapporto era molto corretto, nessuno di loro si è mai permesso di importunarle. Qui al centro ci sono due psicologi, Giada che lei già conosce e il dottor Perrone, entrambi collaboratori. È un percorso lungo, ma alla fine quasi tutte ce la fanno a superare i loro traumi.»

De Rosa non era pratico di psicologia, ma una domanda gli stava a cuore, così si rivolse a Monique, anticipando il suo capo che stava per prendere ancora la parola.

«Anche Melissa era in cura con gli pisicologi?»

La direttrice ostentò un falso sorriso.

«No, Melissa non aveva ancora intrapreso un percorso di psicoterapia, era già migliorata con le pratiche meditative. Perché le interessa saperlo?»

Anika lanciò un'occhiata a De Rosa e rispose al suo posto.

«Il mio collega le ha rivolto questa domanda per capire meglio la vittima. Riteniamo che ogni elemento in più possa essere vitale per le indagini. Ma andiamo avanti, parliamo del medaglione che è stato trovato sul corpo, è vostro?»

Monique si alzò di scatto.

«Non penserà che qualcuno di noi l'abbia uccisa solo per-

ché aveva al collo una medaglia col nostro logo? Chiunque può procurarsela, su Internet si trova di tutto.»
«Aveva mai visto la vittima indossarne uno?»
«Non direi, almeno io non l'ho mai notato.»
«Cosa rappresentano quei petali che sembrano formare un fiore?»
Monique si lasciò cadere con un tonfo sullo *zaffo*, chiuse gli occhi e serrò le labbra per qualche istante.
«Si tratta di una perfetta geometria della Creazione. Il Fiore dell'Apocalisse è un antichissimo simbolo, dove i quattro cerchi rappresentano la perfezione, l'Armonia, quell'armonia con la quale Dio ha creato l'universo intero.»
Anika si alzò e si mise di fronte a lei.
«Ho capito, ma mi sembra significativo che l'assassino abbia utilizzato questo simbolo, siamo certi voglia comunicarci qualcosa.»
«Dove vuole arrivare?»
«Chi ha scelto il logo del centro e perché proprio questo?»
«Io, perché quel simbolo rappresenta l'Armonia, il nostro obiettivo.»
«Da voi si trovano medaglioni come quello sulla vittima?»
«Si trovano ovunque, ve l'ho già detto.»
«Io le ho chiesto se voi li avete e cosa ne fate.»
«No… noi non…» s'interruppe per osservare De Rosa che picchiettava con il tacco dello stivale. «La smetta ispettore, mi sta rovinando il tatami.»
«Il ta… che? Non dica stronzate e risponda alla domanda. Dove cazzo stanno sti medaglioni? Se non ce lo dice, torniamo con il mandato e li troviamo.»
«Ne abbiamo qualche copia come gadget. Adesso devo andare, mi aspetta una pratica.»
Monique si avviò verso l'uscita.

Anika si mise davanti alla porta, con un braccio appoggiato allo stipite.

«Non le ho detto che può andare, non ancora. Questi ciondoli vengono consegnati al momento dell'iscrizione?»

Monique respirò a fatica.

«No, solo alle donne che trovano il loro Buddha interiore, è una specie di premio.»

«E come fate a capirlo che hanno trovato sto Buddha?» domandò De Rosa, sconcertato dalle parole di quella donna.

«L'armonia è l'obiettivo di tutte le iscritte, alcune ci impiegano pochi mesi, altre anche un anno, dipende dall'impegno nelle pratiche e dal trauma subito. Quando dimostrano ai terapisti di aver ottenuto un buon equilibrio interiore, ricevono un ciondolo con il nostro logo, come testimonianza del loro impegno. Tutto qui. Adesso posso andare?»

«Quali sarebbero i terapisti che elargiscono questo ciondolo?»

«Di solito è il maestro di meditazione a decidere, ma anche l'insegnante di yoga.»

«E le donne scomparse l'avevano ricevuto?»

«Non ancora» rispose laconica.

«Quanti ciondoli sono stati distribuiti finora?»

Monique emise un respiro profondo.

«Una decina circa.»

«Chi produce questi ciondoli? Il centro stesso o li acquistate all'esterno?»

«Li prendiamo su un sito che fornisce gadget personalizzati. Adesso posso andare?»

«Indagheremo a fondo sul personale e sul trascorso delle vittime.»

La Miller si scostò per lasciarla passare e le porse il suo biglietto da visita.

«D'accordo, torni al suo lavoro e faccia venire qualcun altro, ma se le viene in mente qualsiasi cosa che possa essere utile, mi chiami.»

I due la seguirono con lo sguardo mentre usciva quasi di corsa dalla sala, come se qualcuno la inseguisse.

TRENTADUE

Dove sono? Tento di alzarmi, ma niente, non ce la faccio, e ripiombo sul letto. Ma qui cosa c'è? Sembra una mano... oddio! Un crampo allo stomaco mi toglie il respiro.
«Chi c'è qui?» balbetto.
«Calmati, non sono morta, non ancora.»
Mi giro verso di lei, la luce che filtra dalla finestra è debole, ma dev'essere giorno. Posso intravedere il volto.
«Ma cosa...?»
«Cosa ci facciamo qui, volevi dire? Siamo state rapite da un pazzo criminale, tu sei la numero Tre» mi dice lei.
«Cosa significa che sono la numero Tre?»
«Sei la terza che ha rapito.»
«Ascoltami bene, quel paranoico è un omicida e se non scappiamo ucciderà anche noi, come ha fatto con Melissa.»
Stringo le mani a pugno e inspiro a fondo.
«Melissa? La donna rapita dal Namasté?»
«Sì, proprio lei. Hanno trovato il corpo?» le domando con voce tremante.
Non sento più le gambe, ma non posso cedere. Prendo sempre decisioni per altre persone, questa volta devo farlo per me.
«L'ho letto sui giornali e sono rimasta sconvolta... ma non

avrei mai pensato che capitasse a me. Forse se non ci facciamo prendere dal panico possiamo ancora salvarci. Dobbiamo elaborare un piano, il tipo che mi ha preso lo conosco di vista, l'ho incontrato in palestra tempo fa e mi era sembrato normale.»

«Quindi l'hai visto in faccia? Io ricordo solo che quella sera maledetta, stavo tornando a casa, ed era buio. Mi si è avvicinato un furgone nero, è uscito un uomo e mi ha tappato la bocca, poi mi sono svegliata qui. Ma non sono riuscita a vederlo, aveva il volto semicoperto. Tu invece?»

«Io stavo camminando verso casa e ho visto un furgone scuro fermo sulla strada, poi lui è sceso e mi ha chiesto di prestargli il cellulare, doveva chiamare il soccorso stradale ed era senza credito. Io ci sono cascata come una stupida, mi sono fidata perché l'ho conosciuto in palestra, mi era sembrato un tipo normale. Invece ha approfittato della mia ingenuità, mi ha tappato la bocca e mi sono sentita sollevare. E adesso sono qui, ma non mi arrendo, sono un avvocato e non sono abituata a cedere» le dico con tono deciso.

«Credi che io invece voglia farmi uccidere come un verme? Certo che no, ma come pensi di uscire di qui? C'è solo quella cazzo di finestra con le sbarre e niente per romperle. Ci ho già provato… e anche Melissa credo, ma è impossibile. Moriremo anche noi.»

Un calore soffocante mi brucia il viso, come una lingua di fuoco, sospiro di nuovo e a lungo.

«Ehi calmati, io mi chiamo Sarah, e tu?»

«Il mio nome è Marika. Quando il tipo ti ha portata giù, mi ha detto che sei una principessa e che sei qui per salvarti. Secondo la sua mente perversa, noi dobbiamo espiare dei peccati, e se non ci trova qualcuno, non abbiamo scampo. Io non voglio morire, ci vuole qualcosa per farlo fuori. La polizia che cazzo fa? Perché non ci sta cercando?» dico d'un fiato senza quasi respirare.

«Vedrai, ci troveranno, stai tranquilla. Intanto posso tentare di farlo parlare, visto che lo conosco. Si chiama Max, almeno così mi aveva detto. Ma tu sei poi riuscita a vederlo?»

«No, c'è poca luce qui dentro e lui viene sempre di sera» obietto.

«Parla con te?»

«Sì, ma dice sempre le stesse cose, parla di purificazione, di armonia, del Nirvana...»

«La sua voce ti ricorda qualcuno?»

«Non mi sembra di conoscerla, ma credo sia camuffata.»

«Può darsi, ma se è così, lo fa perché teme di...»

Sarah si blocca di colpo nel momento in cui avverte un passo cadenzato e un cigolio sinistro.

«È lui» sussurro. Mi giro verso la mia compagna di prigionia e le stringo la mano.

«Devo fare qualcosa, rompere le sbarre o la serratura della porta. Non possiamo stare qui su questa branda schifosa ad aspettare la morte» reagisce Sarah con fermezza.

TRENTATRÉ

«Hai visto il fascicolo della scientifica?»

Maia sobbalzò sulla sedia e si girò verso Umberto, entrato di soppiatto alle sue spalle.

«Mi hai fatto prendere un colpo! No, la Miller non me lo farebbe mai leggere. Tu come lo sai?»

«Ho aperto il file, è arrivato a tutti, ma forse tu ancora non ci sei nella mailing list.»

Maia aggrottò le sopracciglia.

«O forse mi vogliono tenere fuori.»

Umberto la guardò fisso negli occhi.

«Ti conosco poco, ma sei troppo pessimista e dura con te stessa. Nessuno vuole escluderti. Lasciati andare e starai meglio. Be', in ogni caso te lo giro così mi fai sapere cosa ne pensi.»

«Okay» replicò con la bocca semiaperta, ma Umberto era già uscito.

Si rimise al lavoro con entusiasmo, appagata dalla stima riposta in lei, ma fu distratta da un rumore alle sue spalle. Esposito aveva riagganciato la cornetta del telefono con un gesto di rabbia.

Si alzò di scatto, andò verso di lei e appoggiò le mani sulla sua scrivania.

«Ne ha presa un'altra» le riferì con voce vibrante.
Maia lo fissò con gli occhi spalancati.
Esposito continuò a parlare.
«Il marito ha denunciato la scomparsa stanotte, dopo che ieri sera non è rientrata dal lavoro. Mi stai a sentire?»
«Sì, ma non è detto che lo sia stesso, che ne sai? Magari si è allontanata di sua volontà o può esserci di mezzo un amante o il marito.»
«Dobbiamo dirlo alla Miller.»
«Certo, fallo subito.»
«Non sono bravo a dare le brutte notizie, chiamala tu che sai parlare bene. Per favore!»
Maia strinse le braccia al petto e sbuffò.
«Proprio io cavolo, quella mi detesta, ma se devo farlo, va bene, non c'è tempo da perdere con questi giochini, c'è in ballo la vita di due donne.»
Anika si limitò a chiedere ulteriori dettagli sulla donna con tono più educato del solito e a informarla che lei e De Rosa sarebbero rientrati al più presto.
Maia indugiò con la cornetta a mezz'aria, quasi in attesa di qualcosa, poi la abbassò con un gesto lento. Lo sguardo perso nel vuoto fu catturato da un'icona a forma di bustina comparsa nell'area di notifica del desktop. Cliccò sull'immagine in modo svogliato, sapeva di cosa si trattasse, ma in quel momento aveva perso importanza. Posò le dita sulle tempie e si massaggiò con i polpastrelli, aveva bisogno d'aria fresca e di un caffè, al file di Umberto avrebbe pensato dopo.

TRENTAQUATTRO

«Dotto', si sente male? Le vado a prendere un bicchiere d'acqua.»

Anika si appoggiò al muro e lasciò cadere le braccia lungo il corpo, con il cellulare ancora in mano.

«No, De Rosa, non ho bisogno dell'acqua, ma di un mitra per far fuori questo soggetto ignoto.»

«Che è successo signo'?»

«Era la Parodi, quel figlio di puttana ne ha rapita un'altra ieri sera. Dobbiamo andare via subito, tanto ormai qui abbiamo finito.»

De Rosa, immobile come una statua, si limitò a un'espressione che era solito utilizzare quando non sapeva cosa dire.

«O Madonnina mia.»

Anika lanciò un'occhiata a De Rosa che sembrava aver messo radici in quella sala.

«Muoviti, cosa fai lì impalato?»

«Mi sento un po' stordito, mi scusi, arrivo.»

Una ventata di aria gelida li sorprese appena usciti, il cielo plumbeo non prometteva nulla di buono con previsioni di una copiosa nevicata prima di Natale.

Mentre stavano camminando lungo il viale, stringendosi nei giacconi, De Rosa avvertì un movimento provenire da dietro un albero, si girò di scatto e avvistò una persona ferma davanti alla foto di Melissa, fissata al tronco.

L'uomo abbassò la falda del cappello sugli occhi e fece scivolare l'altra mano nei pantaloni; il pensiero di trovarsi dove era stata sequestrata quella donna lo fece ardere di desiderio. Perse l'equilibrio e si appoggiò a un ramo nel momento in cui il poliziotto si stava dirigendo verso di lui.

«Che cazzo stai facendo?»

Colto sul fatto, si girò verso l'agente, chiuse la cerniera e tentò di minimizzare.

«Io, nie... niente» farfugliò. «Dovevo solo pisciare.»

«A me non la dai a bere! Ti stavi masturbando davanti alla foto della vittima.»

Lo bloccò con un braccio intorno al collo, stava per sferrargli un pugno, ma Anika glielo impedì.

De Rosa lo fece salire in macchina, azionò i dispositivi luminosi e con una sgommata si immise nel traffico di un pomeriggio prenatalizio. Anika aveva già sperimentato il suo stile di guida. Si aggrappò alla maniglia di cortesia, cercando di sopravvivere ogni volta che, tra parolacce e bruschi scarti, evitava per miracolo un frontale.

Si sentì sollevata solo quando la vettura imboccò il cortile della questura.

L'uomo fu consegnato agli agenti in attesa di essere interrogato, mentre la Miller sentiva l'urgenza di saperne di più sulla terza donna rapita e approntare un piano d'azione.

Aprì la porta della centrale operativa e diede un'occhiata, sembravano tutti impegnati, ma quando la videro entrare, si alzarono di scatto. Maia le andò incontro e quasi la travolse per comunicarle qualcosa in merito al rapporto della scientifica. Anika le fece segno di calmarsi, l'aspettava nel suo ufficio, dopo aver parlato con il capo.

Anika non aveva perso tempo e con Esposito si era recata a casa di Sarah. Il marito li aveva accolti con gentilezza, invitandoli ad accomodarsi e aveva offerto loro anche un caffè, sembrava tranquillo.

La moglie rientrava quasi sempre dopo le 19.30, aveva spiegato, ma quella sera era molto tardi e non rispondeva al cellulare, così aveva cominciato a preoccuparsi, anche perché Sarah lo chiamava se aveva qualche contrattempo. Nessuna delle sue amiche l'aveva sentita quel giorno e, secondo uno dei soci dello studio, Sarah era uscita verso le 18.30, come al solito, quindi doveva esserle accaduto qualcosa.

Prima di chiamare la polizia, le aveva provate tutte, perfino percorrendo al contrario il tragitto, fino alla fermata della metropolitana e poi era andato allo studio, ma non c'era più nessuno. Sembrava tutto normale, ma Sarah era sparita senza lasciare traccia.

Anika gli aveva posto molte domande sull'attività della moglie per capire se avesse nemici o questioni in sospeso, ma a suo dire lei conduceva una vita regolare e nessuno avrebbe potuto farle del male.

TRENTACINQUE

Se lo sentiva che sarebbe arrivata un'altra brutta notizia. Giovanna l'aveva avvisata e lei non aveva potuto fare nulla per impedirlo. Quando venne a sapere che era stata rapita una terza donna, Giada si accasciò a terra con la cornetta tra le mani. Dall'altro capo del filo qualcuno aspettava la sua risposta, ma lei non disse nulla, atterrita dalla determinazione del serial killer, perché di questo si trattava secondo lei.

Il ticchettio dell'orologio a pendolo scandiva con il suo ritmo monocorde il trascorrere del tempo. Giada percepì due rintocchi che la distolsero dai suoi pensieri, le due di notte e non aveva nessuna voglia di andare a letto, non avrebbe potuto dormire.

Si massaggiò il collo e lo roteò più volte. Con il telecomando puntato come un'arma, si diede allo zapping, ma non trovò nulla di interessante, se non continue pubblicità sul Natale imminente, panettoni, pandori, regali. Le venne la nausea.

Lei odiava il Natale, fin da quando era bambina, ma non poteva esimersi dal festeggiarlo. Samanta era raggiante e non vedeva l'ora di fare l'albero e il presepe, di addobbare tutta la casa. Giada glielo aveva promesso, ma non aveva ancora comprato nulla e non mancava tanto tempo oramai.

Era il 16 dicembre e non aveva ancora pensato né ai regali, né al pranzo natalizio. Sua madre in compenso stava già organizzando tutto da tempo, ma Giada non aveva nessuna intenzione di sopportarla durante le festività.

L'unica alternativa era invitare Lorenzo, avrebbe così accontentato Samanta, mentre la madre, quasi certamente, si sarebbe defilata.

Passò al menu dei canali a pagamento, dove aveva una riserva di programmi registrati da guardare quando ne aveva voglia.

Scelse un episodio di *X Files* che aveva già visto. Si preparò un drink, il terzo della serata, si sdraiò sul divano con l'intenzione di distrarsi. Mentre le immagini scorrevano sullo schermo, la sua mente vagava altrove, alla ricerca di una spiegazione. Il serial killer aveva rapito tre donne con caratteristiche molto simili. Il profilo di quel criminale era ancora nebuloso, avrebbe dovuto studiarlo meglio, ma il suo peggior nemico era il tempo.

C'era qualcosa di strano in quei casi. Forse per piacere o per vendetta, o per entrambe le cose, poi c'era quel medaglione con il simbolo.

Sdraiata sul divano, lo sguardo al soffitto, la sua mente galoppava senza sosta, come un cavallo selvaggio in una prateria.

Uno sparo la fece sussultare al punto da far cadere il bicchiere sul tappeto, per fortuna vuoto. Cercò il telecomando per abbassare il volume.

L'episodio di *X Files* stava per finire, così ne selezionò un altro.

La colonna sonora, che riusciva ad allontanarla dalla realtà e viaggiare verso lidi sconosciuti, risuonò nella sala.

«Mamma abbassa!» le urlò Samanta nelle orecchie.

Giada, in una frazione di secondo, realizzò che sua figlia le stava parlando.

«Scusami tesoro, mi sono lasciata trascinare dalla musica.»

«Ma è tardi, perché non sei a letto?»

Giada la strinse tra le braccia e la accarezzò con amore.

«Non avevo sonno, ma adesso andiamo di sopra.»

Samanta rimase nel lettone con lei, aveva voglia di parlare.

«Dobbiamo prendere il regalo di Natale per Lorenzo, perché lui verrà da noi, vero mamma?» le domandò, appoggiando la testolina sulla sua spalla.

«Ti piacerebbe tesoro?»

«Certo, lo sai che gli voglio bene.»

«E la nonna?»

«Dobbiamo proprio invitarla?»

Giada tergiversò. Sebbene Samanta avesse intuito il tipo di rapporto che aveva con sua madre, non poteva esternare il suo risentimento.

«A Natale si sta con i propri famigliari, quindi…»

Samanta sollevò la testa e la guardò con una smorfia buffa, giocando con una ciocca dei suoi capelli.

«Lo so, però neppure tu sei contenta di averla qui. Facciamo così, domani glielo dico io che a Natale c'è Lorenzo, così lei non verrà» propose con il sorriso negli occhi.

«Non è molto corretto gioia, ma…»

«Tranquilla mamma, ci penso io.»

TRENTASEI

Giunti in questura, Anika era entrata con passo fermo senza salutare nessuno, come di consueto, e si era rinchiusa nel suo ufficio. Era di pessimo umore, aveva sperato di ottenere informazioni dal colloquio con il marito di Sarah, invece non era emerso nulla di interessante.

Chiamò Giada per chiederle di passare da lei nel pomeriggio, si sentiva disarmata e voleva confidarsi. Non era solita a farsi cogliere dallo sconforto, ma questa volta si sentiva davvero a terra.

«Non potevi dirmelo prima, ci sono pazienti che hanno bisogno di me, farò il possibile per raggiungerti prima di sera» le aveva risposto un po' contrariata.

«Okay, scusami, ma sono appena tornata in ufficio. Dobbiamo discutere prima della riunione, ti aspetto.»

Aveva riagganciato con un gesto stanco e si era lasciata cadere sulla poltroncina con la testa all'indietro, ma si era subito ripresa. Per lei era proibito farsi trovare in quello stato.

Osservò le pile di documenti allineati con ordine sulla scrivania e provò un senso di nausea, non aveva tempo di dedicarsi alle pratiche burocratiche, quindi spostò d'impeto il plico da un lato, imprecando quando alcuni fascicoli caddero sul pavimento. Li lasciò lì, senza raccoglierli. C'erano cose più importanti di quelle scartoffie.

In quel momento si ricordò della Parodi che l'aveva quasi travolta per parlarle.

Maia rispose al secondo squillo e, quando sentì il tono di voce della Miller, sussultò.

«Cosa avevi di tanto importante da dirmi?» urlò nella cornetta.

«Devo parlarle, ma preferirei farlo di persona, se è possibile.»

«Ho qualche minuto libero, vieni da me all'istante.»

Maia si preparò all'impatto sospirando.

«Sono tutt'orecchi» tuonò, trovandosela di fronte.

«Piras mi ha trasmesso il fascicolo della scientifica per avere la mia opinione, e...»

«Scommetto che l'ha fatto quando ero al Namasté, è così?» la troncò con sguardo bieco.

«Forse, ma non mi sembra rilevante, la priorità è risolvere il caso.»

Anika le lanciò un'occhiata aggressiva, ma Maia non reagì e continuò.

«Se non le interessa la mia opinione, è inutile che io rimanga qui» concluse avviandosi verso la porta.

«Ti ho detto che potevi andare? Adesso resti e mi dici cosa c'è di tanto interessante in quel fascicolo.»

Una vampata le bruciò le guance come una lingua di fuoco, mentre si avvicinava alla scrivania con il dossier stretto al petto.

«Ho lavorato anni nella scientifica in qualità di fotografa, un po' me ne intendo.»

«Quindi?» la sollecitò Anika, picchiettando con le dita di una mano sulla scrivania.

«Ho letto il fascicolo con attenzione. Per quanto riguarda il repertamento biologico mi sembra tutto corretto, ma nei rilievi fotografici non è stata seguita correttamente la procedura. La fotografia è uno strumento fondamentale soprattutto per i successivi riscontri ed è necessario seguire un metodo standard. Come lei saprà, le foto vanno eseguite dal generale al particolare, con un riferimento metrico vicino all'oggetto, e in queste non c'è. Il corpo della vittima non è stato ripreso da tutte le angolazioni e non si vedono bene gli indumenti» sbottò d'un fiato, per non darle la possibilità di interromperla.

I lineamenti del viso sembravano più distesi e le mani non tremavano più. Aprì il dossier e mostrò alcuni scatti.

«Per esempio, in questa immagine, per giunta sfocata, non c'è un primo piano del medaglione, e non si vede bene il collo della vittima, importante per capire il tipo di lesione sulla pelle. Per fortuna, con un programma ad hoc, ho isolato e ingrandito una parte del ciondolo, poi ho ricostruito quella mancante e credo di aver scoperto qualcosa di rilevante.»

«Sarebbe?» domandò Anika che nel frattempo si era alzata per esaminare meglio le foto. Osservò Maia corrugando la fronte.

Forse l'aveva giudicata troppo d'impulso, non era affatto stupida, pensò.

Maia si attardò ancora sulle foto per tenerla un po' sulla corda. Le parti sembravano invertite in quel momento.

«Come può vedere, nel ciondolo ci sono quattro petali, sembrano tutti uguali all'apparenza, ma se osserva più a fondo, uno è blu.»

«Mmm... sembrerebbe proprio così, ma cosa importa se un petalo è blu e gli altri no? Non ci fa trovare l'assassino!»

Anika sprofondò sul divanetto. Maia la fissò a lungo negli occhi, ma il commissario non resse lo sguardo. Mostrava profonde occhiaie e un pallore sul volto, sembrava molto provata.

«Non ci farà risolvere il caso, ma potrebbe aiutarci a orientare le indagini e a capire con quale personaggio abbiamo a che fare.»

«Adesso smettila di girare intorno all'argomento, non ho tempo da buttare via. Allora, cosa cavolo vuoi dirmi?» protestò appoggiando le mani sul divano come per alzarsi.

«Se conoscesse la filosofia orientale, l'avrebbe già capito, ma glielo spiego subito. I petali di questo fiore rappresentano i quattro elementi: Aria, Terra, Fuoco, Acqua, quello colorato di blu rappresenta l'acqua. Infatti, la vittima è stata buttata nel fiume, quindi questo è il primo elemento del puzzle. Secondo me, il serial killer, perché di questo si tratta, è un appassionato o conoscitore di queste discipline e ci sta mandando un messaggio. Poi bisogna anche capire se il petalo l'ha colorato lui e come sono gli altri ciondoli del Namasté che vengono dati alle clienti. Per me bisognerebbe farsi dare dei campioni e analizzarli per capire se sono uguali, se sono stati fabbricati nello stesso posto e con gli stessi materiali.»

Anika rimase a fissare l'aria con la bocca semi spalancata. Sembrava in trance.

«Si sente bene?»

«Cosa?» domandò.

«Le ho chiesto se è sicura di star bene, sembra pallida. Le prendo un bicchiere d'acqua.»

«Lascia perdere, sto benissimo, sono solo stanca, non dormo da non so quanto. Ma la tua teoria non è male. Tu che idea ti sei fatta?»

«Troppo presto per trarre conclusioni, ho conosciuto poche persone e devo ancora entrare in contatto con gli insegnanti. Monique è una donna eccentrica, magari nasconde qualcosa, ma credo solo a livello personale. Poi c'è Omar, l'addetto all'accoglienza, è psicolabile, ma innocuo. Quelli che mi piacciono meno sono lo psichiatra e la sorellastra di Monique. Non so perché, forse è solo una mia impressione. Ma secondo me potrebbe essere qualcuno che non ha nulla a che vedere con il centro, ma solo con le discipline e prende le donne che lo frequentano per altri motivi. Dovremmo indirizzare le indagini anche fuori dal centro, non credo che l'assassino sia lì dentro.»

Maia ripose le foto nel dossier e lo appoggiò sulla scrivania. Poi si avvicinò al divano e si sedette accanto ad Anika, senza che lei glielo avesse chiesto. Sentiva che poteva osare e non si sbagliava.

«Come lei mi ha suggerito, non mi sono esposta ma ho cercato di sondare il terreno attraverso le compagne di pratica. Il centro sembra un luogo tranquillo dove le iscritte cercano un po' di serenità, nessuna di loro sospetta di qualcuno all'interno. Per quanto mi riguarda, cercherò di avvicinarmi agli uomini del centro, andrò a una seduta con Perrone e parlerò con il maestro, fingendo di essere interessata alla pratica. Però penso che dovremmo fare ricerche approfondite su tutti, oltre a interrogarli ancora.»

«Certo, hai colto nel segno. Anche se abbiamo già verificato gli alibi, è meglio approfondire. Oggi stesso, ci mando Piras con Esposito, dopo la riunione. Ma tornando a quello che stavi dicendo, quale sarebbe il messaggio? Se i petali sono quattro, significa che potrebbe uccidere altre tre donne?»

«Io credo sia proprio così, e a ognuna corrisponderà un elemento, quindi se ho interpretato in modo corretto, la prossima non sarà gettata in un fiume. Tutto dipende da quello che sceglierà.»

«C'è un ordine in questa... filosofia?»

«Sì, quello ideato da Empedocle e giunto invariato fino ai giorni nostri: Fuoco, Terra, Aria e Acqua.»

Sempre più conquistata dal discorso di Maia, Anika non aveva mai distolto lo sguardo da lei, come un bambino sedotto da una favola.

«Se le cose stanno così, il nostro uomo non sta seguendo quell'ordine, o sbaglio?»

Maia si appoggiò alla spalliera e in quel momento avvertì un piacevole fremito lungo la schiena.

«Secondo me lo sta facendo, ma forse al contrario, ha iniziato con l'Acqua quindi, se la mia teoria sta in piedi, il prossimo dovrebbe essere l'Aria.»

Anika si alzò di scatto e girò attorno alla scrivania.

«Mio Dio... lavoro alla omicidi da più di vent'anni, e di casi strani ne ho visti tanti, ma non avrei mai pensato di trovarmi di fronte a un assassino che gioca con la filosofia. Dobbiamo fermarlo prima che...»

«Uccida Marika, sempre che non l'abbia già fatto» la interruppe Maia eccitata dal dialogo e ansiosa di far valere le proprie tesi.

«Non perdiamo altro tempo, convoco subito la riunione, dobbiamo decidere le mosse future.»

Invitò Maia a uscire e prima di rispondere, il suo sguardo si atteggiò a un piccolo sorriso. Non era facile per lei ammetterlo, qualcuno l'aveva ferita nel suo amor proprio, ma Maia aveva avuto un'intuizione che avrebbe potuto sfruttare a suo vantaggio. Del resto era lei che ci rimetteva la faccia con i media e i suoi superiori.

TRENTASETTE

Mi massaggio i polsi. Quel bastardo mi ha legata con le corde alla spalliera del letto. Non riesco a muovermi e devo fare pipì.

Sono qui, su questa branda ripugnante, attorno a me solo il buio. Apro gli occhi e li richiudo più volte, ma non cambia nulla, anzi con gli occhi chiusi sembra più chiaro.

«Marika dove sei? Aiutami, ti prego.»

Nessuno risponde.

E adesso cos'è questo rumore? Sembra un'altalena arrugginita, è l'assassino, si diverte a farmi impazzire. Ci sta riuscendo.

Cerco di urlare. Voglio uscire di qui!

Una luce all'improvviso, bianca e accecante, mi trafigge gli occhi. È tutto bianco attorno a me.

«Ti ho portato da mangiare principessa, anche se non te lo meriti. Mi hai fatto male al braccio, ma ti perdono. Adesso devi bere qualcosa.»

Mi butta dell'acqua fredda sul viso.

«Slegami e fammi uscire di qui subito!»

L'uomo risponde con tono calmo. «Non si comporta così una principessa, ma imparerai perché resterai un po' con me e devi fare la brava, capito?»

«Cosa vuoi da me? Io non ti ho fatto niente, lasciami andare. Ti darò tutti i soldi che ti servono, ma adesso voglio andarmene.»

«Attenta a quello che dici, se mi fai arrabbiare, ti faccio vedere io di cosa sono capace. Quindi adesso te ne stai qui tranquilla senza fiatare. Io devo andare via qualche giorno, ma ti lascio cibo, acqua e anche una fetta di torta.»

Stringo forte le mani e cerco di liberarmi dalle corde. Ho le fitte ai polsi.

Non ho scelta, devo assecondarlo.

«Se non mi liberi, come faccio a mangiare?»

«Ogni cosa a suo tempo. Prima di andarmene verrò a sciogliere le corde e ti porterò un catino con acqua pulita, così potrai lavarti, e un cambio di biancheria. Non mi piacciono le donne sporche.»

«Farò quello che vuoi, ma perché mi stai facendo tutto questo? Mi sembravi una persona gentile quando ti ho parlato in palestra, mi eri anche simpatico. Cosa ti ho fatto, Max?»

L'uomo si siede sul bordo del letto e mi osserva con espressione appagata, mentre continuo ad agitarmi. Sta godendo, il bastardo.

«Non sono stata io a farti del male, perché ti vendichi su di me?»

«Non puoi capire, è troppo presto, ma quando verrà il tuo momento, sarai felice di liberarti dai tuoi peccati e di tornare pura. Sarà una redenzione come è stata per loro.»

«Hai ucciso tu Melissa?»

«Queste cose le hai sapute dal telegiornale, ma non sono del tutto esatte. Melissa è stata trovata nel fiume, ma non l'ho annegata. Quando l'ho gettata era già pura, altrimenti avrebbe contaminato le acque. Ma nessuno può capirmi, neanche tu.»

«Io credo di sì, tu hai tanta rabbia dentro, qualcuno ti ha fatto del male. Una ragazza, una fidanzata? È così?»

«Tu vuoi solo fregarmi.»

«Voglio aiutarti. Non ho niente da perdere, tanto mi ucciderai lo stesso, ma forse ti libererai dall'odio.»

«Tu non puoi fare niente, è troppo tardi. Non puoi sapere quello che ho passato per colpa di quella puttana. Non sai cosa mi ha fatto» rivela dondolandosi avanti e indietro con il busto.

«Perché non me lo dici? Cosa ti è successo? Sfogarsi fa bene.»

«Io non ho avuto una madre, quella che mi ha messo al mondo era una troia. Per lei ero un figlio del peccato, nato per un errore, un fardello. Lei mi chiudeva dentro uno sgabuzzino schifoso mentre si vendeva. Sai cosa vuol dire?»

«Posso capirlo, ma non avevi nessun altro al mondo?»

«Solo mia nonna mi ha voluto bene, quando venivo qua, nella sua casetta, mi coccolava, mi faceva la cioccolata calda, io le parlavo di quella puttana, di quanto era cattiva. Anche lei non sopportava sua figlia, ma era anziana e malata e non poteva fare nulla per aiutarmi. Mi ha lasciato quando avevo otto anni.»

«Devi aver sofferto molto, per questo sei pieno di rabbia.»

«Io la odio quella schifosa. Vedo ancora i suoi occhi verdi quando mi costringeva a entrare nello stanzino buio e gelido. Sento le lacrime sulle guance, i brividi nella schiena. E quell'odore di muffa. Le grida di piacere dei clienti che se la spassavano con lei. Avevo fame e freddo, ma non potevo muovermi in quel buco. È stata dura, ma meglio la strada che con lei. Meglio la droga, le notti al freddo sotto i ponti che con quella puttana. Lei era il male e dovevo fargliela pagare.»

«E come?»

«Vendicandomi.»

«Uccidendo Melissa, hai punito tua madre. E Marika? Hai gettato anche lei nel fiume?»

«No, Marika sta volando nell'aria, è diventata un angelo. Oggi Marika è nata a nuova vita, l'Aria l'ha avvolta nella sua purezza.»

«Per vendicarti di tua madre, non bastava Melissa? Perché anche Marika e adesso me?»

«Perché nella natura ci sono quattro elementi e il ciclo si deve chiudere» bisbiglia palpeggiandomi. Un senso di vomito mi sale alla gola, ma cerco di rilassare i muscoli con un profondo respiro.

«Quindi la prossima sarò io? Però ti stai sbagliando, io non ho bisogno di essere salvata, e poi se mi uccidi, non avrai più nessuno con cui parlare. Tu non sei un assassino, sei un uomo che soffre. Se mi lasci libera, ti aiuterò a superare questo trauma.»

L'uomo si alza di scatto, mi prende con forza il mento tra le mani e mi fissa dritto negli occhi.

«Adesso basta con queste stronzate principessa, io ho una missione da compiere e non sarai tu a impedirmelo.»

La luce si spegne. Il cigolio del catenaccio e i passi sulle scale mi fanno tremare. Sono fradicia di sudore. Tra poco sarà Natale e io sono qui dentro... sono sempre più belle le cose quando non le puoi più avere, mentre non si sanno apprezzare nel momento giusto. I miei Natali in famiglia li consideravo noiosi, quando ero piccola non ricevevo quasi mai quello che chiedevo con la lettera a Babbo Natale, eppure adesso vorrei essere con la mia famiglia.

Pianto le unghie nei palmi, fino a far uscire il sangue. E tremo, tremo, tremo.

TRENTOTTO

Giada stava per entrare nell'ufficio della Miller, quando Esposito la mise al corrente dell'accaduto. Dopo la telefonata, Anika aveva disdetto la riunione e si era recata con Piras sul luogo dove era stato rinvenuto il corpo di Marika.
«Aveva ragione anche questa volta» disse tra sé a voce alta.
«Chi?»
«Una mia paziente, me l'aveva detto che era morta.»
Esposito la osservò con gli occhi spalancati.
«E come faceva a saperlo?»
«Be' lei… lasciamo perdere. Dove l'hanno trovata?»
«Il capo non ci ha detto molto, è uscita subito.»
«Non sai neppure chi ha fornito la notizia?»
«Un cacciatore ha trovato il corpo in un bosco, altro non so.»
«Ci vado subito.»
«Ma non sai neanche…» Esposito scosse il capo, Giada non c'era già più. «… Dove andare.»
De Rosa gli diede una pacca sulla spalla mentre usciva a prendersi un caffè.
«Che ci vuoi fa' Espo', gli psicologi son fatti così, troppo giusti non sono neppure loro.»
«Già, spero che Giada riesca a capirci qualcosa, perché questo caso è un casino, anche per una tosta come la Miller.»

«Questo non scherza caro mio, e so' cazzi nostri perché non è affatto finita, tra poco farà fuori anche l'altra.»

La sua giornata non era ancora terminata, ma Giada si sentiva come se un tir le fosse passato sopra. Dopo una notte insonne e una mattinata di quelle da scordare, l'attendeva la riunione in questura. Avrebbe desiderato accampare una qualsiasi scusa, ma quel caso l'aveva coinvolta al punto da toglierle il sonno.

«Te ne stai andando? Aspetta, hai due minuti?» strillò Monique rincorrendola.

Marika era già morta, le aveva detto Giovanna appena messo piede nella sua camera, ne era certa, aveva visto il suo corpo galleggiare nell'aria. Al momento le sue parole le erano parse farneticanti e nel pomeriggio aveva cercato di non pensarci più, ma gli occhi smarriti della sua paziente non le avevano dato tregua.

Si era girata di scatto e l'aveva osservata, mentre Monique la tallonava trascinando i piedi, aveva le guance rosse, i capelli scompigliati e il viso grondante di sudore.

«Non ho molto tempo, ho una riunione urgente, ci sono problemi?»

«A dire il vero volevo parlarti del caso. Sono turbata» mormorò.

Giada la fissò dritto in faccia, aveva gli occhi lucidi.

Monique corrugò la fronte, poi con un cenno del capo la invitò a uscire.

«Si tratta di quella, non mi ricordo il nome, quella tedesca insomma. Mi ha fatto un sacco di domande sul medaglione, lei pensa che qualcuno l'abbia dato all'assassino, io temo che questa storia sia dannosa per noi.»

«Al momento non ci sono elementi per trarre conclusioni, la Miller e la sua squadra stanno indagando a fondo, anche sul passato delle vittime, quindi stai tranquilla, l'immagine del centro non subirà alcuna conseguenza» le rispose Giada tagliando corto e uscì.

Giunsero su una strada sterrata e parcheggiarono l'auto prima del sentiero che si inoltrava in una fitta boscaglia.

Nella zona, circoscritta dal nastro bianco e rosso, sostavano alcune volanti e il furgone bianco della scientifica.

La Miller e Piras stavano oltrepassando il nastro, quando un uomo si avvicinò ansimando. Anika diede una gomitata al collega, una specie di linguaggio in codice per invitarlo a non intervenire.

Quando si trovò di fronte Manfredo Giuliani, il pm di turno, si sforzò di sorridergli e anticipò il suo prevedibile commento.

«Abbiamo fatto il più in fretta possibile, ma non è stato facile raggiungere questo luogo fuori dal mondo.»

«Sì capisco, comunque non è di questo che voglio parlare, prima dovete vedere il corpo della vittima, dopo discuteremo del caso. Da questa parte» replicò brusco il pm, mostrando loro la strada.

I due lo seguirono per un sentiero impervio ricoperto da erbacce, camminando in mezzo ai rovi, senza dire una parola. Nonostante il freddo di fine dicembre, Anika si slacciò il giaccone, levò la sciarpa di lana che le stringeva la gola, aveva le mani sudate e i brividi lungo la schiena.

Sbucarono in una radura attraversata da rivoli d'acqua, il terreno era un po' scosceso e cosparso di massi disposti a cumulo.

«Ecco, il corpo della vittima è tra quegli alberi» mormorò il pm con un cenno del capo.

I due sollevarono lo sguardo e nello stesso istante i loro occhi sbarrati si incrociarono.

Anika si portò una mano sulla bocca, aveva voglia di vomitare.

Il corpo di Marika era appeso a un albero, come se stesse volando, la donna indossava una tunica bianca, con le maniche larghe e svasate, un cordone dorato in vita, e sulla schiena spiccavano due ali di cartone rivestite con batuffoli di cotone.

«Oh mio Dio» esclamò Piras avvicinandosi di più.

«Chi l'ha trovato?» domandò Anika a Giuliani, tentando di superare lo sgomento.

«Un cacciatore, questa mattina presto.»

«La scientifica ha già fatto i rilievi?»

«Sì, ma qui sotto non hanno trovato niente, purtroppo il terreno è rivestito da foglie secche e le impronte non sono visibili. Sulla strada hanno rinvenuto tracce di pneumatici, sembrerebbero quelle di un camioncino, o di un furgone. Il modus operandi è lo stesso, cambia solo la posizione, comunque aspettiamo il medico legale.»

«Maledetto bastardo!» inveì la Miller, dando un calcio al tronco.

«Non serve prendersela con l'albero, diamoci da fare per smascherare questo killer piuttosto. Ho ascoltato il notiziario regionale venendo qui, nel servizio sono stati intervistati alcuni cittadini, non le dico i commenti sul nostro operato. Se non dimostriamo di avere la situazione sotto controllo, l'opinione pubblica e la stampa ci divoreranno. Da questo momento, voglio essere informato sull'andamento delle indagini ora per ora, non possiamo andare avanti così.»

«Signore, lei ha ragione, ma stiamo facendo tutto quello che è nelle nostre possibilità, purtroppo non ci sono sospettati, a parte quel tipo che abbiamo fermato, ma secondo me non c'entra niente» intervenne Piras, osservando Anika con la coda dell'occhio, rossa in viso come se stesse per esplodere.

«Dobbiamo stringere i tempi e circoscrivere le indagini, abbiamo a che fare con un killer psicopatico, voglio un profilo dettagliato. Cosa sta facendo la vostra consulente a proposito?»

«Oggi la dottoressa Damonte sarà presente alla riunione, insieme valuteremo il da farsi» si intromise Anika con tono fermo. Prese un lungo respiro e si rivolse agli agenti.

«Tirate giù quel povero corpo e adagiatelo a terra, voglio vederlo da vicino.»

«Gli ordini li do io, prima deve vederlo il medico legale.»

La suoneria del cellulare la fece trasalire.

«Cosa è successo ancora?» rispose concitata.

«Anika, tranquilla, sono Giada, ho lasciato l'auto sullo sterrato, mi mandi qualcuno? Qui con me c'è anche il dottor Poggi.»

«Okay.»

Ripose lo smartphone nella tasca con un gesto brusco e si rivolse al pm.

«Era la Damonte, sta arrivando con il medico legale.»

Piras non aveva mai visto la Miller così scossa e, sebbene non la sopportasse, un po' gli dispiaceva, sapeva che spesso l'arroganza è solo un modo per nascondere la debolezza.

Giuliani fece qualche passo nella radura e si accese una sigaretta.

Quando Giada vide il corpo di Marika, si sentì quasi male.

Il dottor Poggi osservò il corpo dal basso e diede subito istruzioni ai tecnici per recuperare il cadavere senza compromettere l'esito dell'autopsia.

Nel frattempo il pm si presentò a Giada, con una debole stretta di mano.

«Buongiorno dottoressa, sono Giuliani, il pm che segue il caso. Non sono affatto contento di come stanno andando le indagini, siamo al secondo omicidio e non c'è uno straccio di indizio, nessun sospettato e nemmeno un profilo. Lei collabora con la omicidi, cosa mi dice di questo killer?»

Giada lo osservò con ripugnanza, aveva il viso scavato, gli occhi fuori dalle orbite, i capelli unti e la forfora scendeva a pioggia sul cappotto.

«Piacere» replicò con una robusta stretta. Odiava le persone con la mano molle.

Indugiò un attimo prima di continuare.

«Non avremo ancora un sospettato, ma il team sta facendo un ottimo lavoro, non è un caso facile e comunque il profilo c'è, anche se non è ancora completo. Questo non è né il momento, né il luogo per affrontare un argomento così delicato. Se vuole saperne di più, venga alla riunione. Adesso, se non le dispiace, vorrei parlare col medico legale.»

Giuliani non rispose, si grattò la testa e scosse il capo.

«È stata strangolata come la precedente, poi appesa. Come abbia fatto da solo, non lo so» comunicò il patologo ad Anika, dopo aver esaminato il corpo, adagiato su un telo.

Piras non riuscì a stare zitto.

«Potrebbe aver annodato una corda in vita, poi l'ha tirata su e ha legato le mani al ramo, come è successo anni addietro in Barbagia, forse se lo ricorda.»

Poggi volse lo sguardo verso il commissario e riprese a parlare, ignorando il suo intervento.

«Stavo dicendo che non ci sono segni di violenza sessuale, e ritengo che la vittima sia stata drogata. Dal rigor mortis, è stata uccisa due giorni fa. Potrò dirvi di più solo dopo l'autopsia» chiarì in tono deciso.

Anika lo ringraziò e subito dopo si chinò sul cadavere.

«Il modus operandi sembra identico, e al collo c'è lo stesso medaglione, ma questa volta il petalo è colorato di giallo, quindi secondo la teoria della Parodi…»

Giada, sorpresa dalle sue parole, la interruppe.

«Maia ha una teoria?»

La Miller si girò verso di lei, perdendo l'equilibrio. Si sorresse a mala pena per evitare di cadere.

«Sì, e mi sa che non si sbaglia, questo medaglione è la chiave di tutto.»

«Lo penso anch'io, stamattina Monique era sconvolta per le domande che le avete fatto, mi è sembrata inquieta, nessuno mi toglie dalla testa che c'è sotto qualcosa.»

Anika sospirò.

«La chiave di volta è nel centro, dobbiamo interrogare ancora una volta tutti, soprattutto la sorella di Monique e quel Perrone, che forse è il suo amante, almeno secondo la Parodi.»

«Maia ti ha detto anche questo?»

«Abbiamo avuto uno scambio di vedute e devo dire che mi sono sbagliata su di lei, non è affatto stupida.»

«Meno male che te ne sei accorta, l'hai trattata come una bestia.»

«Però è servito a svegliare la bella addormentata. Adesso è ora di rientrare, la riunione non può più aspettare. Ma dov'è finito Piras?»

«Prima l'ho visto andare da quella parte, mi sa che è tornato alla macchina. E anche il pm è sparito.»

TRENTANOVE

Sua madre le aveva telefonato tra le lacrime per comunicarle che il suo compagno era morto d'infarto. Nonostante l'intervento tempestivo del 112, non ce l'aveva fatta ed era spirato sull'ambulanza, durante la corsa al pronto soccorso.
L'aveva pregata di raggiungerla al più presto e di informare Monique, lei non se la sentiva, era troppo sconvolta.
Ilaria si era finta dispiaciuta, l'aveva rassicurata che avrebbe avvisato la sorellastra, ma purtroppo non poteva andare in ospedale, perché era stata convocata in questura proprio quel giorno.
In realtà non gliene importava nulla del padre di Monique, e avrebbe preferito recarsi in ospedale, piuttosto che affrontare un interrogatorio. Era riuscita a sfuggire al primo, dandosi malata, ma adesso non poteva più accampare scuse.
Era entrata nello studio di Monique con irruenza, si era seduta di fronte a lei senza articolare parola.
La sorellastra stava leggendo un dossier e non appena si trovò Ilaria davanti, lo ripose nel cassetto, chiudendolo con un colpo.
Monique alzò lo sguardo verso di lei osservandola con le sopracciglia incurvate.
«Tu non sai proprio dove stanno le buone maniere. Se de-

vi dirmi qualcosa fallo subito, sto lavorando e non ho tempo da perdere con le tue stupidaggini.»

«Okay, sarò telegrafica: tuo padre è morto stamattina, di infarto. Me l'ha detto mia madre al telefono poco fa.»

Monique la fissò con gli occhi sbarrati, la bocca aperta, e il viso paonazzo. Si alzò sostenendosi con le mani tremanti sul bordo della scrivania e urlò tra i singhiozzi.

«Mio pa… è… mo… no, non può essere… lui non può…»

Ilaria la fissò con un sorriso sarcastico sulle labbra.

«Ecco ti ho detto quel che dovevo e ora tolgo il disturbo. Ah, se vuoi dargli l'ultimo saluto e sostenere mia madre o farti consolare da lei, vai al Niguarda. Condoglianze, sorellina.»

Monique si accasciò a terra piegata in due, con le mani sul viso, le sembrò di vagare in una marea scura, mentre le lacrime fluivano come un fiume che tracima. Poi i tremiti si placarono, il respiro si fece meno affannoso. Si sollevò a fatica, puntellandosi con le braccia sul pavimento, e sprofondò sulla poltrona, lo sguardo perso nel vuoto, un vuoto che le bruciava dentro. Adesso era sola al mondo, sola con il suo dolore.

«Dove vai così di corsa? Sembri inquieta, hai litigato di nuovo con Monique?»

Ilaria abbozzò un sorriso, osservando lo sguardo perso di Perrone che la incrociò mentre usciva dallo studio della Picard.

«No, le ho solo detto che suo padre è morto.»

«Mi dispiace, come è successo?»

«Un infarto, sembra, ma non me ne frega niente.»

«Allora cosa c'è che non va? Si vede lontano un miglio che sei preoccupata.»

«Quella tedesca di merda mi ha convocato in questura, non so cosa voglia da me.»

«Ma è la prassi, ha interrogato tutti.»

«Sì, ma io detesto i piedipiatti, trovano sempre il modo di fregarti e poi ho cose più importanti a cui pensare. Le clienti hanno paura dopo quello che è successo, molte si sono ritirate, le iscrizioni sono già calate di brutto e quei bastardi di giornalisti stanno cercando di mandarci a rotoli con i loro articoli. Io ho tanti impegni economici e devo pararmi il culo prima che sia troppo tardi, ho bisogno di un bel gruzzolo.»

«Usciamo un attimo a parlare, qui non mi sembra il caso.»

Ilaria lo seguì.

Giulio giocherellava con la sigaretta spenta, la portava alla bocca e la rimetteva nel pacchetto, stregato da quegli occhi magnetici.

«Allora?» lo sollecitò Ilaria.

«Vorrei darti una mano, ma non saprei come.»

Ilaria scostò da un lato i capelli corvini, scoprendo il candore del suo collo, ostentò il décolleté e si passò la lingua sulle labbra carnose.

«Invece potresti fare molto per me, io so come ripagarti» gli sussurrò in un orecchio.

Bastò una sola occhiata a farlo bruciare di desiderio. Giulio la strinse e la baciò sulla bocca.

«Cosa dovrei fare? Dimmelo subito, mi stai facendo impazzire.»

Ilaria lo attirò a sé, strusciando il piede lungo la sua gamba.

«Ho un piano infallibile. Vieni da me stasera.»

QUARANTA

Mi ha slegato per farmi mangiare, mi ha ordinato di lavarmi e di farlo davanti a lui.

Non voglio lavarmi, non mentre mi guarda, ma non ho scelta. Mi alzo a fatica, sono indolenzita.

Mi avvicino alla tinozza barcollando, mi tolgo i vestiti. Sono nuda come un verme, mentre il bastardo fa commenti da porco sul mio fondoschiena.

Mi lavo con una spugna che lui mi ha lasciato e alla fine, con ripugnanza, indosso un paio di slip da uomo e un camicione di flanella che sembra uscito da una cassapanca e odora di naftalina.

Lui mi prende in giro, mi dice che con quella vestaglia sembro sua nonna.

Vorrei urlare tutta la mia rabbia, prenderlo a pugni o meglio ancora ucciderlo con le mie mani, ma non posso fare altro che tornare sulla branda.

L'uomo si siede accanto a me, mi accarezza, poi infila le mani sotto la vestaglia, mi tocca nelle parti intime e si masturba davanti a me.

Sto per vomitare.

Lui mi dice di stare buona e aspettarlo. Deve andare via qualche giorno per riposare e riflettere sulla sua missione.

Quando esce, chiudendo il catenaccio, mi metto a urlare.

Il silenzio è inquietante. Sento la sua voce, come se fosse ancora qui ad aspettare il momento giusto per uccidermi.

I battiti del cuore rimbombano nelle orecchie!

Devo uscire di qui. Mi alzo e raggiungo la finestra, cerco un modo per rompere quelle maledette grate, ma non ci riesco. Grido aiuto, ma non mi sente nessuno.

La serratura, devo provare a forzarla. Vado verso la porta, il catenaccio sembra arrugginito, provo a tirare con tutte le mie forze, ma è chiuso dall'esterno.

Eppure ci deve essere un modo di uscire da qui.

Non posso rinunciare a lottare, sono una donna che ha sempre combattuto. Ho dato tutta me stessa per la carriera, sacrificando anche la famiglia, ho sempre ottenuto quello che volevo e non voglio arrendermi.

No, non può finire, io voglio vivere.

Una luce mi abbaglia, non vedo niente.

«Ciao principessa, sono tornato.»

QUARANTUNO

Non era riuscita a mangiare la sua porzione di lasagna precotta, dopo quella tremenda notizia al telegiornale della Lombardia. Maria Ferrone era rimasta con la forchetta e il coltello a mezz'aria, senza muoversi per qualche minuto, poi si era messa le mani tra i capelli.

Continuò a camminare come un automa, lei avrebbe potuto aiutare la polizia, ma aveva paura. Il dubbio la stava divorando. Alla fine si decise, sollevò la cornetta e con mano tremante compose il 112.

Il centralinista della questura, dopo aver preso le generalità e appurato che non si trattasse di una mitomane, aveva smistato la chiamata alla Sezione di competenza.

Esposito non vedeva l'ora di informare il capo, sebbene non fosse una pista eclatante, era almeno un punto di partenza.

Non appena Anika rientrò, l'agente la rincorse, sembrava impaziente come un bambino che ha preso un bel voto e non vede l'ora di dirlo alla mamma.

«Commissario, c'è una buona nuova.»

Anika si fermò di scatto fissandolo con gli occhi sbarrati, sembrava avesse visto un fantasma.

«Spero non sia una bufala, potrei anche ucciderti.»

«Una vicina della Ravasi ha chiamato poco fa, la sera del rapimento lei era dietro la tendina e ha visto un furgone nero fermarsi davanti al portone del condominio, è sceso un uomo e in una frazione di secondo ha preso Marika, poi è partito con una sgommata. Lei dice di ricordare i primi numeri della targa.»

«Hai verificato l'attendibilità di questa donna?» sbraitò Anika, appoggiandosi alla scrivania.

«Certo capo, ho controllato le generalità, è una signora che abita nello stesso condominio, conosceva bene Marika. Non aveva detto niente fino a quando ha saputo che la poveretta è stata uccisa, aveva paura, ma alla fine si è decisa.»

«Vediamo di trovare quel furgone, sapere a chi è intestato sarebbe già un passo avanti.»

«Ho rintracciato la denuncia di un Fiat Ducato grigio scuro che risale a due giorni prima del rapimento della Schiaffino, i primi numeri della targa coincidono, e dai dati risulta appartenere a una ditta di pulizie. Credo si tratti dello stesso mezzo con cui ha rapito anche la Ravasi.»

«Dirama subito la targa, dobbiamo scandagliare la provincia di Milano e Como, e se non basta anche Sondrio, magari l'ha abbandonato da qualche parte, ammesso non l'abbia già distrutto.»

«Già fatto, anche se lei non sapeva ancora niente.»

«Io voglio essere informata di tutto, però stavolta ci hai visto giusto. Adesso scambio due parole con la Damonte, poi ci vediamo tutti nella sala riunioni.»

«Siediti un attimo Giada, prendiamoci almeno un caffè, non so te, ma io non ce la faccio più, sono in piedi da una vita e non ricordo quando ho mangiato l'ultima volta.»

«Idem, è stata una giornata massacrante e prima di venire qua, ho dovuto sorbirmi quella Monique.»

«Cosa voleva?» domandò Anika, sistemando la cialda del caffè nella macchinetta.

Giada era sprofondata sul divanetto e si era tolta le scarpe.

«Era preoccupata per le domande che le hai fatto sul medaglione, ma io non le ho dato corda.»

«A me non piace, durante l'interrogatorio era un po' arrogante, ma non posso chiedere un mandato solo perché mi sta sulle palle.»

«Basterebbe vedere cosa nasconde, potrei introdurmi nel suo studio quando non c'è, ma il cassetto è chiuso a chiave.»

«Stai scherzando, spero» protestò Anika con gli occhi dilatati e per miracolo non fece cadere la tazzina.

«Lo farei invece, se potessi.»

«Io devo prendere quel bastardo e per la prima volta mi trovo nella merda. Dovevi sentire il pm come mi ha mazziato stamattina! Poi il questore mi ha trattato come un'incapace, e forse lo sono davvero. L'opinione pubblica è inviperita e i media stanno sparando a zero su di noi. Ti rendi conto della figura che sto facendo?» le confidò, ingurgitando in un solo sorso il suo caffè. Le tremavano le mani.

Giada prese un cioccolatino dalla borsa e glielo porse.

«Intanto mangiati questo, un po' di serotonina ti calmerà. Capisco che hai tutti contro, ma così fai il loro gioco, sappiamo che razza di incapaci sono quei burocrati per non parlare della stampa, aspettano solo l'esclusiva. Ho un profilo e credo che dovremmo circoscrivere le indagini seguendo un filo logico, se capiamo chi è il nostro uomo, possiamo evitare di perdere altro tempo.»

«Sarà meglio parlarne con la squadra» replicò Anika, ripiegando più volte la stagnola fino a farne una striscia.

***

Nella sala ferveva un brusio di sottofondo prima che la Miller prendesse la parola. Il nervosismo che serpeggiava tra gli agenti era quasi palpabile.

«Purtroppo, come già sapete, stamattina è stato trovato il corpo della Ravasi, la zona è più o meno la stessa, solo che questa volta non è stato buttato nel Lambro, ma appeso tra due alberi. Il modus operandi è identico, quello che cambia è il colore del petalo sul medaglione e qui c'è un'insolita teoria che potrebbe aiutarci a capire con chi abbiamo a che fare. La Parodi ne sa più di me in merito, quindi lascio a lei i commenti.»

Maia sentì le gambe cedere, ma si sforzò di rimanere calma.

Fece appello al suo coraggio e illustrò tutto quello che sapeva tra gli sguardi perplessi dei colleghi.

«Scusate se mi sono dilungata, ma c'è ancora una cosa e riguarda il corpo di Melissa. Secondo me, dovremmo mandare delle squadre cinofile a perlustrare la zona un po' più a monte rispetto al punto in cui è stato trovato, dato che il fiume scorre verso sud. L'assassino ha strangolato la donna e ha gettato il corpo in un luogo lontano da quello del delitto. Io credo che uccida le sue vittime dove le tiene prigioniere, forse un capanno nel bosco, e porti poi il corpo da tutt'altra parte per sviare le indagini» concluse con un sospiro.

Piras l'aveva osservata per tutto il tempo ed era orgoglioso di lei.

«Complimenti, mi trovi d'accordo su tutta la linea» esclamò battendo le mani.

Tutti seguirono il suo esempio, mentre la Miller finse di cercare qualcosa nel fascicolo aperto sul tavolo, poi senza commentare, si rivolse a Giada.

«Vogliamo parlare del profilo adesso?»

«Sono giorni che ci lavoro e un'idea me la sono fatta, soprattutto dopo aver visto il luogo del secondo ritrovamento e trovo interessanti le valutazioni di Maia. Il nostro killer appartiene alla categoria del *missionario*, agisce per conto di un potere superiore, chiamiamolo così, vuole la *purificazione* del mondo. L'assassino uccide persone che non gli hanno fatto nulla, ma sono il capro espiatorio sul quale riversa la rabbia accumulata. La vittima è il tramite simbolico del suo messaggio, di solito lo stesso genere di persona che incarna le sue fantasie. Può trattarsi di un individuo cresciuto da una madre dominante, o assente, oppure di un tipo tradito dalla fidanzata.»

Giada bevve un bicchiere d'acqua e si guardò attorno, erano tutti concentrati.

«Di solito cattura e uccide le sue prede camuffandosi nell'ambiente e stando molto attento alla presenza di terzi che potrebbero disturbare la sua caccia.»

«Quindi può essere anche una persona normale? Non un malato di mente, insomma» la interruppe Esposito, alzandosi di scatto.

«Per rispondere alla tua domanda non basterebbe una giornata, posso citarti la definizione di serial killer fornita dall'Fbi, secondo la quale gli assassini seriali non sono né normali né matti, ma quello che l'opinione pubblica crede, ovvero dei mostri.»

«Perché secondo te non lo sono?» s'intromise Piras a sostegno del collega.

Anika, nel frattempo si era messa a camminare avanti e indietro per la sala, continuava a toccarsi i capelli.

«Non spetta a me dare giudizi di valore e, in ogni caso il bene e il male albergano in tutti gli uomini, solo che in alcuni, se non controllato dal super-ego, prevale il male, ma questo è un altro discorso» gli rispose con tono cattedratico.

«Appunto, siamo qui per un profilo, non per una lezione di psicologia. Va' avanti Giada e nessuno faccia più domande inutili» tuonò la Miller.

«Stavo dicendo che spesso sono soggetti molto comuni, lupi travestiti da agnello. L'assassino può essere affabile e sorridente, nessuno immagina cosa si nasconda nella sua mente. Spesso tali soggetti uccidono e poi tornano a vivere la loro vita, senza mostrare alcun segno della loro vera natura. La maggior parte non possiede un movente, come la vendetta, la passione, o la gelosia. Attraverso l'omicidio, tende a soddisfare bisogni sviluppati dalla fantasia, con un rituale, di solito stabile nel tempo, la cosiddetta "firma", nel nostro caso il medaglione, con il quale vuole mandarci un messaggio.»

Giada osservò per un attimo la Miller che si era seduta e muoveva su e giù la gamba destra.

«Anika ti sto annoiando?» le domandò troncando il discorso.

«Non è quello, però la tua analisi non ci aiuta a capire chi è il nostro killer. Io ho bisogno di elementi pratici, non di tutte queste teorie» sputò d'un fiato senza alzare lo sguardo.

«Ci stavo arrivando, solo che ci tenevo a fare un quadro più generale, magari agli agenti può servire. Ma se non è così…»

Umberto non le consentì di continuare.

«Certo che è così, non siamo tutti esperti e queste informazioni sono utili» sbottò.

Tutti i presenti assentirono in coro puntando la Miller negli occhi.

«La firma quindi non è il modus operandi?» continuò Piras.

«No, il modus operandi riguarda i mezzi utilizzati dall'assassino per portare a termine gli omicidi e può anche variare, perché con il tempo il serial killer migliora la tecnica e impara a ridurre i rischi. Se nel primo delitto non ha corso rischi di essere catturato, pensa di aver trovato il modo migliore per uccidere e lo ripete. Nel nostro caso, il modus operandi finora è rimasto lo stesso, sia Melissa, sia Marika, sono state strangolate.»

«Il corpo però era disposto in modo diverso nei due omicidi?» domandò in modo retorico Esposito, con voce tonante.

«Certo, perché il nostro killer sta seguendo un sistema legato a una filosofia, come ha spiegato Maia, e a ogni omicidio si associa un elemento di questa teoria.»

Giada prese fiato e si alzò, avvicinandosi alla lavagna dove erano appese le foto delle vittime.

«Questo già lo sappiamo, e se la tua analisi è giusta, ci saranno altri due omicidi a chiudere il cerchio, quindi dobbiamo darci una mossa e prendere questo bastardo» tuonò Anika, puntando il dito sulla foto della terza vittima.

«Su questo concordo, e capisco la tua fretta, ma per prenderlo bisogna conoscerlo, pensare come lui, osservare le sue abitudini, capire motivazioni e fantasie. Qui perfino il posizionamento del corpo ha un significato. Il fatto che il nostro killer abbia ucciso le vittime in un luogo e trasportato il corpo in un altro, senza lasciare tracce, indica una pianificazione anticipata e quindi abbiamo a che fare con un soggetto ben organizzato. Ha libertà di movimento ed è indipendente, insomma ha un'attività che gli lascia spazio e tempo per compiere i suoi delitti.»

«Quanto tempo abbiamo prima che uccida anche Sarah?» proseguì la Miller con gli occhi incollati alla foto.

Giada si rimise a sedere e le rispose scrutando il suo viso paonazzo.

«Non esiste un intervallo certo tra un omicidio e l'altro, potrebbe farlo quando si presenta la giusta occasione.»

«E noi come facciamo a saperlo? Ne ho piene le palle di queste stronzate, io voglio risposte e subito. Non sei tu a dover rendere conto a quel pallone gonfiato» urlò scagliando a terra il fascicolo, tra gli sguardi sbalorditi degli agenti.

«So che sei sotto pressione, e sono qui per aiutarti, ma con la rabbia peggioriamo solo le cose. Propongo un break, così ti rilassi un po', okay?» le suggerì alzandosi.

Anika si lasciò cadere sulla poltrona, sospirò e annuì con un cenno del capo.

«Dotto', non se la prenda che le fa male alla salute. Lo piglieremo quel figlio di puttana, a costo di non dormirci la notte. Adesso le ci vorrebbe una camomilla!» la consolò De Rosa.

La Miller alzò lo sguardo verso l'agente e sulle sue labbra si formò una smorfia di compiacimento.

«La camomilla mi fa l'effetto opposto, meglio una boccata d'aria. Ci vediamo qui tra dieci minuti.»

QUARANTADUE

«Buongiorno dottore.»
«Ciao Omar» rispose Giulio, camminando con passo strisciato.
«Problemi con qualche paziente?»
«Non in particolare, sono molto stanco e poi qui dentro tira una brutta aria. Hai saputo che è morto il padre di Monique?»
Omar lo fissò con gli occhi sbarrati.
«No!? Come lo sa?»
«Me l'ha detto Ilaria poco fa, ha avuto un infarto questa mattina.»
«Cavolo! Monique come sta?»
«Non ne ho idea.»
«Sarà distrutta, non ha nessuno al mondo adesso» mormorò Omar con gli occhi lucidi.
«Ti attrae vero?»
«Ma co… sa dice? Non crederà…»
«Non sono così stupido e poi lo sanno tutti che le fai il filo, non c'è niente di male. Ognuno ha i suoi gusti.»
«Perché dice così? Una donna grassottella è da buttare?»
«O Cristo santo, ma allora sei proprio cotto.»
«Mi scusi. Adesso devo andare.»

Giulio scosse la testa quando lo vide sgusciare verso lo studio di Monique.

Il tempo non esisteva, era sospesa in uno spazio fuori dalla realtà, non avvertiva più né dolore né angoscia, e il silenzio attorno a lei aveva il sapore tiepido dei ricordi.
Era rimasta lì, sulla sedia, chinata sulla scrivania con la testa tra le mani, senza quasi respirare, quando sentì bussare alla porta. Trattenne il respiro sperando che chiunque fosse, se ne andasse subito.
«Monique, sono Omar, posso entrare? So che ci sei, mi spiace per... tuo... ecco io volevo dirti che ti sono vicino.»
«Va bene entra» rispose con un filo di voce.
Omar aprì la porta con delicatezza e le sorrise. Indugiò sul suo viso arrossato, aveva gli occhi gonfi dal pianto e il trucco le colava sulle guance.
«Non so cosa dirti, ma se hai bisogno di qualunque cosa, conta su di me.»
«Non c'è niente che tu possa fare, nessuno può aiutarmi.»
«Parlare un po' con me può farti bene. Vuoi qualcosa da bere?»
«No, non voglio niente, devo andare in ospedale a dargli l'ultimo saluto, almeno quello. Non mi aspettavo che se ne andasse così.»
«Se vuoi ti ci porto io, non puoi guidare in questo stato.»
«Prendo la metropolitana, non preoccuparti.»
«Ma come è successo? Ti va di dirmelo?»
«Non lo so, quella stronza mi ha detto che è stato un infarto, sembrava contenta.»
«Prima o poi farà una brutta fine. Adesso però non pen-

sare a quella lì, tua madre ha bisogno di te in questo momento.»

«Non è mia madre, però voleva bene a mio papà ed è giusto che le stia vicino.»

Si alzò con fatica e si avviò barcollando verso la porta.

«Forse hai ragione tu, non mi reggo in piedi, è meglio se mi accompagni.»

«Perfetto, vado a prendere la macchina e ti aspetto fuori.»

QUARANTATRÉ

Davanti al distributore delle bevande, Giada scrutò Anika senza dire una parola.

«Non farmi il terzo grado perché non lo sopporto. Sono nervosa e allora? Vorrei vedere te al mio posto, mi sto giocando la dignità» sbottò.

«Ti stai facendo tutto il film da sola, non è mia intenzione giudicare nessuno, solo che mi dispiace vederti così.»

«Mi hai guardato come se fossi pazza, qui non siamo in clinica!»

«Non è così, sei solo stressata, cerca di calmarti adesso» la tranquillizzò appoggiandole un braccio sulla spalla.

«Hai ragione, scusami. Sono stata maleducata, non so cosa mi sia successo. Perdere il controllo così, davanti a tutti, non mi era mai successo finora.»

«Capita a tutti, ogni tanto bisogna mollare gli ormeggi, altrimenti boom!» sostenne Giada allargando le braccia.

«Tu dici che è normale?»

«Normale o no, ti dico che fa bene, se ti tieni sempre tutto dentro, prima o poi il corpo ti chiede il conto.»

«Che espressione curiosa, dici che il mio mal di stomaco è dovuto alla rabbia repressa?»

«Certo cara, e quello non è niente, anche il cancro è una

malattia psicosomatica. Quindi sfogarsi fa bene, dovresti fare più attività fisica o meditazione.»

«Magari al Namasté, così faccio una brutta fine anch'io, non sarò attraente e in carriera, ma i capelli rossi ce li ho anch'io!» ironizzò avviandosi verso la sala riunioni.

«Questa non è male» osservò Giada, sorridendo tra sé.

«A questo punto sappiamo tutto o quasi sulla criminologia, ma dobbiamo passare dalla teoria alla pratica. Siamo di fronte a un serial killer che ha rapito tre donne con le identiche caratteristiche, di cui due uccise con lo stesso modus operandi. Non ci sono né movente, né impronte o tracce di Dna, né tantomeno testimoni, e, ciliegina sulla torta, il nostro uomo si sta prendendo gioco di noi con messaggi filosofici» concluse Anika, rivolgendosi a Giada.

Sembrava meno tesa e con le rughe di espressione più piane.

«In sintesi è quello che ho detto. La prima cosa è trovare indizi per identificarlo.»

«Fosse facile, non abbiamo in mano niente, abbiamo interrogato tutti quanti, anche il maestro, tutti hanno un alibi valido» obiettò Esposito con tono deciso.

«Non sto dicendo che sia facile, dobbiamo avere un po' di fiducia, altrimenti non ne usciremo mai. In primo luogo, bisogna analizzare meglio le scene, qualcosa potrebbe essere sfuggito e questo lavoro lo può fare Maia. In secondo luogo possiamo fare comparazioni antropometriche tra i possibili sospetti e i soggetti già presenti in archivio. Esposito è un mago in questo.»

«Grazie per il complimento, ma sospettati non ce n'è, a parte quell'ebete che abbiamo fermato.»

Anika lo raggelò con lo sguardo.

«Dopo tanti anni alla omicidi, non hai ancora imparato che tutti sono sospettati?»

«Anika ha ragione, chiunque potrebbe essere un assassino, anche uno di noi. Ma ci sono elementi che possono darci una mano. Di solito un serial killer, dopo un omicidio, manifesta dei cambiamenti nel modo di agire, tipo comportarsi meglio, essere più gentile, guidare con prudenza, ecc.»

«Il tuo discorso non fa una grinza, ma se fosse qualcuno del centro si sarebbe notato?» domandò Piras con enfasi. Poi rivolse lo sguardo a Maia e continuò.

«Cosa puoi dirci della tua esperienza al centro?»

«Sono stata qualche giorno sotto copertura, ho partecipato a molte pratiche, ho parlato con le donne che lo frequentano e con alcuni insegnanti. Come ho già detto, nessuno sospetta che qualcuno del centro possa essere implicato nei rapimenti, il clima che si respira là dentro è molto spirituale, non c'è nessun elemento incompatibile, neppure tra il team docente. Monique invece non mi convince, non so perché, forse è questione di pelle» rispose Maia decisa.

«Io sarò anche pessimista, ma la vedo dura, non so se lo prenderemo» borbottò Esposito.

«Prima o poi si tradirà da solo. Spesso un serial killer viene catturato perché commette degli errori tecnici, come usare una scheda prepagata che viene rintracciata, lasciare acceso il cellulare che permette alla polizia di localizzarlo tramite il satellitare. Insomma non è un dio in terra.»

«È la vigilia di Natale, sono trascorsi quasi trenta giorni dal rapimento della Schiaffino e noi siamo ancora al punto di partenza. Quindi diamoci da fare e subito. Oltre a quanto già suggerito da Giada, ripasseremo al setaccio il quartiere dove vivevano le vittime, magari ci è sfuggito qualcosa. Chiederò al pm l'autorizzazione al pedinamento di tutti quelli che lavorano al centro. Seguiremo i consigli di Maia per quanto riguarda le unità cinofile su un ampio raggio d'azione. Mi sembra tutto, ma se ho scordato qualcosa ditemelo» conclude Anika, sedendosi di botto.

«Del tipo che sta di là, quello che si masturbava per intenderci, cosa ne facciamo?» domandò De Rosa rosso in volto.

«Lo interrogherai proprio tu, anche se penso non c'entri nulla.»

«Be', posso sempre arrestarlo per atti osceni in luogo pubblico.»

«Okay, per oggi abbiamo terminato, non resta che mettersi al lavoro. Purtroppo domani non sarà un Buon Natale per nessuno, ma vi auguro di trascorrerlo accanto alla vostre famiglie, sperando non ci siano altri sviluppi. Io sarò qui al mio posto, come ogni giorno.»

«Be' dotto', allora siamo in due, io non ho niente da fare domani, possiamo festeggiare insieme qui in questura, se le va.»

Anika non rispose, si limitò a un sorriso stanco, quando incrociò il suo sguardo.

Dopo la riunione, un po' deluso dalla reazione di Anika, si recò nella sala interrogatori. Si affacciò alla finestra e rimase qualche istante a osservare un manipolo di giornalisti che camminavano avanti e indietro sul marciapiede, fumando e guardando l'orologio.

Ma questi non demordono neppure alla vigilia di Natale, considerò scuotendo la testa.

Si stropicciò gli occhi e si lisciò il mento.

L'uomo era ridotto a uno straccio, indossava una tuta sbiadita che da tempo non vedeva una lavatrice, sudava come una fontana e aveva lo sguardo perso nel vuoto.

«Allora mi vuoi dire cosa cazzo ci facevi oggi dietro a quell'albero?» esordì l'ispettore, piantandosi di fronte.

L'uomo non rispose. De Rosa trascinò una sedia vicino a lui e si sedette al contrario, appoggiando i gomiti sullo schienale. Un olezzo sgradevole di urina e sudore stantio lo fece quasi vomitare.

«Stammi a sentire, ho bisogno che rispondi a qualche domanda. Okay?»

L'uomo accennò un lieve movimento del capo.

«Che lavoro fai?»

«Io porto da mangiare nelle mense delle scuole.»

«Dov'eri la sera che è stata rapita Melissa Schiaffino?»

«Non so chi sia, poi io non esco la sera.»

«Adesso dimmi perché oggi eri lì.»

L'uomo si grattò la barba.

«Allora?»

«Mi piace guardare le foto, mica è proibito» farfugliò stropicciando le mani.

«Guardare no, ma masturbarsi davanti a quella foto, sì!»

«Ma che ne so, mi piaceva e basta, e mi scappava la pipì.»

De Rosa osservò il suo viso, aveva l'aspetto di un barbone, gli faceva quasi pena, non sarebbe stato in grado di rapire una donna e ucciderla.

«Okay, abbiamo finito, adesso riposati un po' su quella panca, domani vedremo cosa fare.»

Aveva commesso atti osceni, ma non era quello il problema, pensò De Rosa.

«Allora?» domandò Esposito.

De Rosa fece spallucce.

«Allora niente, quello è un povero cristo e basta.»

Prese il fascicolo sul tavolo e continuò.

«Guida un furgoncino di quelli che consegnano i pasti, si è beccato un bel po' di multe e due condanne per atti osceni. È stato arrestato perché si è tolto i vestiti in un parco pubblico. Ma non è lui l'uomo che cerchiamo, dobbiamo lasciarlo andare.»

Esposito gettò lo sguardo fuori dalla finestra.

«Vallo a dire a quelle iene là fuori. Sono passati più di venti giorni dal primo rapimento e tutto quello che abbiamo è un esibizionista rincretinito. Quando daranno la notizia al regionale, faremo un'altra figura di merda.»

QUARANTAQUATTRO

Anika non si era fermata un secondo, la giornata sembrava senza fine. La riunione era andata per le lunghe e Ilaria aveva dovuto attendere più di un'ora, prima di essere ricevuta.

«Mi deve scusare per la lunga attesa, ma ci sono stati degli imprevisti. Cercherò di essere breve. Qual è il suo ruolo al Namasté?» le domandò senza preamboli, invitandola a sedersi sulla sedia di fronte a lei, con un gesto deciso.

«Io sono quella che ha messo il grano tanto per intenderci» rispose con tono secco, squadrando prima il commissario dalla testa ai piedi e poi la stanza degli interrogatori, le parve disadorna e tetra, del resto lei era abituata alle suite a cinque stelle.

«Non è quello che le ho chiesto, voglio sapere di cosa si occupa.»

Ilaria prese un pacchetto di Marlboro dalla borsa di Vuitton e si accese una sigaretta con un gesto lascivo, tirò una boccata e soffiò con calma il fumo dalle narici, in faccia alla Miller.

«Qui è vietato fumare» la mise in guardia. Anika si alzò di scatto, prese un bicchiere di plastica dal tavolino, versò un po' d'acqua dalla bottiglia accanto e glielo porse.

Ilaria schiacciò con prepotenza il mozzicone sotto il tacco dello stivale.

Anika scosse la testa, ma si astenne da ogni commento.

«Adesso vuole rispondere alla domanda?» la sollecitò con tono duro.

Ilaria la fissò, piegando un angolo della bocca verso l'alto.

«Mi occupo di mandare avanti la baracca e controllare che quella mongola della mia sorellastra non faccia cazzate. Adesso che è schiattato il paparino non combinerà più un tubo di niente.»

«Il padre di Monique è morto? Quando?»

«Ha tirato le cuoia ieri mattina, ma a lei che gliene frega? Le spiace per quella demente?»

«Senta, io non ho tempo da perdere. Eviti di usare termini offensivi e risponda alla domanda.»

«Non è mica un'offesa, per Monique è un complimento. Quella non capisce un cazzo, pensa solo a meditare, ma se il centro funziona, è grazie a me. Sono io che prendo le decisioni, è chiaro adesso?»

«Conosceva Melissa e Marika?»

«Io sto dietro le quinte, non so neanche che faccia abbiano le clienti.»

«La sera che è stata rapita Melissa, lei dov'era?»

«Che domanda da manuale. Me la stavo godendo in dolce compagnia.»

«Voglio nome e cognome.»

«Queste sono cose personali. Non posso sputtanare così un amico.»

«Mi dica con chi si trovava o la sbatto dentro.»

«Che paura, sto tremando tutta! Glielo dico solo per farle invidia. Giulio Perrone non è niente male a letto e lei ha l'aria di chi non lo prende da un po'.»

Anika era sul punto di esplodere, l'avrebbe presa a pugni, ma si controllò.

«Potrei arrestarla per oltraggio a pubblico ufficiale. Verificheremo quanto ci ha detto e spero proprio di trovare le prove per incastrarla. Per ora può andare.»

QUARANTACINQUE

Si passò le mani sugli occhi che bruciavano per la mancanza di sonno. Anika non si era mai sentita così stanca e soprattutto abbattuta, sapeva di non dover mollare, ma dopo una giornata del genere, voleva solo dormire, anche se era la vigilia di Natale.

Chiuse la porta di casa alle spalle, buttò la valigetta a terra e il cappotto nero sul divano. Sfilò gli stivaletti e li lanciò sul parquet, Karl le corse incontro scodinzolando, era felice di vederla e voleva le coccole.

Lo prese in braccio e lo accarezzò, affondando il naso nel suo morbido pelo. Quel cagnolino era l'unico che le dava un po' di affetto.

Anika camminò fino alla cucina con passo stanco, aveva la nausea, ma anche un po' di appetito. Aprì il frigorifero e con sgomento vide che non c'era quasi nulla.

Le figlie erano andate in Germania con il padre per le festività e Helena si era presa qualche giorno di riposo per trascorrere il Natale con la famiglia, nessuno si era preoccupato di fare la spesa, né di lasciarle qualcosa per il pranzo del 25 dicembre. Del Natale le importava ben poco, però le avrebbe fatto piacere trovare qualche leccornia. Si sarebbe arrangiata con i soliti cibi precotti da scaldare al microonde, poi sarebbe andata in questura, e nel pomeriggio avrebbe accettato l'invito di De Rosa, festeggiando con una fetta di panettone e un bicchiere di spumante.

Anche se non c'era proprio niente da festeggiare, era pur sempre Natale, pensò aprendo l'armadietto con la speranza di trovare qualcosa di dolce. Per fortuna c'era una scatola di wafer al cioccolato, che adorava. Si preparò una tazza di tè con il latte e addentò un biscotto, si avvicinò alla finestra con la tazza bollente tra le mani, scostò la tendina beige e lasciò correre lo sguardo sulla strada illuminata dai festoni natalizi: una persona camminava incurante sotto la pioggia.

Quando aveva tempo, amava curiosare sulla via di sotto e a volte lo sguardo indugiava negli appartamenti di fronte: la vita degli altri la incuriosiva e spesso si immaginava delle storie dal finale quasi sempre tragico, forse per deformazione professionale. Bevve un sorso e mangiò un altro biscotto, poi si spostò in soggiorno e sprofondò sul divano ad angolo, appoggiò la testa, allungò le gambe sulla chaise-longue e si perse nel sentiero di fiori che si addentrava in un bosco di aceri, un *trompe l'oeil* che dominava la parete della sala.

Rimase immobile a fissarlo e lasciò fluttuare la mente per un istante, fuori dal tempo e dallo spazio, cercò di non pensare a nulla, ma l'immagine di quella donna appesa tra gli alberi la riportò alla realtà e al colloquio con il questore. Quando era rientrata, lui la stava aspettando per biasimare il suo operato.

«Le indagini sono ferme, abbiamo la stampa alle costole, l'opinione pubblica su tutte le furie, deve darsi una mossa» le aveva detto fissandola da dietro le lenti scure degli occhiali. Lei lo aveva ascoltato senza replicare, scrutando quel taglio di capelli antiquato, la giacca nera che tirava un po' troppo sul ventre e gli occhi strabici. Aveva detestato quell'uomo fin dal primo momento e l'antipatia era reciproca, ma purtroppo era il suo capo e con lui doveva abbassare la cresta.

Così aveva tentato di scagionarsi dalle accuse in maniera garbata, lei e la sua squadra non stavano perdendo tempo, anzi avevano già fatto l'impossibile ed erano disposti a rinunciare anche al sonno pur di prendere l'omicida.

Era già mezzanotte, ma non aveva voglia di andare a letto, così andò in bagno e aprì il miscelatore per riempire la vasca. Accese qualche candela intorno al bordo e aspirò l'aroma di vaniglia con voluttà. Si immerse nell'acqua fino alle spalle, lasciò che le tensioni muscolari si sciogliessero e chiuse gli occhi. L'atmosfera ovattata e la luce ambrata delle candele la condussero in un'altra dimensione, isolata dalla realtà, dal resto del mondo. Ma la mente tornò ancora al corpo di Marika.

Cosa le stava succedendo? Aveva risolto casi complessi e adesso si stava facendo sopraffare da uno psicopatico che giocava con la filosofia, pensò rimanendo immersa nella soffice schiuma per un tempo indefinito. Trasse un sospiro di sollievo, richiuse l'acqua e uscì, facendo attenzione a non scivolare sulle piastrelle umide.

Indossò l'accappatoio di ciniglia e si avvolse i capelli in un asciugamano caldo, si guardò allo specchio fregandoci sopra con la manica e osservò le rughe attorno agli occhi, le occhiaie scure e le guance un po' scavate.

L'unica cosa di cui aveva bisogno era una buona dormita, un modo insolito di trascorrere la Vigilia, ma in quel momento il Natale era proprio l'ultimo dei pensieri per lei e per la sua squadra e nessuno di loro lo avrebbe festeggiato con serenità.

QUARANTASEI

Maia aveva pensato di passare il 25 dicembre in questura, era il giorno ideale per ristudiare con tranquillità il fascicolo della scientifica, ma Paolo l'aveva invitata a casa sua, prospettandole una cenetta a lume di candela. Maia aveva accettato, non le andava di trascorrere la vigilia sola e non si era affatto pentita. Era stata una serata indimenticabile, non solo per l'atmosfera romantica creata da candele, decorazioni natalizie rosso-oro e musica celtica, ma anche perché tra le braccia di Paolo si era sentita più serena, e nonostante l'ansia per le indagini in corso, aveva guardato al suo futuro con una nuova prospettiva.

Giada alla fine si era decisa a invitare Lorenzo, e le aveva fatto piacere trascorrere il giorno di Natale in compagnia dell'uomo che amava, o almeno credeva di amare.
Soprattutto aveva reso felice Samanta che in quei giorni era sempre stata appiccicata a lui, dando in escandescenze quando Lorenzo aveva scartato il suo regalo ed era rimasto basito.
La piccola aveva insistito per regalargli un orologio, dal momento che non ne possedeva uno, per lui il trascorrere del tempo non era mai stato un problema.

Dopo la sorpresa iniziale, lo aveva indossato stringendo la piccola tra le braccia.

Per Giada quei giorni erano stati un ritorno al focolare, al calore di una famiglia e Lorenzo ne aveva approfittato per tornare sull'argomento scottante, ma senza ottenere alcun risultato. Giada gli voleva bene e la piccola lo adorava, ma non era pronta per pensare a una vita accanto a lui.

La mattina successiva, dopo gli stravizi, non aveva alcuna voglia di riprendere la consueta routine e, quando era suonata la sveglia, era rimasta sotto al piumone, approfittando anche del fatto che era sola.

Lorenzo era tornato a casa sua dopo cena e Samanta era dal padre che l'aveva reclamata almeno la sera di Santo Stefano.

Stava per alzarsi e andare a farsi una doccia quando il telefono squillò.

Giada si trascinò fino al tavolino e sollevò la cornetta in modo fiacco.

«Pronto.»

Dall'altro capo del telefono nessuna risposta.

«Pronto, chi è?» ripeté con tono deciso. Ancora niente, ma questa volta Giada percepì una specie di sospiro, quasi un rantolio.

«Mamma, sei tu?» chiese inghiottendo un po' di saliva, sapeva che sua madre non l'avrebbe mai chiamata dopo essere stata esclusa dalle festività.

Dopo pochi istanti, avvertì un clic.

Passò qualche secondo e l'apparecchio riprese a squillare.

«Pronto, ma chi è?»

Questa volta il clic fu immediato, come se qualcuno stesse con il dito sul pulsante.

Scese al piano inferiore, andò in cucina, aprì i pensili e cercò le cialde del marocchino, il caffè nero la agitava e poi non le piaceva granché. La scatola le sfuggì di mano e le cialde volarono a terra. Ne raccolse una e la sistemò nella macchinetta, le altre potevano restare dov'erano.

Tuffò due quadretti di cioccolato fondente e si sedette. Provò una grande solitudine. Spesso le capitava durante un'indagine, ma questa volta c'era dell'altro. Pensò a Samanta e al suo futuro. Giada non voleva più saperne di lasciare alla madre la bambina che oltretutto con la nonna non si trovava affatto bene, era troppo severa. Chi si sarebbe preso cura di lei? Poteva ricorrere a una ragazza che abitava lì vicino, qualche volta aveva badato alla piccola per qualche ora, ma lasciarla con lei tutto il giorno non le piaceva. Doveva ingoiare il rospo e accettare l'aiuto di Lorenzo, non aveva altra scelta.

Il telefono la distolse dai suoi pensieri. Si alzò e corse in sala.

«Mi vuoi dire chi sei?» intimò in modo perentorio.

Sentì una sorta di lamento e di nuovo il clic.

Giada si lasciò cadere sul divano, la cornetta tra le mani, fissò a lungo il soffitto, come se lì ci fosse la risposta e infine si assopì.

«Te l'ho detto e ripetuto anche questi giorni che non è un problema per me badare a tua figlia, magari non si diverte come con suo padre, ma sta sempre meglio con me che con quella nevrotica di tua madre» le disse Lorenzo in modo pacato, quando Giada gli telefonò dal centro.

Lui non aspettava altro, in realtà non stravedeva per Samanta, ma era un tramite per arrivare a Giada.

«Stai tranquilla, quando Luca te la riporta a lei penso io. Tu stai bene?»

«Sì, ma mi sento un po' stanca.»

«Hai discusso con tua madre e non hai dormito tutta la notte, ma non è solo questo, vero?»

Giada gli confidò di essere inquieta per le telefonate anonime, secondo lei non era qualcuno che aveva sbagliato numero, forse riguardava il caso, magari l'assassino voleva spaventarla.

Lorenzo, con la sua voce flemmatica riuscì a rassicurarla.

Scese in salotto e accese il computer, doveva redigere alcuni documenti per la clinica e quello era l'unico momento in cui poteva lavorare senza essere disturbata. Si passò una mano sul collo, dove avvertiva un indolenzimento, si massaggiò con energia fino ad arrossare la pelle, ma quella sensazione non svanì.

Poi di scatto si voltò verso la finestra, un impulso improvviso, inspiegabile. Si alzò e si mise vicino alle tende tirate, fuori era buio, eppure aveva avuto l'impressione di essere osservata. Spense la luce e le sembrò di sentire dei passi allontanarsi nel silenzio. Aveva la pelle d'oca.

La casa era isolata e la strada poco frequentata, a quell'ora non c'era anima viva.

Scostò la tenda e guardò meglio, ma non vide nessuno. Eppure avvertiva qualcosa, una presenza quasi fisica.

Spense il computer, salì in camera e, senza neppure spogliarsi, si ficcò sotto le coperte. Era gelata e il piumone sembrava non scaldarla più. Tese le orecchie. Nulla, nemmeno il fruscio degli alberi in giardino, silenzio totale, solo il ticchettio inquietante della sveglia.

Qualche istante più tardi, sentì il rombo di un motore.

QUARANTASETTE

«Giovanna ha chiesto di lei più volte, ma è tranquilla» esordì la capo reparto non appena entrò in clinica.

Giada si slacciò il cappotto e tolse la sciarpa, aveva le vampate quella mattina e i muscoli indolenziti dalla notte insonne.

«Va bene, il tempo di mettere giù la borsa e sono subito da lei.»

Quando entrò nella camera, trovò Giovanna seduta su una sedia accanto al letto, intenta a scrivere qualcosa su un quaderno, sembrava concentrata.

«Buongiorno, Elena mi ha detto che mi cercavi, ma a quanto pare sei impegnata.»

Giovanna alzò lo sguardo verso di lei senza mettere giù la penna, la teneva stretta tra le dita, come se stesse scrivendo nell'aria.

«Oh cara, meno male che sei venuta, ho saputo delle cose, stavo scrivendo prima di scordarmele. Ho visto Sarah.»

Giada si appoggiò con la schiena alla parete, sentì le gambe vacillare.

«Stai parlando della donna...?»

Giovanna la interruppe.

«Mi ha detto che quell'uomo la ucciderà se non fate qualcosa, è chiusa in una cantina buia, c'è una scala che cigola e una porta pesante. Poi è svanita.»

«Dove l'hai vista? E come fai a sapere che era lei?»

«Era qui di fronte a me, l'ho vista bene, capelli rossi un po' mossi, occhi gonfi, aveva addosso una camicia di flanella e si toccava i polsi.»

«Come fai a sapere che era lei?»

«Mi ha detto di chiamarsi Sarah.»

«L'hai sognata quindi?» domandò Giada, con voce scossa.

«No bella mia, non sono ancora del tutto scema. L'ho vista, era qui di fronte a me. Sarah è in pericolo.»

«Okay Giovanna. Nessuno ha mai messo in dubbio la tua saggezza. Ti ha detto altro? Qualcosa che possa aiutarci a trovarla?»

«Lei no, ma io so dov'è. Ho visto una casupola nascosta in un bosco, non so dirti di più, ma dovete fare in fretta.»

«Sicura che non hai visto altro?»

Giovanna scosse la testa. Poi strappò la pagina dal quaderno e le fece segno di prenderla.

«Prendi questa, ci sono i miei appunti, ho disegnato il casolare come l'ho visto, ti servirà. Però pensa anche a te stessa, qualcosa ti preoccupa, lo vedo nei tuoi occhi.»

Giada prese il foglio e lo infilò nella tasca del camice, la mano le tremava un po'.

«Non preoccuparti per me, sono solo stanca.»

Le sorrise e se ne andò con passo stanco.

Appena svoltò l'angolo del corridoio, il cellulare vibrò nel taschino.

Non appena vide il numero di Anika sul display, fu tentata di non rispondere, ma sapeva di doverlo fare. Infatti aveva bisogno che lei assistesse all'interrogatorio di Omar Ricci, e le aveva chiesto di andare da lei prima delle due per scambiare due parole.

Giada la lasciò parlare senza intervenire, poi raggiunse lo studio e si sedette con un tonfo sulla sedia.

«Ci sei ancora?» gracchiò Anika.

«Sì, sono qui, ma queste cose me le devi dire prima. Io non posso decidere all'ultimo minuto. Stavolta vedrò di farcela, ma che sia l'ultima.»

«Hai ragione, ma incastrare tutto è un delirio. Ti aspetto.»

QUARANTOTTO

Devo occuparmi della mia principessa. Lei torna alla terra, ma voglio che la polizia trovi il corpo.

Mi sento euforico, decido di andare da lei e portarle una porzione di pizza, il suo ultimo pasto. Le lascio il cartone sul letto con una coca cola, le parlo con dolcezza e rimango un po' a farle compagnia. Non dice nulla, continua a piangere implorandomi di lasciarla andare. La rassicuro che l'aspetta una nuova esistenza, ma lei grida e picchia i pugni facendo cadere la pizza.

Sei una principessa cattiva, le dico raccogliendo il cartone.

Per punirla la lego ancora al letto e torno di sopra.

Mi siedo sulla poltrona, accendo la televisione e mangio con appetito, scolandomi un paio di bottiglie di birra scura, la mia preferita.

Il calore della stufa e i vapori dell'alcol hanno un effetto soporifero, sto per addormentarmi, quando una notizia al telegiornale mi fa sobbalzare.

Alzo il volume.

La polizia ha arrestato un uomo, credevano fosse l'assassino invece era solo un maniaco che ha pisciato dietro a un albero. Che incapaci. Mi faccio una bella risata e mi stappo un'altra birra.

***

«Ciao Principessa, sei ancora viva?» le dico aprendo la porta con un calcio.

Silenzio.

«Hai perso la lingua?»

Sento un debole movimento provenire dalla branda.

«Sei cattiva con me. Hai buttato la pizza per terra, non si fa così. Era la tua ultima cena. Se fai la brava, però ti porto una fetta di torta al cioccolato, di quelle buone.»

Accendo la luce e la guardo in faccia, ha pianto. La slego e le accarezzo una guancia con il dorso della mano. Poi mi siedo accanto a lei.

«Ho dovuto bruciare il furgone, adesso me ne serve un altro per prendere la prossima. Andrebbe bene anche una macchina, ma non devo dare nell'occhio. Stanotte vedrò cosa fare. C'è una via isolata vicino al centro commerciale, lì non mi vedrà nessuno.»

«Perché vuoi rapirne un'altra? Così non risolvi niente, buttati alle spalle il passato. Sei un uomo intelligente, troverai una persona che ti capisce, ne sono certa. Ma questo gioco al massacro si ritorcerà su di te.»

«Io sarò felice quando avrò portato a termine la mia missione. Sto tallonando una donna che fa al caso mio, una strafiga con i capelli rosso scuro, è una manager bastarda e puttana. Ha licenziato un sacco di gente in quell'azienda. Sarà la Numero Quattro. Ma prima devo pensare alla mia principessa, non voglio farvi incontrare. Per te è giunto il momento.»

Sarah comincia a urlare.

«Non voglio morire, lasciami andare, farò tutto quello che vuoi, ma non uccidermi. Se tua madre era una stronza, io non c'entro niente, anche la mia non mi ha voluto bene, ma io non uccido quelle che le somigliano. Ti prego, voglio vivere!»

«E vivrai! La prossima vita sarà migliore di questa» le sussurro in un orecchio.

«Nooo!»

«Attenta principessa» le dico a denti stretti, spengo la luce e me ne vado sbattendo la porta.

QUARANTANOVE

A quell'ora del pomeriggio il quartiere QT8 pullulava di bambini che correvano gioiosi e di mamme indaffarate a chiacchierare tra loro.

Il quadretto variopinto si bloccò quando un'auto della polizia entrò nell'abitato. De Rosa dovette frenare di colpo, nel momento in cui un bambino scese dal marciapiede per rincorrere un pallone finito in mezzo alla strada.

I residenti intuirono subito che doveva essere accaduto qualcosa, ma nessuno osò avvicinarsi agli agenti.

De Rosa e Piras decisero di dividersi, ognuno si prese un lato della via e iniziarono gli interrogatori passando da un palazzo all'altro.

Quasi tutti conoscevano Melissa, almeno di vista, abitava nella zona da tempo e da giovane aveva fatto la baby-sitter. Molte donne si ricordarono di lei quando aveva badato ai loro bambini e risposero alle domande con gli occhi lucidi, increduli che qualcuno avesse potuto ucciderla.

Una coppia di anziani addirittura scoppiò a piangere di fronte alle domande di Piras, quella ragazza li aveva sempre aiutati quando avevano avuto bisogno, portava loro la spesa e a volte li accompagnava in ospedale per i controlli medici.

De Rosa era entrato in casa di una famiglia di albanesi, un

appartamento di due locali dove abitavano in sei, marito e moglie e quattro figli. La donna gli tese la mano e lo invitò a sedersi, gli preparò anche un caffè, confidandogli che Melissa era una donna meravigliosa, l'unica che li aveva accolti in modo amichevole quando erano venuti ad abitare nel quartiere. Quando De Rosa uscì, lo ringraziò e gli disse che sarebbe sempre stato il benvenuto.

«Com'è andata?» domandò a Piras appena salì in auto.

«La gente di questa zona è disponibile, non sembra neanche di essere a Milano. Comunque tutti hanno parlato bene di Melissa. E a te?»

«Sono sconvolti per la sua morte. Nessuno capisce il perché di questo omicidio e noi siamo punto a capo, caro mio.»

«Eppure prima o poi quel bastardo deve fare un passo falso.»

«Mica possiamo aspettare quello, qui bisogna muovere il culo.»

«Spero che coi pedinamenti vada meglio. Andiamo adesso che è tardi.»

«Agli ordini! Però prima ci fermiamo al centro commerciale? Tengo una voragine qui dentro» esclamò picchiando una mano sullo stomaco.

«Come vanno i tallonamenti?» chiese Piras, ingozzandosi di panettone.

Esposito alzò gli occhi dal pc, lo guardò storcendo il naso.

«È un casino pedinare un'auto con questo delirio, Perrone era con Ilaria, e guidava come un folle, a un certo punto l'ho perso. A te è andata meglio?»

Piras rimosse le briciole dalla giacca e sorseggiò un bicchiere di spumante.

«Ho seguito Ricci, ma stare dietro a una moto che s'infila ovunque è un'impresa.»

«La Miller lo sa?»

«Secondo te? Mi sta alle costole tutto il giorno. Ha mandato anche agenti in borghese, stanno raccogliendo informazioni sulle abitudini, le relazioni e le attività di tutti quanti. Speriamo ne venga fuori qualcosa.»

De Rosa entrò con passo stanco, appoggiò il giaccone sulla sedia e si avventò sul panettone rimasto.

«Non si usa più salutare?» esclamò Piras, versandosi un altro bicchiere di vino.

«E che è? Oggi sono stordito, c'è un casino in giro, andassero tutti a…»

«Siamo agitati eh? Che succede?»

«Niente, non sono un santo nemmeno io, solo gli altri possono incazzarsi? Questo caso mi sta tirando fuori di testa, non si cava un ragno da un buco. Quella Monique mica è troppo giusta, oggi è uscita dal centro e si è messa a camminare a passo spedito, per più di un'ora, mi fanno ancora male le gambe!»

«Ti fa solo bene, così magari dimagrisci un po', ma se poi ti ingozzi di quella porcheria, non serve a niente. Be', cos'ha fatto di strano?» lo canzonò Esposito.

«È entrata in una libreria, ha comprato un libro, e si è seduta a leggerlo. Io fuori come uno scemo. Dopo è uscita e ha ripreso a camminare, ogni tanto si fermava e guardava per aria. A un tratto si è avvicinata a un albero ed è scoppiata a piangere. Mica è normale.»

«La Miller mi ha detto che ha appena perso il padre» sostenne Piras.

«Vabbè, mi dispiace, ma per me è strana.»

«In effetti un po' lo è, anche Maia la pensa così, e non solo lei, però non credo sia coinvolta.»

«A proposito di Maia, dove sta la pivella? Sta ancora festeggiando il Natale col suo bello?»

«Piantala di chiamarla così, non è affatto stupida quella donna, sta riguardando i rapporti della scientifica» lo rimbrottò Piras.

In quel momento squillò il telefono. Esposito rispose al secondo squillo. Dall'espressione del suo viso, De Rosa e Piras dedussero si trattasse di una notizia scioccante.

Non appena Esposito abbassò la cornetta, De Rosa lo tempestò di domande, mentre Piras si piazzò di fronte, gli occhi fissi sul telefono.

«Che è successo? Chi era? Mica avrà…?»

«Era il killer, ha detto che domani il corpo di Sarah tornerà alla terra, poi ha appeso.»

«Sei bianco come un cadavere. Rintraccia la chiamata piuttosto, magari è uno sbruffone che si diverte a prenderci per i fondelli» esclamò Piras, pulendosi le mani con un fazzoletto di carta.

«Ha ragione Umbe', sarà un povero deficiente, ce n'è tanti che si divertono così. I killer non avvisano prima di uccidere.»

«Io non ne sarei tanto sicuro.»

Esposito abbassò la testa e iniziò a digitare sulla tastiera.

CINQUANTA

«Buongiorno Anika, sono Mauro, è un po' che non ci sentiamo, so di rompere, ma sto seguendo il caso Schiaffino e mi serve qualche dritta. Oggi pomeriggio sono dalle tue parti, posso salire un attimo?»

Anika, alle prese con pratiche non evase che affollavano la scrivania, aveva sollevato la cornetta con un gesto istintivo, senza distogliere lo sguardo dai documenti. Il giornalista era una vecchia conoscenza, un tipo con il quale aveva avuto una breve storia. Al momento rimase un po' perplessa, l'idea di rivederlo la stuzzicava e nello stesso tempo la intimidiva.

«Ciao Mauro, non sapevo ti occupassi di questo caso. Oggi sono nei casini, be' non solo oggi, però ti concedo il tempo di un caffè, ma fuori di qui. Ci vediamo al bar di fronte alla questura, alle undici.»

«Perfetto, non vedo l'ora.»

«Non aspettarti lo scoop, sai che io non posso rivelare niente.»

«Io intendevo un'altra cosa. A dopo.»

Si rimise al lavoro, quando sentì bussare alla porta.

«Avanti» esclamò senza sollevare la testa.

«Commissario, c'è una novità.»

Anika riconobbe la voce di Esposito.

«Ti ascolto.»

«Stamattina i carabinieri di Solaro hanno trovato un furgone bruciato in un'area della ferrovia dismessa Saronno-Seregno. Qualcuno aveva segnalato un'auto in fiamme.»

La Miller si alzò di scatto e gli strappò il fax dalle mani.

«Cristo santo, fammi vedere.»

Anika lo lesse d'un fiato e lo posò sulla scrivania, poi si sedette e fissò Esposito corrugando al fronte.

«Quando è arrivato?»

«Adesso, come può vedere dall'ora. Ho chiamato in caserma e ho parlato con un brigadiere, è rimasta parte della targa e del numero di telaio e sembra coincidere con quello rubato.»

«Mandiamo subito la scientifica, dobbiamo esserne certi e vedere se ci sono impronte.»

«Per me l'ha bruciato apposta per quello.»

«Quello che pensi non mi interessa, io voglio certezze. Adesso fila e tienimi informata.»

Anika chiuse gli occhi, immersa nei suoi pensieri. Poi d'improvviso annotò la notizia su un post-it, si alzò e lo fece aderire con cura sulla lavagna, ben allineato agli altri. Temporeggiò sulle foto e sui ritagli di giornale, fissati con puntine da disegno rosse, tutti in ordine di data. Si soffermò su un articolo relativo al Namasté che le era sfuggito. Il cronista sosteneva che quel centro fosse ambiguo e dietro le pratiche di meditazione e quant'altro, si celasse un «business della sofferenza».

Gli altri erano articoli con titoli urlati sull'inefficienza della polizia.

Prese un respiro profondo e si accostò alla finestra, fuori stava ancora piovendo, il cielo gravava come una cappa grigia, sui vetri le gocce giocavano a rincorrersi o a ricongiungersi.

Trentun dicembre, ma per lei sarebbe stata un'altra notte insonne e di certo non per accogliere il nuovo anno.

CINQUANTUNO

Aveva accantonato le pratiche burocratiche e si era concentrata a leggere un report, non un rapporto di polizia, bensì una statistica sui dati di ascolto dei telegiornali, nonché di ciò che accadeva nel mondo dei media. Il caso in questione era ancora ai primi posti, sia nelle maggiori testate giornalistiche, sia sui social.

Anika Miller non nutriva simpatia per i giornalisti, ma era consapevole di quanto fosse rilevante l'eco creato dai notiziari e dalla stampa.

In quel preciso istante suonò il cellulare. Anika scrutò il display: Mauro.

«Scusami, esco adesso da una riunione. Arrivo subito» mentì con tono convincente.

Prese il giaccone dall'appendiabiti e uscì. Prima di scendere, andò in bagno per dare una sistemata ai capelli e guardarsi allo specchio.

Quando entrò nel locale, Mauro le andò incontro e le stampò un bacio sulla guancia.

«È passato tanto tempo, ma sei affascinante come allora» la lusingò Mauro.

«Anche tu ti difendi bene!»

Anika non gli aveva tolto gli occhi di dosso da quando si era seduta, ipnotizzata dal suo sguardo seducente.

«Mi difendo, ma c'è tanta concorrenza in giro.»

«Ancora single?» domandò lei togliendo il giaccone.

«Per ora sì, finché non trovo quella che fa per me, ma forse non è ancora nata» scherzò il reporter, sbirciando dentro la sua scollatura.

«Tu sei ancora con…? Non ricordo il nome.»

«Dietrick, sì, ma… non sei venuto qui per parlare di questo, giusto?»

Nel frattempo arrivò il cameriere con un vassoio di acciaio e servì le loro bevande.

«Be' anche, voglio dire che non ho mai smesso di pensare a te, a noi insomma, al perché è finita» le confessò, girando più volte il cucchiaino nella tazza.

«Potevi chiedermelo allora, non aspettare di avere tra le mani un caso che scotta» lo biasimò Anika.

«Non è come pensi. Sono stato sul punto di chiamarti tante volte, ma poi ho lasciato perdere, sapevo che mi avresti rifiutato. Però, dopo tanti anni, ho voluto riprovarci, e questo caso non è solo una coincidenza. Se però non ti va di parlarne, lasciamo perdere.»

«Non ho molto tempo Mauro e non credo sia una buona idea scavare nel passato, ma ti dico solo che presi quella decisione per non farti del male.»

«Invece me ne hai fatto.»

«Mi dispiace, ma te ne avrei fatto ancora di più se fossi rimasta con te.»

«Io ero innamorato di te, non si è trattato solo di sesso.»

«È proprio questo il punto.»

«Vorresti dire che anche tu provavi qualcosa per me?»

Anika abbassò gli occhi sul cappuccino oramai freddo.

«Ho avuto paura di farmi coinvolgere.»
«Perché non ti separi?»
«Non è così semplice, ci sono le ragazze.»
«Non cambierebbe niente e lo sai anche tu, il tuo lavoro viene prima di ogni cosa, o sbaglio?»
«Non sono affari tuoi» reagì con tono risentito.
«Scusami, sono stato invadente, se vuoi me ne vado.»
«No, scusami tu se ti ho risposto male, è che sono sotto pressione.»
Mauro approfittò di una pausa per tornare all'attacco.
«In effetti questo caso non è uno scherzo, ma tu sei più tosta del serial killer e io posso darti una mano.»
«Come?»
«Al momento tutta la nazione ha gli occhi puntati su di voi. Il pubblico prima o poi si stanca se non gli dai in pasto qualcosa di nuovo.»
«Questo lo so anch'io, ma non ho niente di nuovo.»
«Basta far credere loro il contrario. Io posso farlo, se tu mi dai l'okay. Gettiamo un po' di semi al vento.»
«Dove vuoi arrivare?»
«Tutti i media stanno parlando degli omicidi e della terza donna rapita, ma il killer sa che in realtà stanno parlando di lui, di ciò che ha fatto. Sa di aver compiuto un buon lavoro, visto che non siete riusciti ancora a identificarlo.»
Anika lo ascoltava senza scomporsi.
«E ne va fiero, ma non è abbastanza. In fondo è il vero protagonista dello show, lui vuole le luci della ribalta e noi gliele daremo.»
«Io non posso giocarmi la carriera.»
«Tu non rischi niente. Se il mio articolo scatenerà le ire dei piani alti, dirò che ho avuto le informazioni da altre fonti. Anche noi giornalisti siamo dei bravi investigatori.»

Anika stava sudando freddo.

«Mi stai tentando, ma vorrei capire cosa hai in mente, come pensi di farlo cadere in trappola?»

«Gli faremo credere di essere in possesso di nuovi elementi finora mai rivelati che ci indicano la strada da seguire per fare luce sull'assassino.»

«E quali sarebbero?»

«Sto pensando a qualcosa di biologico, Dna, roba del genere.»

«Potrebbe funzionare, ma dipende dal taglio. Voglio parlare con la profiler, anche per capire come muovermi. Tra poco devo vederla, poi ti faccio sapere.»

«Okay, quando l'ho abbozzato te lo giro via mail. Cambiando discorso, cosa fai stasera?»

Anika sgranò gli occhi.

«Vado a dormire, ho sulle spalle troppe notti in bianco.»

«Una più una meno! Se poi la passi in dolce compagnia…»

«La tua lei ti ha dato buca?»

«Ti ho già detto che non ho nessuno e mi piacerebbe brindare al nuovo anno con te. Una cenetta a casa mia, io sono un bravo cuoco.»

«Sono una donna sposata Mauro e ho due figlie» rispose Anika sottraendosi al contatto.

Mauro la fissò negli occhi con un'espressione birichina.

«Lo so, ma prima mi hai detto che le tue figlie sono partite con il padre per le feste natalizie! Quindi stasera non ci sono, altrimenti non ti avrei fatto questo invito. E poi una cena non è niente di compromettente.»

Anika giocherellò con il tovagliolo, lo sguardo fisso sul tavolino.

«Lo prendo per un sì!» esultò Mauro.

«Io non ti ho detto che verrò.»

«Non con la voce, ma con gli occhi. So che lo desideri, lasciati andare una buona volta. La vita è una sola.»

«E va bene, io porto lo champagne.»

CINQUANTADUE

Immersa da ore nel fascicolo della scientifica con la speranza di scovare qualche punto debole, la sua mente corse alla notte di passione trascorsa con Paolo. Maia era entrata in fibrillazione. Qualcosa era cambiato dentro di lei, ed era proprio questo a spaventarla. Non si era trattato solo di sesso. Paolo era più importante di quanto avesse mai immaginato.

China sull'incartamento, avvertì una presenza. Alzò la testa e incrociò lo sguardo della Miller, in piedi di fronte alla scrivania, le braccia conserte e gli occhi fissi su di lei.

«Trovato qualcosa?»

Maia osservò il suo abbigliamento, indossava un tailleur noisette, pantalone attillato e giacca sciancrata, dalla quale si intravedeva una camicia di seta verde a righe.

«Questa volta le riprese sono migliori, si nota il collo della vittima e il petalo del medaglione, ma devo verificare ancora i rilievi.»

«Non perdere troppo tempo, ho convocato Perrone nel pomeriggio, ve ne occuperete tu e Piras, io penso a Ricci, quel tipo non mi convince. Tu cosa ne pensi?»

Non avrebbe mai pensato che Anika le avesse chiesto il suo parere.

«Se devo essere sincera, non mi è simpatico, però è un tipo mite, non ha l'aria da killer, ma non so più cosa pensare.»

Passò dalla sala operativa con la speranza di avere qualche notizia, trovò i suoi uomini curvi sui computer. Sostò qualche istante di fronte alla bacheca, colma di fotografie e scritte a pennarello, quando un appunto recente la fece sussultare: «ore undici e dieci, telefonata del killer».

«Cosa significa?» protestò tamburellando il dito indice sul vetro.

Esposito replicò, senza alzare lo sguardo dal pc.

«Prima ha telefonato un tipo strano, ha detto che domani Sarah tornerà alla terra. Finora non sono riuscito a rintracciare la chiamata.»

«Cosa aspettavi a dirmelo?»

«Di avere qualcosa in mano, ci sto ancora lavorando. Mi sa che ha utilizzato un cellulare usa e getta.»

«Magari non è il killer, ma qualcuno che conosce il suo piano, o solo un millantatore. Del furgone invece cosa mi dici?»

«La scientifica ha appena terminato, purtroppo niente impronte. C'era da aspettarselo.»

«Io non do mai niente per scontato, comunque tienimi informata» lo esortò Anika, dando un'occhiata all'orologio sulla parete: erano già le tredici.

«Hai pranzato?»

«Fammi la domanda di riserva. È già un miracolo se sono arrivata, c'è in giro un tal casino! Ci mancava anche l'ultimo dell'anno!» bofonchiò Giada, togliendo il giaccone.

Anika notò sul suo viso un colorito spento e occhiaie profonde.

«Ti offro il pranzo, al bar qui sotto fanno dei piattini niente male e tu hai l'aspetto di chi non mangia da giorni.»

Scelsero un tavolino appartato in fondo al locale, l'ideale per parlare senza orecchie indiscrete.

«Come vanno i tuoi pazzoidi?» la schernì Anika.

«A volte sono più sani di noi, e anche piacevoli.»

«La paziente schizofrenica è sempre fuori di testa?»

«Giovanna?»

«Sì, quella che ha le visioni.»

«Non volevo neanche dirtelo, so come la pensi, ma ne ha avuta un'altra. Dice di aver parlato con Sarah, lei le avrebbe detto che quell'uomo sta per ucciderla. È rinchiusa in una specie di casolare in un bosco.»

Giada prese un foglio dalla borsa e lo porse a Anika.

«Mi ha perfino fatto il disegno!»

«Santo cielo! Come avrà fatto a inventarselo?»

«Lei l'ha visto!» contestò Giada.

Anika sollevò le sopracciglia, gli occhi fissi su di lei.

«Non dirai sul serio? Secondo te, io dovrei dare credito a una povera pazza?»

«Devi ammettere però che finora ci ha azzeccato.»

Nel frattempo arrivarono le ordinazioni.

«È stato un caso, si vede che ha tanta immaginazione» asserì spiegando il tovagliolo.

Giada la osservò contrariata e cambiò argomento.

«Tu cosa volevi dirmi?»

Prima di affrontare la questione, Anika si confidò un po' con Giada. Le parlò della sua vita, dell'incontro con Mauro e del suo invito a cena.

«Hai fatto bene ad accettare, devi pur svagarti» sostenne Giada, mangiando con gusto la cotoletta.

«Con Mauro ho avuto una storia anni fa, all'inizio era solo sesso, poi ho capito che c'era dell'altro e sono scappata. Rivederlo però mi ha turbato, non vorrei fare una cavolata.»

«Ma dai, per una cena e una notte di sesso?»

«Fosse solo quello!»

«Lasciati andare e basta, le cose succedono perché devono succedere, non si può avere tutto sotto controllo.»

«Forse hai ragione. Adesso però parliamo di cose meno frivole.»

Anika spiegò a Giada la proposta di Mauro e le sue perplessità sia sulle conseguenze, sia sull'efficacia di un simile pezzo.

«Secondo Mauro, l'eco creato dalla stampa e dai notiziari può darci una mano. Cosa ne pensi?»

Giada sorseggiò il suo tè al limone, sbalordita dalla rapidità con cui Anika aveva divorato il muffin al cioccolato e mandato giù il caffè.

«Se ho ben capito, si tratta di piazzare un'esca e sperare che qualcuno cada nella trappola. Il punto è capire cosa dargli in pasto.»

«Ed è proprio quello che voglio sapere da te» affermò Anika leccandosi le dita.

Giada indugiò qualche istante. Non c'era quasi più nessuno e nel silenzio percepì il tipico rumore delle auto sull'asfalto bagnato. Le sembrò di sentirla addosso quella fredda pioggia, unita alla foschia che sbiadisce i contorni.

«Allora? Hai sentito quello che ho detto?»

«Sì, scusa, mi ero distratta. Dunque per stanare il killer bisogna entrare nella sua testa. Lui sta assaggiando il sapore della celebrità, è fiero della sua opera e soprattutto del fatto che sta agendo indisturbato. Dobbiamo fargli credere che non è così, che siamo sulle sue tracce, insomma portarlo allo scoperto. Se riusciamo a farlo cadere nel panico, prima o poi farà una mossa sbagliata, si tradirà.»

Anika giocherellò con le molliche di pane.

«Potremmo far credere di aver trovato delle impronte che sulle prime erano sfuggite.»

«O sul corpo stesso, dopo l'accurata autopsia. Con questi elementi, se il tipo è un reporter con le palle, dovrebbe realizzare un pezzo coi fiocchi.»

«Mauro è un mago nel suo campo, per lui sarà un colpo e per noi forse uno spiraglio. Allora ci buttiamo?»

«Direi che si può provare, a patto di leggere l'articolo in anteprima.»

«Non penso sia un problema. Gliene parlo stasera stessa, così domani ce l'abbiamo.»

«Domani è il primo dell'anno!»

«Con questo? Io sarò al mio posto come ogni giorno. Tu invece cosa fai?»

«Me ne sto a letto a dormire.»

«Stasera sei sola con tua figlia?»

«No, c'è Lorenzo, l'ho invitato a cena. Fosse per me, non avrei fatto nulla, ma lui ci tiene e poi, almeno stanotte, potrò dormire. Ieri è arrivata un'altra telefonata sul cellulare, comincio a essere in ansia» le confidò, trastullando la collana.

«Ma no, per me ti sei fissata e basta.»

«Non è una fissa, ieri sera c'era qualcuno davanti a casa mia!»

«Ti stai facendo da sola il lavaggio del cervello. Sei una psichiatra, come puoi dire certe stupidaggini? In ogni caso non hai niente da temere, ci siamo noi.»

CINQUANTATRÉ

Giulio stava ancora pensando a lei, al profilo del suo corpo nudo nel letto, alla frenetica danza sensuale di quella notte. Gli sembrò di sentire ancora il calore della sua pelle, bianca come il latte, il profumo dei suoi capelli.

Gli effluvi della sbornia erotica non erano ancora sbolliti, quando squillò il cellulare: numero sconosciuto. Giulio rispose con voce contrariata, ma quando comprese che si trattava della polizia, sussultò. Gli avevano detto di presentarsi in questura pregandolo di avvertire anche Omar, il cui telefono era irraggiungibile. Lui l'aveva cercato, ma senza successo.

Verso l'ora di pranzo lo vide entrare con passo fiacco e l'aria avvilita, come un cane bastonato.

«Si può sapere dov'eri? Ti ho chiamato un sacco di volte, cosa ce l'hai a fare il cellulare se è sempre spento?» gli inveì contro, scaricando su di lui la tensione.

Omar aggrottò la fronte, non si aspettava di essere redarguito.

«In ospedale è vietato.»

«Che cavolo ci facevi in ospedale?»

«Ho accompagnato Monique quando è morto suo padre, era troppo sconvolta per guidare.»

Omar affondò le mani nelle tasche dei pantaloni.

«Alle due devi andare in questura, volevo avvisarti.»

«Cosa vogliono? Ho già detto tutto.»

Perrone tolse gli occhiali e si passò una mano sulla fronte.

«Stanno facendo un altro giro, hanno convocato anche me. Si sono fissati sul centro, ma stanno solo perdendo tempo.»

«Affari loro, io ho altro a cui pensare.»

«Hai l'aria di uno a cui è morto il gatto. C'è di mezzo la cicciona?» lo canzonò strizzando l'occhio.

Omar abbassò lo sguardo.

«Sì, è che lei non ne vuole sapere, non sono il suo tipo. Ho fatto di tutto per farle capire che mi piace, ma mi ha rifiutato.»

Le labbra di Giulio si atteggiarono a un sorriso graffiante.

«E tu le corri ancora dietro? Se non ti vuole, peggio per lei.»

«È vero, ne ho piene le palle di come mi tratta.»

«Adesso sì che ragioni. Quella è la classica lagna, ti sta solo usando. Tu hai sofferto a causa sua e devi fargliela pagare.»

Omar fece un giro attorno alla scrivania, e gli piantò gli occhi addosso.

«Come?»

«Noi abbiamo in mente qualcosa» sussurrò Perrone avvicinandosi.

«Noi?»

«Ti spiego tutto stasera. Vieni al bar in fondo alla via, alle otto.»

«Abbiamo deciso quando mettere in atto il piano A.»

Omar scostò la testa da un lato, mentre Giulio gli parlottava nelle orecchie.

«E se io non potessi?»

Perrone appoggiò una mano sulla sua spalla.

«Certo che puoi e ti conviene. Dobbiamo organizzarci, non manca molto, lo farai di notte. Voglio che sia tutto perfetto, quindi stai attento.»

«Non sono un idiota, io non lascio tracce.»

«Se qualcosa andasse storto, sarebbero rogne anche per te.»

«Si deve fidare di me.»

«Ti conosco e so che sei facile preda delle emozioni.» Giulio sorseggiò il suo drink.

«Lei non mi conosce, io sono uno che va fino in fondo» reagì fissandolo senza battere le palpebre.

«Meglio così, perché avrò bisogno di te anche per il piano B.»

«Dipende dalle condizioni.»

«Penserò a tutto io. Tu mi farai solo da spalla. Intesi?»

«Quando sarà?»

«Ti farò sapere.»

«Me lo deve dire prima, ho tanti impegni in questo periodo.»

«Che ti succede? Hai trovato la donna della tua vita?»

«Non sono affari suoi.»

«Hai le palle girate oggi?»

«Può darsi, ma non devo rendere conto a lei» replicò ingurgitando la birra.

«Sei ancora in ballo con quella lagna?»

«No, con lei ho chiuso.»

«Allora cosa c'è?»

«Niente che possa mandare in aria il piano, ma ho bisogno di saperlo prima, tutto qui.»

«Farò il possibile.»

«Okay, dottore.»

«Piantala di chiamarmi dottore, mi dà sui nervi e dammi del tu, siamo soci in affari adesso.»

«D'accordo.»

«Adesso scappo, ho una paziente che mi aspetta. Se non riusciamo più a parlarci, ci sentiamo al telefono, quello criptato, mi raccomando.»

CINQUANTAQUATTRO

«Pronta per il battesimo del fuoco?»
«Se ti riferisci all'interrogatorio di Perrone, guarda che non mi fa paura, sarò anche una pivella, ma non sono una sprovveduta.»
Senza aggiungere altro, Umberto aprì la porta della sala riunioni e le fece cenno di passare per prima. Maia non era abituata a gesti così galanti e, a dire il vero, li considerava retaggi di una cultura desueta.
«Scusami. Sto cercando di cambiare sto cavolo di carattere, ma ogni tanto la vecchia Maia salta fuori.»
«Tranquilla, l'ho capito e in ogni caso era solo una battuta. Adesso è meglio concentrarsi sul dottore.»
«Ho scavato un po' sul suo passato, ma non ha precedenti.»
«Chi l'ha detto che un killer debba avere dei precedenti?»
Il telefono nel taschino di Piras vibrò. Era arrivato Perrone.
Lo fecero accomodare nella saletta. Piras prese una sedia, la trascinò accanto a lui e si appoggiò allo schienale con tutto il suo peso, sistemando i documenti sul tavolo. Maia rimase in piedi, accanto alla finestra, lasciando al collega la prima domanda.
«Allora dottor... Perrone» esordì leggendo il suo nome.

«La prima è una domanda da sbirro, ma devo fargliela. Dov'era quando sono state rapite le due donne?»

«A casa! Mi è stato chiesto anche nel primo interrogatorio.»

«Qualcuno può confermarlo?»

«Sì, il mio cane, non si è mai mosso neppure lui» lo stuzzicò Giulio con un ghigno.

Piras picchiò un pugno sul tavolo. Maia gli lanciò un'occhiata e notò un deciso rossore sul viso. Pensò fosse il caso di intervenire.

«Non faccia lo spiritoso, se collabora con noi è meglio. La sera del rapimento della Schiaffino lei era in compagnia di Ilaria, è così?»

«Come fate a saperlo?»

«Questo non ha importanza, quel che conta è che l'ha confermato lei adesso. Da quanto tempo lavora al Namasté?»

«Da un anno, ma cosa c'entra?»

Piras si limitò ad ascoltare, Maia se la cavava anche da sola. Si alzò e prese a camminare avanti e indietro.

Maia lo osservò con la coda dell'occhio e si sedette di fronte a Giulio.

«Ci parli di quello che è accaduto con la dottoressa Damonte. A quanto pare avete avuto dei contrasti. Come mai lavora nello stesso centro?»

Perrone allentò la cravatta.

«Non capisco perché vuole sapere queste cose, ma comunque quello che mi ha fatto è stato molto grave. Anni fa eravamo colleghi e dopo essere stato aggredito da un drogato in un consultorio, mi sono ammalato di depressione. Lei mi ha imposto un Tso, per il mio interesse, aveva detto. Peccato che ho perso il lavoro, sono stato sfrattato e mia moglie se n'è andata. Nessuno mi ha aiutato, nonostante abbia mosso mari e monti, neanche la stampa.»

«E lei ha una voglia incredibile di vendicarsi, vero dottore?» si interpose a questo punto Piras, piazzandosi di fronte a lui.

«L'ho già fatto. Entrando al Namasté, le ho dimostrato di essere ancora in piedi, nonostante quello che mi ha fatto. Per lei è stato uno smacco.»

«E si ritiene soddisfatto?»

«Sì, mi piace quello che faccio.»

«Intendevo dire se il fatto di lavorare accanto a lei, sapendo di recarle disturbo, è sufficiente come ritorsione.»

«Sì.»

«Come sono i vostri rapporti professionali?»

«Di nessun tipo, io ho le mie pazienti e lei le sue. Non ci incontriamo quasi mai, per fortuna.»

«E con gli altri che rapporti ha?»

«Vado d'accordo con tutti.»

«Soprattutto con Ilaria, non è così?» lo incalzò Maia, fissandolo.

«Cosa vorrebbe dire?»

«C'è qualcosa tra di voi.»

«Sono fatti miei.»

«Ilaria non è benvoluta lì dentro.»

«Non vedo dove stia il problema. Ilaria mi piace perché è una donna decisa, non una lagna come Monique.»

«Che lei odia, giusto?»

«Monique è una persona sgradevole, tutti la detestano, tranne Omar, ma adesso l'ha capito anche lui.»

«Cosa ha capito?»

«Che quella non vale una cicca.»

Maia si alzò e girò intorno al tavolo, mentre Piras si era nuovamente seduto lisciandosi la barba.

«Con lui va d'accordo?»

«È stato mio paziente anni addietro.»

«Che problemi aveva?»

«C'è il segreto professionale.»

Piras seguì l'interrogatorio studiando ogni gesto di Giulio.

«Con le donne che frequentano il Namasté che rapporti ha?»

«Io faccio lo psicoterapeuta, conosco solo quelle che si affidano a me.»

«Melissa e Marika erano tra queste?»

«No.»

«Se il mio collega non ha altre domande, io avrei finito.»

«Ci sono ancora degli aspetti fondamentali da chiarire» s'intromise Piras guardando Maia.

«Lei sembra avere un alibi solo per il secondo rapimento, ma non ci ha detto nulla in merito alla terza vittima. Conosceva Sarah?»

«Mai vista né sentita» replicò Giulio in modo perentorio.

«Ha mai incontrato le vittime in luoghi esterni al Namasté, tipo bar, ristoranti, o locali dove si trovavano per bere qualcosa?»

Giulio corrugò la fronte prima di rispondere. Sembrava sorpreso.

«Non frequento locali adiacenti i luoghi dove lavoro» rispose con tono seccato.

«Verificheremo il suo alibi, per il momento può andare. Grazie per il suo tempo» lo congedò Piras con una stretta di mano.

Giulio uscì salutando solo con un cenno del capo.

«Allora? Sono promossa?» domandò Maia al collega con atteggiamento sbarazzino.

«Ehi, sei appena arrivata, non dimenticarlo! Scherzo dai. Sei stata in gamba.»

«Spero la pensi così anche l'arpia. Però devo dire che si è smollata un po', non pare anche a te?»

«Sarà per via dell'amichetto» ironizzò Piras con un sogghigno.

«Caspita, come sei informato, e chi sarebbe?»

«È una battuta! Comunque l'ho vista stamattina con un tipo al bar, non so chi sia. Però è vero, negli ultimi giorni è meno stronza. Di Perrone invece cosa mi dici?»

«È il classico che vuol saperla lunga, non credo sia coinvolto, ma per me ha qualcosa in ballo con Ilaria.»

«Può darsi, ma non siamo riusciti a capirci nulla neppure con i pedinamenti. Erano insieme in macchina, ma questo non significa niente.»

«Già. La Miller sta interrogando Omar, mi piacerebbe assistere.»

«Potrebbe farti bene, è un interrogatorio importante. Forza allora, muoviamoci.»

Il commissario aveva già terminato le domande rituali quando Maia e Umberto si sedettero dietro lo specchio.

«Mi sembri un po' abbattuto, è successo qualcosa?» domandò Giada a Omar sedendosi accanto a lui.

«Niente di particolare e poi sa quello che succede là dentro» disse respirando a fondo.

«Intendevo fuori, nella tua vita privata.»

«Non la riguarda.»

Giada scosse la testa, la coda di cavallo le accarezzò le spalle.

«Senti, non voglio sapere i fatti tuoi, ma capire perché sei così giù di morale.»

«Non sono giù di corda, sono incazzato, è diverso.»

«Posso sapere con chi?» ribadì Giada un po' rossa in volto.

«Con nessuno e con tutti» disse Omar tirando fuori dalla tasca accendino e sigarette.

«Qui è vietato.»

«Cazzo! Ne abbiamo ancora per molto? Devo fumare.»

«Adesso mi hai stancato. Io non ho la pazienza della dottoressa Damonte, quindi piantala di comportarti come un ebete e cerca di collaborare» inveì Anika.

«Cosa cavolo volete ancora da me? Quello che so, l'ho già detto la prima volta, proprio a lei e al suo collega ciccione.»

Anika stava per perdere il controllo, ma l'occhiata di Giada la placò.

«Sta' tranquillo, non abbiamo niente contro di te, vogliamo solo farti qualche domanda, okay? Poi puoi andare a festeggiare.»

«Cosa dovrei festeggiare? Monique non mi vuole e io non ho nessuno» sospirò abbassando la testa sulle mani.

«Allora è questa la ragione della tua tristezza?»

«Può darsi.»

«Forse è solo perché Monique ha appena perso il padre, devi darle tempo.»

«No, sono stufo di correrle dietro, me l'ha detto anche Perrone.»

«Cosa?»

«Che dovrei lasciarla perdere, anzi vendicarmi.»

«In che modo?»

«Che ne so.»

«Ti avrà pur spiegato cosa intendeva.»

«Ha detto così per dire, perché mi ha visto abbacchiato.»

«Vai d'accordo con Perrone?» s'intromise Anika incrociando le braccia al petto.

«Sì, ci conosciamo da un po'.»

«Come mai?»

«Anni fa ero in terapia con lui, per la depressione.»
«Sei guarito?»
«Non lo vede?»
«Che sei insolente sì, ma per me non stai del tutto bene.»
«Sono affari miei.»
«Con Ilaria che rapporti hai?»
«Ilaria? Cosa c'entra adesso?»
«Sai che è l'amante di Perrone?»
«Può darsi, ma sono fatti loro.»
Giada prese la parola con una domanda a bruciapelo.
«Secondo te, chi ha ucciso Melissa e Marika e ha rapito la terza donna ha a che fare con il Namasté?»
Omar la fissò con le sopracciglia alzate.
«Che ne so io? Gli ispettori siete voi.»
«Ti sarai pur fatto un'idea.»
«Non ci ho pensato.»
«Hai visto movimenti insoliti fuori dal centro nei giorni precedenti i rapimenti?»
«Non esco mai dal centro durante le ore di lavoro e nella pausa me ne sto dentro a leggere un libro o ad ascoltare musica.»
«Ok, allora potresti aver sentito dei litigi tra le clienti o magari notato qualcosa di strano nelle due donne i giorni precedenti?»
«Io mi faccio i fatti miei e comunque al centro non litiga mai nessuno, è un'oasi di pace e serenità. Le due donne che sono state rapite non hanno mai avuto niente di strano che io sappia, ma come ho già detto io tendo a starmene nel mio guscio.»
«E del medaglione trovato sui corpi cosa sai?»
«È il logo del centro, ma si trova dappertutto con quel simbolo.»
«Però il killer conosce il suo significato.»

«Non ci vuole molto, basta cercare in rete.»

«Quindi secondo te l'assassino non ha nulla a che vedere con il centro?»

«Non penso proprio, da noi si respira energia positiva, è un ambiente dove si cerca l'armonia.»

«E tu l'hai trovata?»

«Io non partecipo alle pratiche, ma ci sto bene lì dentro, mi sento in pace con me stesso.»

«Per adesso è tutto, se abbiamo ancora bisogno di te, ti convocheremo. Per me puoi andare» terminò Giada, cercando con gli occhi il consenso di Anika.

Omar si allontanò dalla stanza con passo veloce, mentre Anika lo seguì con lo sguardo.

Poi si rivolse alla profiler alla ricerca di una conferma delle sue impressioni.

«Cosa mi dici?»

«Niente di più di quello che sai anche tu. Avete già indagato a fondo.»

«Certo, ma speravo mi fornissi qualche particolare.»

«Omar è un uomo instabile, ma non ha mai dato problemi. Al centro svolge il suo lavoro con correttezza e va d'accordo con tutti.»

«Sei sicura che non corrisponda al profilo? Tu stessa hai detto che il killer può essere qualcuno che uccide e poi continua a comportarsi normalmente.»

«Certo, ma questo vale per tutti. Omar ha avuto un'infanzia difficile, ma non è l'unico. Tu però mi sembri perplessa.»

«Non lo so, sono quelle sensazioni... C'è qualcosa in lui che non mi convince. Intensificherò i pedinamenti.»

«Dobbiamo stare col fiato sul collo a tutti. Purtroppo, a prima vista, nessuno avrebbe un movente valido, ed è proprio qui l'enigma.»

«Già e noi siamo nella merda. I pedinamenti non ci hanno portato da nessuna parte, le unità cinofile, disseminate attorno al Lambro, nemmeno. L'unica speranza è Mauro» sostenne Anika con un sospiro, osservando dalla finestra la strada oramai semivuota.

«Sì lo penso anch'io.»

CINQUANTACINQUE

Non ho mai festeggiato l'ultimo dell'anno. Quella puttana di mia madre si ubriacava e io scappavo dalla nonna. In ricordo di lei sono qui oggi. Una volta mi aveva preparato una torta di pere e cioccolato, che ho mangiato quasi tutta io e poi mi sono addormentato prima della mezzanotte. È stato bello però stare con la nonna, lei mi voleva bene. Quando se ne è andata, ho pianto tanto, invece la puttana non ha versato neanche una lacrima e non è neppure venuta al funerale.

A ogni elemento della natura corrisponde un numero magico. Io sono arrivato al tre. La Numero Tre è la mia principessa e stasera festeggio con lei.

Prendo la bottiglia comprata per l'occasione. La faccio bere un po', lei non vuole, ma la costringo. Le dico che deve essere contenta di andare in quel luogo di pace, ma si mette a gridare. La lascio sfogare, tanto dura poco.

Adesso ha gli occhi socchiusi e piano piano si lascia andare tra le mie braccia.

«È il momento di tornare alla Terra» le sussurro, sfiorandole una guancia.

Lei però non reagisce, oramai il valium ha fatto il suo effetto.

Adesso posso dedicarmi al rito. La spoglio e accarezzo la

sua pelle lentigginosa, morbida al tatto, come il velluto, come la vestaglia della nonna. Da bambino adoravo toccarla, mi faceva star bene, mi sentivo a casa. La vesto con una tunica bianca, e al collo le metto il medaglione con il fiore. Un petalo l'avevo già dipinto di verde.

Di medaglioni ne ho ancora uno, l'ultimo, nascosto bene, nessuno deve trovarlo. Ecco, ci siamo. Prendo la sciarpa, che sensazione appagante!

Il corpo è ancora caldo quando lo depongo nello Scudo che ho rubato la scorsa notte, poi ci infilo la mia moto, salgo e parto. Prendo la mulattiera che porta al podere del Faggio Rosso.

Da ragazzo ci sono andato qualche volta, dal casolare ci mettevo quasi due ore a piedi, mi piaceva camminare nei boschi, ascoltare i suoni della natura. Quando ero stanco, mi sedevo sotto un faggio, non so se c'è ancora, perché era malridotto. Stavo lì seduto e guardavo il cielo, pensavo a come tutto è puro nell'universo, alla mia vita e a quella puttana, l'incarnazione del male e del peccato.

È buio, ma i fari dello Scudo mi fanno strada.

Sono quasi arrivato, riesco a intravedere il fienile dietro la cascina, le luci sono spente. Sono tutti a festeggiare il nuovo anno. Mi avvicino con lentezza al campo e spengo il motore. Mi guardo attorno e mi lascio rapire dalle vibrazioni della natura. La terra mi parla, perché io faccio parte del grande mistero dell'universo, io sono il custode del Creato.

Poso il corpo sulle zolle che, alla luce dei fari, assumono un colore rossiccio.

Il suo destino è compiuto, è tornata nel grembo materno della Terra, Grande Madre, unica madre degli uomini. Sarah è passata dal buio alla luce.

Sento un fruscio e mi giro di scatto, il cuore rimbomba.

Che idiota! È solo un gatto spaventato che schizza via miagolando.

Salgo sullo Scudo e torno sulla strada. Guido per una buona mezz'ora in mezzo ai campi. Devo bruciarlo, ma lontano dal casolare.

Avvisto una specie di magazzino abbandonato, ci sono dei vecchi utensili e un trattore arrugginito. Qui può andare bene.

Scarico la moto, rovescio un po' di benzina sui sedili, sfrego il pollice sulla rotella dell'accendino.

Mi allontano mentre le fiamme esplodono e contemplo lo spettacolo. Il fuoco divampa e cancella ogni traccia.

Il fuoco chiuderà il cerchio e l'ultimo petalo del fiore sarà rosso. Salgo sulla moto e corro al casolare. Penso alla Numero Quattro, lei sarà l'ultima. Il fuoco brucerà il suo corpo e ogni desiderio terreno, mentre la sua anima sarà libera di volare verso l'immortalità.

CINQUANTASEI

Ferma in coda sulla statale, gettò un'occhiata ai titoli di Repubblica che sparavano a zero sulle indagini. Erano le diciotto e trenta del trentuno dicembre, nell'aria si percepiva la frenesia del cenone di Capodanno. A Giada non importava molto, ma il frigorifero reclamava giustizia, così si era decisa a fare un po' di spesa. Qualcosa doveva pur cucinare, fosse stato solo per lei e Samanta non c'era problema, ma aveva invitato Lorenzo a cena, e con lui era sempre un problema, dal momento che seguiva una dieta vegetariana. Pensò di cavarsela con ravioli di ricotta e spinaci, verdure al forno ripiene, formaggi e affettati.

Si infilò nel parcheggio sotterraneo del supermercato, era completo.

Per fortuna, in quel momento adocchiò una coppia che si avvicinava a un'auto in sosta con un carrello stracolmo. Accese le quattro frecce e aspettò che scaricassero la spesa.

Mentre aspettava, lesse la cronaca di Milano, sospirò e si strofinò gli occhi, arrossati dalla mancanza di sonno.

Il suono del clacson la fece sussultare, l'auto stava facendo retromarcia e non aveva spazio. Giada si scusò e la lasciò uscire, poi parcheggiò.

Si infilò al volo sulla rampa mobile. La lista della spesa volò a terra e si appiccicò alla suola della scarpa di un passante. Non importa, commentò tra sé, avrebbe preso quello che ricordava.

Udì a malapena il grugnito della suoneria, cercò il cellulare annaspando nella borsa. Stava sudando freddo. Sul display apparve un numero sconosciuto, diverso dagli altri. Maia aveva cercato di scoprire l'intestatario dei numeri, ma niente da fare. Rispose con tono nervoso. Non c'era nessuno.

Si addentrò tra la folla indaffarata a saccheggiare gli scaffali, acquistò quello che le occorreva per preparare la cena e si avviò alla cassa. Quando entrò in auto, cominciò a pregustare la serata che la aspettava, non tanto per festeggiare l'ultimo dell'anno, ma per stare finalmente con sua figlia e con Lorenzo, che lei adorava; era un modo per staccare la spina e ritrovare un po' di armonia.

«Sei un cuoco eccezionale, è tutto squisito.»

«Se devo essere sincero, non ho cucinato io, mi sono servito di un catering a domicilio. Purtroppo dovevo scrivere un pezzo e non ho trovato il tempo di fare la spesa. Spero non ti sia offesa» sostenne Mauro versandole dell'altro vino.

«Perché dovrei? Hai fatto benissimo. Non avevo mai assaggiato la tartare di manzo con olio allo zenzero piccante. Non mangio così bene da una vita e mi reggo in piedi con barrette e schifezze simili. Oltretutto non sono affatto una brava cuoca, riesco a malapena a cucinare due uova!»

«Non puoi continuare così, ne va della tua salute.»

«Fosse solo per questo! Sono sempre sotto stress, soprattutto adesso. Un caso così non mi era mai capitato.»

«Davvero? Non hai mai avuto a che far con un serial killer in tutta la tua carriera?» domandò Mauro, gustando l'insalatina di puntarelle.

«Certo che sì, ma non con un killer che gioca a fare il filosofo. Di solito qualche traccia c'è, un capello, un mozzicone, un pelo, ma qui niente.»

«Vuol dire che il vostro uomo è ben organizzato, ma noi lo faremo cadere in trappola.»

Anika non aveva ancora affrontato l'argomento per non sciupare l'intimità della serata.

«A proposito, ho parlato con la nostra criminologa, lei è d'accordo, a patto di poter leggere il pezzo prima. Tu ce la fai a scriverlo domani? Così gli diamo un'occhiata e lunedì lo pubblichi?» domandò con un sorriso accattivante, mentre affondava il cucchiaino nella torta al cioccolato fondente.

«Come dire di no a una donna così affascinante e golosa. Sei bellissima con i baffi di cioccolato» disse, ridendo di gusto. «Domani avrai il pezzo. Mi fai lavorare anche il primo dell'anno!» Poi allungò una mano verso la sua, ma Anika si ritrasse.

«Hai già pensato a qualcosa?»

«Come ci siamo detti, dobbiamo fargli credere di essere sulle sue tracce, mi sembra ottima l'idea delle impronte trovate in un secondo tempo, fammi solo pensare allo stile. Ci vuole un ritmo incalzante per far sì che se la faccia sotto.»

«Non possiamo raccontare balle, lui si è guardato bene dal lasciare qualsiasi traccia.»

«Non voglio scendere nei particolari, non è necessario dire cosa è stato trovato, ma solo che la scientifica ha ripetuto i rilievi. Non è tanto quello che si dice, ma come. Deve essere un colpo basso» sostenne Mauro guardando l'orologio alla parete e continuò. «Mancano cinque minuti, non voglio perdere il brindisi. Aspetta, vado a prendere un'altra bottiglia.»

Lei lo seguì con lo sguardo, avrebbe voluto lasciarsi andare per una volta, non pensare a nulla, e forse il vino era quello che ci voleva per sciogliere le sue resistenze e perplessità. Si stava giocando tutto.

CINQUANTASETTE

«Buon anno a tutti!»

Anika entrò nella sala operativa con passo affaticato e salutò i suoi con tono rauco. Erano le undici del primo gennaio e, reduce dalla notte brava con Mauro, si sentiva come se l'avessero picchiata. Avrebbe desiderato dormire tutto il giorno, ma non vedeva l'ora di leggere l'articolo nel quale riponeva le speranze di scovare il killer.

Esposito come al solito era chino sul suo pc, con il quale viveva oramai in simbiosi.

Maia e Piras dialogavano con enfasi, scambiandosi opinioni sull'interrogatorio di Perrone e di Rizzi. Non avevano alle spalle una notte di baldorie.

Piras aveva trascorso l'ultimo dell'anno con la moglie, ma si era addormentato prima della mezzanotte e Maia era stata invitata da Paolo in un elegante ristorante sui Navigli, dove avevano brindato, con una ritrovata complicità.

De Rosa era rimasto in questura tutta la notte e, sebbene fosse quello più insonnolito di tutti, fu il solo a rispondere al saluto del capo, tra un sorso di caffè e un calare di palpebra.

«Dotto', buon anno a lei e speriamo che ci porti buono.»

«Novità?» disse Anika, a voce alta per farsi sentire dai colleghi.

Esposito fece capolino da dietro il suo monitor.

«Nessuna, a parte un'altra telefonata alle sette, un povero scemo che aveva bevuto troppo.»

Anika andò verso di lui, si tolse il giaccone e gettò sciarpa e guanti su una sedia.

«Lascialo decidere a me. Cosa ha detto questo scemo?»

Si appoggiò con entrambe le mani alla sua scrivania.

In quel momento Umberto e Maia smisero di parlottare tra loro.

«Dice di aver visto un uomo che si aggirava attorno alle macchine parcheggiate in una via chiusa, secondo lui ne avrebbe rubata una, ma non mi ha saputo dire altro. Parlava con voce impastata, come se fosse sbronzo.»

«Cristo santo e quando l'avrebbe visto?»

«L'altra notte, però non gli darei retta, le ripeto che era fatto.»

«Gli hai chiesto dov'era quando ha visto il furto?»

«Dietro la finestra di casa sua, al terzo piano, ma era buio e quindi non ha capito chi fosse, però è sicuro che quel tipo l'abbia rubata.»

«Hai rintracciato la chiamata?»

«Si tratta di Valerio Bertoli, un uomo anziano che vive solo, non ha precedenti penali, ma come le ripeto era ubriaco, chissà cos'ha visto. Finora non ci sono state denunce.»

«Magari il proprietario è partito o non si è ancora reso conto del furto. In ogni caso, adesso va' da lui e cerca di saperne di più. Controlla anche la via dove sarebbe stata rubata l'auto, accertati se c'è qualche traccia, un segno sull'asfalto o qualsiasi cosa» disse tutto d'un fiato Anika, sedendosi di botto. Poi guardò De Rosa con un sorriso ruffiano.

«Mi ci vuole un caffè doppio adesso.»

«Glielo porto subito. Dotto', ha l'aria di chi ha passato la notte in bianco!»

Anika assentì con un cenno del capo.

Esposito si era alzato e si stava preparando per uscire, quando si scontrò con De Rosa che per miracolo non fece volare il caffè a terra.

«*Statte accuort!*»

«Scusa non l'ho fatto apposta. Adesso scappo.»

Appoggiò il caffè sulla scrivania, di fronte a Anika che lo ringraziò, poi si rivolse ancora al collega.

«Espo'!»

«Sì» rispose l'altro girandosi.

«Vuoi che venga con te? Quattro occhi vedono meglio di due e poi sento che siamo sulla buona strada. Il nostro killer non ha più il furgone e gli serve un'altra macchina per prendere la prossima. Che ne pensa Dotto'?»

Anika tranguiò il caffè scottandosi il palato.

«Che sei un gufo, ma potresti avere ragione.»

«Buongiorno amore e buon anno. Il pranzo è pronto.»

«Il pranzo? Ma… che ore sono?» domandò Giada a Lorenzo che aveva già apparecchiato la tavola.

«L'una in punto. Io e Samanta abbiamo fatto colazione senza di te, russavi così bene!»

«O cavolo, non mi sono resa conto di aver dormito così tanto, sono crollata dopo tutte quelle notti in bianco. Mi dispiace non aver festeggiato con te.»

«Almeno sono servito a farti stare tranquilla. Siamo ancora in tempo. Ho cucinato qualcosa di speciale e anche un tiramisù alla fragola.»

Dopo aver messo a letto Samanta, Giada si era addormentata quasi subito. Lorenzo si aspettava una serata piccante, ma purtroppo era andato in bianco e aveva brindato al nuovo anno da solo.

Giada aveva sentito una macchina allontanarsi la sera precedente e si era messa in testa che si trattasse del killer.

Lorenzo aveva approfittato dell'occasione per proporle di convivere, così avrebbero risolto tanti problemi e lei si sarebbe sentita al sicuro, ma Giada aveva tergiversato.

«Sei molto dolce, ti ringrazio di tutto quello che hai fatto per me in questi giorni.»

«A me basta saperti serena. Adesso però è ora di assaggiare le mie specialità.»

Lorenzo versò il vino a Giada e l'aranciata alla piccola. Stavano per brindare, quando squillò il cellulare.

Giada balzò sulla sedia rovesciando il bicchiere sul pavimento. Il cristallo tintinnò sulle piastrelle andando in mille pezzi.

«Sarà ancora lui?»

«Non puoi sapere chi è se non rispondi, ci sono qui io, sta tranquilla.»

Giada osservò il display prima di rispondere, per fortuna era il numero di Anika.

«Giada scusami, non voglio rovinarti il primo dell'anno, però non posso farne a meno.»

«No tranquilla, pensavo fosse ancora quel maledetto. Cosa succede? È per l'articolo di Mauro?»

«No, quello è a posto, poi lo vedrai. Hanno trovato il corpo di una donna in un terreno dalle parti di Inverigo. Purtroppo, anche se non è stato ancora identificato, il modus operandi è lo stesso. Dobbiamo andare subito sul posto.»

«Stavamo per metterci a tavola, ma non importa, oramai mi è passata anche la fame. D'accordo, arrivo prima possibile.»

Terminò la chiamata e rimase per un istante a fissare il display senza commentare, si sedette sul divano e osservò il pavimento chiazzato di vino. Per un istante ebbe come un flash, quelle macchie rosse la proiettarono sulla scena di un crimine.

Scacciò quell'immagine dalla mente e si alzò per andare a cambiarsi.

Lorenzo aveva già intuito quello che era successo e, sebbene fosse amareggiato, preferì non intromettersi. Disse alla piccola che la mamma doveva andare a lavorare.

«Ma oggi è il primo dell'anno!» esclamò Samanta.

Giada l'abbracciò stretta a sé e la confortò.

«Lo so amore, ma purtroppo anche durante le feste le persone hanno bisogno della mamma. Tu stai qui con Lorenzo, io torno presto.»

CINQUANTOTTO

Quando salì a bordo dell'auto di servizio, Anika si scusò ancora per averle rovinato il pranzo.
«Chi ha trovato il corpo?» domandò Giada, saltando i convenevoli.
«Un uomo che passeggiava con il cane, stamattina verso le dieci» commentò Anika con tono cupo.
Giada notò le occhiaie scure e i lineamenti induriti.
«Si sa come è stata uccisa?»
«Il medico legale non è ancora arrivato, e tra l'altro non è stato facile trovarne uno disponibile, ma l'ispettore Costa della scientifica mi ha detto che è stata strangolata. Me l'aspettavo, ma non così presto, non oggi» rispose Anika premendo l'acceleratore.
«Nemmeno io se è per questo, anche perché secondo la teoria, se i petali devono essere quattro, ci sarà una quarta vittima, che però non è stata ancora rapita, mentre è già stata uccisa la terza. Forse lo sta facendo solo per depistarci.»
«Giusta osservazione Giada. Questo figlio di puttana ci sta prendendo per il culo in modo esemplare. Non oso pensare al mazzo che mi farà il pm. Piuttosto dai un'occhiata all'articolo di Mauro, è lì sopra» disse indicando il vano porta oggetti.

Giada prese il foglio e lo lesse con attenzione, corrugando la fronte più volte.

«Cosa ne pensi?»

«Non è male, stile tagliente da scoop, ci sono solo due passaggi da rivedere, qui e qui» disse picchiettando la penna sulla carta.

«Appena rientriamo potresti mandargli le correzioni, così domani può pubblicarlo» propose Anika.

«Se mi dai il suo numero, lo chiamo subito.»

«Sì perfetto, usa il mio cellulare, il numero è in rubrica.»

Giada prese il telefono e le lanciò un'occhiata eloquente.

«Sì, abbiamo fatto sesso, se è questo che intendi con quello sguardo!» reagì Anika con il viso congestionato.

«Era solo per sdrammatizzare, ma sono stata sfacciata, scusami» fece ammenda Giada.

«Scusa tu, ho i nervi a fior di pelle. Credevo che il sesso rilasciasse endorfine, ma forse quando mi vedono scappano anche loro!»

Mauro assicurò a Giada che l'articolo sarebbe uscito il giorno successivo sul quotidiano da lui diretto, e subito dopo la notizia si sarebbe diffusa a livello regionale e nazionale.

Aggiunse inoltre di dare un grande bacio a Anika.

Dopo Inverigo, proseguirono qualche chilometro sulla provinciale e imboccarono una strada secondaria stretta e tortuosa.

Il terreno dove era stato rinvenuto il corpo si trovava in una frazione sperduta tra cascine e rustici sparsi. Anika arrancò con la vettura sulla strada in terra battuta, tra campi dissodati alternati a radure boschive. A un tratto l'auto finì in mezzo a una buca. Anika picchiò i pugni sul volante, calcò sull'acceleratore e imprecò in tedesco. La macchina si bloccò e le ruote cominciarono a girare a vuoto.

«Merda, si è impantanata» inveì Anika.
«Non serve incazzarsi, qui bisogna spingere.»
«Quando servono gli uomini, non ci sono mai!»
«Perché non ti sei portata Piras?»
«Qualcuno doveva rimanere! Dai dammi una mano» sbuffò Anika.

L'auto non si mosse di un millimetro. Tentarono di scavare attorno alle ruote con le mani, ma a ogni tentativo di ripartire si infossavano sempre più rendendolo vano. Dopo sforzi disumani, aiutandosi con dei legni piatti trovati nella boscaglia, le due donne riuscirono a far ripartire l'auto.

Giunte a destinazione, Anika parcheggiò dietro le volanti, le due donne scesero e camminarono verso il luogo del ritrovamento. Nei pressi del perimetro giallo, un giovane agente impediva l'accesso ai giornalisti che si affacciavano alla scena. Dietro il confine invalicabile costituito dalla striscia di plastica fosforescente, si protendeva un campo dissodato, circoscritto da una fitta vegetazione e sul lato da un cascinale, a prima vista disabitato.

«Ho sempre una stretta allo stomaco quando devo passare sotto questo maledetto nastro. Tra l'altro stamattina avevo un brutto presentimento. Dopo di te.»

«Alt!» intimò la guardia alla Miller che aveva già sollevato il nastro. «Possono passare solo i funzionari di polizia, mi dispiace.»

Anika prese il suo distintivo dalla borsa e glielo mostrò.

«Commissario Anika Miller e lei è la dottoressa Damonte, criminologa.»

L'agente si scusò e le fece passare.

Quando vide il cadavere della donna che giaceva sul terreno, Giada si portò una mano alla bocca. Indossava una tunica chiara sulla quale erano state posate delle zolle di terra, dalla vita in giù e al collo il solito medaglione. Un agente in tuta bianca stava ancora fotografando quando le due donne si avvicinarono, mentre il medico legale, intento a esaminare il corpo, quasi non notò la loro presenza.

«Buongiorno, stavo effettuando gli ultimi accertamenti mentre vi aspettavo» esordì Poggi stringendo la mano a entrambe.

«Abbiamo avuto problemi con la macchina, non è stato facile arrivare fin qui. Quello che l'ha trovata, dov'è?» domandò la Miller incrociando il suo sguardo.

«Quando gli ho parlato, era ancora sotto shock, poi è andato via perché non si sentiva bene. Questa mattina stava camminando con il suo golden retriver, quando a un tratto il cane si è messo ad abbaiare, e dal momento che non lo fa mai, lui si è preoccupato e l'ha seguito. Così ha visto il cadavere di questa povera donna e ha chiamato subito il 112.»

Il vento sembrava trattenere il respiro e il cielo vestito di bianco si chinava sulla terra come in preghiera.

«Si sa come è stata uccisa?»

Poggi indugiò qualche istante sul suo viso, una nebbia impalpabile velava il blu dei suoi occhi.

Il medico legale approfittò di quel silenzio per intervenire.

«Ho terminato di analizzare il corpo. La morte risale a circa dodici ore fa, direi intorno all'una circa o poco prima. Senza dubbio è stata strangolata con qualcosa di morbido, e poi portata qui. Ho rilevato un solco molle sul collo e evidenti escoriazioni sui polsi. Al momento non vedo tracce di violenza, ma ti farò sapere dopo l'autopsia e appena pronta, ti invio il rapporto.»

«Okay grazie. Stesso modus operandi, stesso killer, stessa firma, dico bene?» Anika cercò Giada con lo sguardo.

La profiler era inginocchiata accanto alla vittima e parlava da sola.

«Ti senti bene?»

«Lui le uccide per purificarle dal peccato. Il petalo del fiore è verde, siamo al terzo elemento, la Terra. Un messaggio chiarissimo. La prossima vittima sarà bruciata. Il Fuoco purifica dal male. Il nostro killer è convinto di avere una missione da compiere, riportare l'armonia nell'universo.»

«Okay, ma non mi aiuta a prenderlo, sto figlio di puttana.»

«Se hai notato, questa volta il medaglione non è di metallo, ma sembra placcato d'oro.»

«E cosa significa?» la interruppe Anika, sgranando gli occhi.

«Potrebbe significare che la terza è la vittima più rilevante e forse rappresenta una figura per lui essenziale. Se pensiamo poi che la Terra, nell'esoterismo simboleggia la madre, potremmo azzardare che il killer sia qualcuno che vuole vendicarsi per un torto subito forse nell'infanzia. Una persona orfana o cresciuta con una madre assente» chiarì Giada gesticolando.

«È come cercare un ago nel pagliaio. Non so da dove cominciare e siamo al terzo omicidio. Non lo fermeremo mai» concluse Anika scuotendo la testa.

«Il pessimismo non aiuta, sarebbe meglio cercare negli archivi se qualcuno corrisponde al profilo.»

«L'abbiamo già fatto, senza risultati» rispose la Miller allontanandosi.

«Non con questi elementi. Chiamo subito Esposito.»

Giada fornì al collega indicazioni precise e rincorse Anika che era già risalita in auto.

Durante il rientro in questura, nessuna delle due aprì bocca, ognuna assorta nelle sue riflessioni, fino a quando squillò il cellulare. Anika rispose al quarto squillo, senza fermare la macchina.

«Cristo santo!» Imprecò.

Giada si girò verso di lei con gli occhi spalancati.

«Hanno appena trovato la carcassa di un'auto bruciata. Uno Scudo, forse rubato per l'occasione e poi abbandonato.»

Prese il telefono con un gesto brusco e chiamò De Rosa.

«Avete scoperto qualcosa?»

«Il vecchio non è fuori di cozza, ci ha visto giusto. Ci stanno tracce di pneumatici sull'asfalto, come quando uno parte a razzo con una sgommata. Secondo me, era un macchinone, visto lo spazio vuoto nel parcheggio. C'è lo zampino del nostro killer, mi sa.»

«Grazie De Rosa. Noi stiamo rientrando.»

«Dotto'?»

«Sì?»

«Non volevo dirglielo, ma...»

«Ma cosa?» strepitò nel telefono.

«Be', il pm sta di là, nel suo ufficio e sembra incazzato.»

«Va bene, digli che sto arrivando.»

«Sai perché Giuliani non era qui?» disse a Giada chiudendo la chiamata.

«Non dirmi che...»

«Sì, mi sta aspettando, quel figlio di buona donna.»

Giada non commentò, pensando che se il pm si era scomodato il primo dell'anno, non era certo per farle gli auguri.

«Comunque adesso abbiamo la conferma che si tratti di un killer organizzato, sa quello che fa, però sono certa che si tradirà presto» sostenne con tono risoluto.

Quando tornarono a Milano, Giada non accompagnò Anika in questura, non aveva nessuna voglia di incontrare il pm e senza dubbio la cosa era reciproca. Lorenzo l'aspettava a casa con Samanta e, sebbene non fosse dell'umore giusto per festeggiare, quella sera glielo doveva.

La notizia del ritrovamento del terzo cadavere era già stata diffusa dai telegiornali regionali che avevano riorganizzato i propri palinsesti per lasciare spazio alla novità.

Il tg3 aveva mandato in onda un servizio esaustivo con interviste a criminologi e psichiatri, chiamati in causa per dare una spiegazione a quegli oscuri omicidi. Ampio spazio anche alle opinioni dei cittadini, intervistati dai reporter durante la passeggiata pomeridiana in una Milano semideserta. I commenti sparavano a zero sull'operato della polizia.

CINQUANTANOVE

«Amore finalmente! Samanta non ha fatto altro che chiedere di te. Allora?»
Lorenzo l'aveva accolta con un abbraccio, notando marcate rughe di espressione sul suo viso.
«Il corpo non è stato identificato, ma senza dubbio si tratta di Sarah e a giudicare dal modus operandi, il killer è lo stesso. La bambina è in camera sua?» gli domandò, sprofondando sul divano accanto a lui.
Lorenzo aveva trascorso il pomeriggio davanti alla televisione, a dire il vero la odiava, ma non aveva con sé i suoi libri e non sapeva come passare il tempo. La piccola l'aveva esasperato, non le andava bene niente. Dopo averle provate tutte senza risultato, le aveva suggerito di andare in camera sua a giocare, almeno lui avrebbe potuto rilassarsi un po'.
«Sì, sono salito poco fa e stava dormendo. Oggi è irrequieta, non sono riuscito a tenerla calma, sarà meglio lasciarla dormire» le raccomandò Lorenzo.
La strinse forte tra le braccia. Preso dall'eccitazione repressa per troppo tempo, le levò il maglione e cominciò a baciarla con passione.
Giada si sottrasse all'abbraccio e si ricompose.

«Non adesso e non qui. Samanta potrebbe scendere da un momento all'altro.»

«Okay. Hai sempre una ragione più che valida per non fare l'amore, o forse non ne hai più voglia» insinuò lasciando cadere le braccia.

«Non è così, sono solo stanca e ho altre cose per la testa.»

«Sì hai ragione.»

«Se avessi visto il corpo di quella donna...»

«Non è che ti stai facendo coinvolgere troppo?» la interruppe Lorenzo, alzandosi di scatto.

«Forse, ma oramai ci sono dentro e devo aiutare Anika a prendere quel bastardo e in fretta anche. Credo che manchi poco alla prossima vittima» reagì stropicciando gli occhi con le mani.

«Non puoi portare sulle tue spalle tutto il peso del mondo. Tu sei una psichiatra, non un ispettore di polizia, hai dato il tuo contributo come criminologa, adesso tocca a lei fare il suo lavoro.»

«È quello che sta facendo, ma ha bisogno di me, non posso abbandonarla proprio ora. Ha tutti contro oramai e come se non bastasse, quando siamo tornate, c'era il pm ad aspettarla.»

Giada si era alzata e si era messa a camminare attorno al divano.

«E cosa voleva?»

«Non lo so, io non sono neanche entrata, ma temo non sia un buon segno.»

«Capisco, però adesso voglio che ti sdrai e ti rilassi. Stacca la spina e pensa alla tua famiglia» le raccomandò Lorenzo con enfasi.

Giada non gli rispose, non lo sopportava quando si comportava così, e salì da Samanta. La baciò sulla fronte accarezzandole i capelli.

La mattina successiva Giada si svegliò con la sensazione di una presenza nella camera e non era quella di Lorenzo. Lui aveva preferito lasciarla sola con la figlia, le era sembrata stanca e di pessimo umore, così se n'era andato e lei non aveva insistito affinché rimanesse.

Le dita corsero sull'interruttore dell'abat-jour: le ombre attorno a lei si schiarirono, non c'era nessuno.

Eppure aveva sentito dei passi sul parquet e anche sulla scala.

Corse fuori dalla stanza e si fiondò da Samanta con il cuore in gola. La bambina dormiva tranquilla.

Tornò a letto e si sdraiò con gli occhi fissi al soffitto, osservò l'ora proiettata dalla radiosveglia: le cinque. Spense la luce e si girò sul fianco, ma il sonno aveva altri impegni in quel momento.

Forse quel caso la stava coinvolgendo troppo, aveva ragione Lorenzo, pensò. Avrebbe dovuto mollare tutto, ma oramai era troppo coinvolta.

Lasciò fluttuare i pensieri senza più ascoltarli e si ritrovò di colpo in un sonno liquido.

Si svegliò di soprassalto, indossò la vestaglia in pile e strinse le braccia al petto. Si avvicinò alla finestra che dava sul giardino, osservò gli abeti lungo il vialetto di ghiaia, delimitato da bordure floreali. Il senso di pace indotto da quell'angolo di paradiso fu subito spezzato dal gracchiare di un corvo che andò a sbattere contro il vetro.

Giada trasalì soffocando con la mano un urlo di terrore.

Poi si riprese pensando che era solo un uccello spaventato che aveva scambiato la finestra per il cielo.

Andò di nuovo a controllare Samanta, per fortuna sua figlia aveva il sonno pesante. Scese in cucina, prese una cialda dal barattolo sul ripiano e si preparò un caffè.

In quel momento suonò il telefono.
«Pronto?»
Udì un respiro affannoso, come quello di un asmatico.
«Chi sei, cosa vuoi da me?»
Niente, solo l'irritante clic.

SESSANTA

Ilaria era rimasta sorpresa dall'atmosfera felpata e dalle attenzioni del cameriere che li aveva accompagnati in un'elegante nicchia privé, con divani in pelle nera e, alle pareti, pitture e sculture di artisti di fama mondiale.
Giulio l'aveva invitata in un raffinato ristorante in zona San Babila per festeggiare.
Stavano assaporando i gamberoni al Porto, quando il loro sguardo fu catturato dal notiziario televisivo.
«Questo fa sul serio» commentò Giulio indicando lo schermo con la forchetta.
«È uno tosto, non come quella piedipiatti, non vale un cazzo e sta facendo una figura di merda» sostenne Ilaria con la bocca piena.
«Non vorrei essere nei suoi panni, ha tutti i media contro.»
«Pensa ai tuoi di casini che è meglio.»
«Non c'è nessun casino. Omar è cascato dentro la rete come un pesce lesso. Sarà di grande aiuto sia per il tuo piano, sia per il mio.»
«Come hai fatto?»
«Ho giocato sul suo amor proprio, è bastato farlo sentire importante. È di questo che ha bisogno, come tutti gli psicotici.»

«Mica era guarito?»

«Non si guarisce mai in casi come quelli» chiarì Giulio versando lo champagne.

«Tu invece?»

«Perché me lo chiedi?» reagì appallottolando il tovagliolo.

«Curiosità.»

Giulio sembrava averle letto nel pensiero.

«Tranquilla, il tuo segreto è al sicuro. Se proprio vuoi saperlo, la mia depressione era una balla. In quel periodo mi serviva una copertura per altri affari, ma quella stronza della Damonte me l'ha fatta pagare cara.»

«Quella lì non mi piace, è la classica "so tutto io" e poi è una strizzacervelli del cazzo» gli sbatté in faccia con una smorfia.

«Lo sono anch'io, se è per questo.»

«Lei ci crede davvero nel lavaggio del cervello, tu invece lo fai solo per soldi, sei un figlio di puttana, per questo andiamo d'accordo tu e io.»

Giulio sfoderò un sorriso idiota e le accarezzò una mano.

«Sì amore mio, tu sei la mia metà della mela. Per te farei qualsiasi cosa.»

«Allora muoviti. Priorità al piano A, per il B vedremo come andranno le cose. In ogni caso lo faremo di notte» spiegò sottraendosi al contatto.

«Sono d'accordo. Comincio a sfiancare il soggetto, poi entro in gioco.»

«Okay, attento a non fare cazzate.»

«So badare a me stesso. Ma adesso brindiamo» propose Giulio facendo tintinnare il bicchiere contro il suo.

«Al nostro patto» chiosò Ilaria con una risata sguaiata.

SESSANTUNO

Sono seduto sulla poltrona della nonna, davanti alla stufa accesa, con una tazza di caffè fumante tra le mani. Oggi è il primo giorno dell'anno, di un nuovo anno, quello più importante della mia vita. Mi sento libero, appagato da quello che ho fatto.

Prima ho visto il telegiornale, hanno già dato la notizia, lo sapevo che avrebbero trovato subito il corpo. Mi sarebbe piaciuto essere invisibile per sentire cosa si sono detti. Sono solo degli incapaci, non possono capire la mia missione. A capo delle indagini c'è una stronza coi capelli rossi, potrei anche farci un pensierino. È un'incompetente, si sta arrampicando sugli specchi, nonostante l'aiuto di quella psichiatra, ma anche lei sta girando a vuoto.

No, non mi prenderanno mai, sono così lontani da me. Io non ho lasciato traccia del mio passaggio, e il mio casolare è fuori dal mondo, nessuno può trovarlo.

Qui siamo solo io e la natura. Non c'è nessun rumore, solo il bisbiglio del vento tra gli alberi che trascina con sé il profumo pieno della resina, del muschio, delle foglie morte.

Oggi sono solo per la prima volta dopo tanti giorni. Sono andato giù a sistemare lo scantinato, deve essere tutto pronto quando arriverà la nuova ospite.

Sarah ha espiato le sue colpe e la Terra l'ha accolta come un figlio che ha ritrovato la strada perduta.

La Terra è anche mia madre, l'unica madre che ho avuto, perché quella che per sbaglio mi ha messo al mondo è solo una fottuta troia.

Loro, le mie donne, le assomigliano e per questo hanno pagato al posto suo. Sono come lei, affascinanti, seducenti, pensano solo alla carriera. E peccatrici. Ma per fortuna io, custode del creato, le ho salvate.

La mia missione è quasi giunta al termine, la numero quattro sarà l'ultima di questo ciclo. Il fuoco sta già ardendo per lei. Quando ero piccolo passavo ore e ore a osservare il fuoco che avvampava. In esso sono racchiusi i segreti del cosmo. Il fuoco brucia, crea, distrugge. Nel fuoco ci sono il Bene e il Male. Il fuoco è la vita che ritorna.

Devo trovare il modo di prenderla e portarla qui. La gente è in vacanza in questi giorni e tante auto sono rimaste nei parcheggi. È il momento giusto per la Numero Quattro. Esco dal casolare e salgo sulla moto, l'aria frizzante mi sferza il viso, mi godo la carezza del vento sulla pelle, una mano amica che mi conforta.

Percorro la carrareccia a velocità sostenuta, non come nella Parigi-Dakar, ma ci vuole grinta per affrontarla, soprattutto nelle curve e al buio. Io però ho esperienza e posso permettermi di osare fino al limite, mi diverte molto, è inebriante.

Lo sterrato è finito, scendo sulla provinciale e la imbocco in direzione Milano. Preferisco le strade secondarie anche se ci metto più tempo, ma almeno non ci sono quei maledetti autovelox.

Sono le sette, la strada è quasi deserta, il rientro dalle vacanze è ancora lontano.

Adesso posso andare anche piano, tanto devo aspettare le prime ore della notte, quando tutti dormono, sperando non ci sia il fancazzista di turno dietro la finestra.

Mi piace andare in moto, potermi infilare dove voglio, superare le auto quando c'è la coda, mi sento libero come un gabbiano sull'oceano.

Ho già fatto un bel pezzo di strada e posso concedermi il lusso di una sosta in un distributore, più avanti dovrebbe essercene uno, se ricordo bene. Così prendo anche la birra per stasera.

Rallento l'andatura e mi guardo attorno, in questo tratto non ci sono molti paesi, la strada passa in mezzo alle campagne, è un po' deprimente come paesaggio, troppo piatto e monotono per i miei gusti.

Ma quella...?

Non può essere, il cuore rimbalza nel petto.

Quella là sul ciglio, è identica alla stronza che mi ha partorito.

No, non ci posso credere.

Rallento, mi sento male, mi manca il respiro.

Mi avvicino senza farmi notare, e la osservo meglio.

Gli stessi capelli rosso fuoco, illuminati dal lampione sotto il quale è seduta.

Pensa che voglio caricarla.

Quasi quasi me la porto dietro a un albero e me la faccio, sarebbe come scopare mia madre. Oppure...

Che idiota, ma certo. Lei è perfetta per il mio piano. È lei la Numero Quattro.

Se questo non è destino!

Torno indietro, ecco ci sono.

O no! Merda, merda. Proprio in questo istante una station wagon si ferma e la carica.

Tallono l'auto senza dare nell'occhio.

L'adrenalina è a mille.

Vedo le insegne del distributore, non mi sbagliavo, ma non posso fermarmi, devo seguire quella macchina.

Adesso sta rallentando, ha messo la freccia e gira nell'area di servizio.

Il tipo che l'ha caricata si ferma al distributore e scende.

Io parcheggio la moto di fianco al bar senza farmi notare e accendo una sigaretta.

Lui lascia le chiavi nel cruscotto e va verso il bar. Lo seguo con lo sguardo.

Non c'è anima viva attorno a me. Non posso lasciarmi scappare un'occasione così.

Non perdo tempo, salgo sulla macchina, ingrano la prima e parto con una sgommata, mi fiondo sulla strada e giù a tavoletta. Via!

La rossa mi guarda con gli occhi sbarrati.

«Ma come... chi cazzo sei?»

«Uno che ha voglia di giocare con te.»

«Che fine ha fatto l'altro?»

La osservo e rido sguaiatamente.

«Solo un coglione può farsi fregare la macchina così.»

«Perché l'hai presa?»

«Mi serve.»

«Con me sopra?»

«Sì bellezza. Adesso piantala di blaterare, c'è un bel pezzo per arrivare alla mia reggia, e sono stanco.»

«Dove andiamo?»

«Lo vedrai.»

«Ti costerà caro se vuoi passare la notte con me.»

«Zitta, devi stare zitta.»

«Dimmi dove mi porti.»

«In un posto bellissimo, in mezzo alla natura, ti piacerà molto.»

Lei si gira e fissa il contachilometri.

«Centosessanta! Ma sei fuori! Fammi scendere» urla picchiando i pugni sul vetro.

«Stai tranquilla, vedrai che ne varrà la pena.»

Lei si appoggia sul sedile. Non distolgo mai lo sguardo dallo specchietto, finora nessuno mi segue, ma è questione di poco. Quel pezzo di deficiente avrà già denunciato il furto e la polizia piazzerà i posti di blocco. Io però sarò già al casolare.

Sono quasi arrivato al bivio, eccolo là.

Ce l'ho fatta. Svolto nella carrareccia, solo io so dove porta. Proseguo ancora un po', poi mi fermo.

La bambola mi fissa. Poi fa per scendere, ma la fermo subito. Deve aver capito qualcosa.

È molto esile. Tenta di sferrarmi un pugno, ma io le blocco entrambe le mani con una mossa.

In tasca ho il rimedio.

Armeggia nella borsa e con le mani tremanti estrae il cellulare.

Glielo strappo dalle mani e lo butto in mezzo agli alberi, lontano.

«Adesso devi buttare giù sta roba tutta d'un colpo.»

La costringo a forza.

Aspetto qualche minuto.

Lei cerca ancora di scappare.

Mi fissa con le pupille dilatate.

«Chi sei?» strilla sputandomi in faccia.

«Sono il custode del creato. Tu sei bella, come quella troia che mi ha messo al mondo, sei uguale a lei e pagherai al posto suo.»

«Voglio scendere, io non ti ho fatto niente.»

Picchia i pugni su di me.

«Adesso mi hai rotto le palle. Se non la pianti, fai una brutta fine. Qui nessuno ti può sentire, il tuo destino è segnato.»

«Figlio di puttana, non la farai franca, la polizia rintraccerà il segnale, ti beccheranno» grida.

«Nessuno potrà trovarmi, bambola.»

Lei tenta ancora di scappare, ma poco dopo perde le forze e si addormenta.

Il casolare è a due passi.

Me la prendo in spalla e la sistemo nello scantinato. Buonanotte Numero Quattro.

SESSANTADUE

«Cosa ci fai qui?»

«Avevo voglia di vederti.»

Quando era entrato in questura, gli avevano detto che Anika era impegnata, così l'aveva aspettata fuori.

«Mauro mi dispiace, ma non è giornata.»

La notizia le aveva stretto la gola con il suo pugno di ferro quando il questore le aveva comunicato che non era soddisfatto di come stava conducendo le indagini, e se nell'arco di tre o quattro giorni non arrivava a una svolta, le avrebbe affidate a Piras.

«Volevo bere qualcosa con te, ma forse non ti va di vedermi.»

«Tu non c'entri niente, ho appena avuto un richiamo verbale dal capo in persona» si sfogò Anika, appoggiandosi al muro.

«Non ci posso credere, che figlio di puttana. E per quale motivo?»

«Non è contento di come svolgo il mio lavoro, in poche parole pensa che non abbia combinato niente di buono. E forse ha ragione: siamo al terzo omicidio e non c'è ancora un sospettato, i media si stanno scagliando su di me, non so se avrò la forza di andare avanti.»

«Non lo pensi davvero, non sei una che si butta giù così.»

«Di solito no, ma sono sfinita e non mi dispiacerebbe passare la patata bollente a qualcun altro.»

«No Anika, devi tenere duro.»

«Non ho uno straccio di pista.»

«Io sono sicuro che il pezzo produrrà i suoi effetti. Dobbiamo solo aspettare.»

«Vorrei essere anche io ottimista come te, però mi sento intrappolata in un buco nero. E dai buchi neri non si esce più.»

«Non sei ben informata, i buchi neri, secondo il professor Hawking, non sono così neri come vengono dipinti. Lui sostiene che si può uscirne e sbucare in un'altra dimensione.»

«Già, magari allo psichiatrico!»

«Be', come battuta è niente male, se vuoi ci vengo anch'io! A parte tutto, sai di poter contare su di me.»

«Sei troppo buono, ma in questo momento l'unica cosa che desidero è una notte di sonno.»

L'uscita del pezzo di Mauro su un quotidiano locale della Brianza aveva avuto l'effetto di una scossa tellurica sui media e presto la notizia si era diffusa sulle maggiori testate nazionali, con titoli urlati sulle pagine di cronaca.

Da esami più approfonditi della polizia scientifica erano stati rinvenuti elementi, a prima vista sfuggiti, dai quali si sarebbe potuto risalire al Dna dell'assassino.

Al rientro dalle vacanze natalizie, il caso delle tre donne uccise era l'argomento più dibattuto, sia nei bar, sia nei luoghi di lavoro.

Anika stava sorseggiando un caffè nel bar sotto casa, prima di prendere la metropolitana, quando udì una conversazione tra due avventori seduti al tavolino accanto.

«Hai visto la novità sul delitto al centro?» domandò uno sollevando lo sguardo dal quotidiano.

«Quale sarebbe?»

«Be' a sentire il cronista, il killer ha le ore contate!»

«Tu dai ancora retta a quei ciarlatani! Secondo me sono tutte balle, questo caso sta dando del filo da torcere, chi ha ucciso quelle ragazze sarà anche pazzo, ma è scaltro, non lo prenderanno mai!»

«Perché dici così?»

«Non mi sembrano investigatori con le palle, si sono fatti prendere in giro da quel furbetto.»

«Sembra ci siano nuovi elementi nei rilievi.»

«Per me dovevano muoversi dopo il primo omicidio, hanno perso tempo e adesso anche se lo prendono, oramai è tardi. Quelle poverette sono già passate a miglior vita.»

Anika indugiò per qualche istante con la tazza del caffè a mezz'aria, indecisa se intervenire nella conversazione. Quelle parole l'avevano ferita nel suo orgoglio, erano una testimonianza non certo confortante per lei e la sua squadra.

Purtroppo la sua riflessione si consolidò quando sulla linea due prestò attenzione ai discorsi di alcuni passeggeri che sparavano a zero sull'operato degli inquirenti.

«Ehi, guarda qui!»

Maia trasalì quando De Rosa gettò il quotidiano sulla sua scrivania. Lesse l'articoletto d'un fiato e osservò il collega con le sopracciglia curvate.

«Non ci posso credere!»

«Ne sapevi qualcosa?»

«Non c'è niente di vero, secondo me è una trovata giornalistica, se la scientifica avesse fatto altri rilievi, l'avremmo saputo.»

Piras stava entrando in quel preciso istante nella sala operativa, quando captò le ultime parole di Maia.

«Giusta osservazione, infatti l'articolo è stato scritto da un amico della Miller.»

De Rosa e Maia lo fissarono sbalorditi.

«Allora tu lo sapevi?» domandò Maia con tono risentito.

«Sì, mi ha accennato qualcosa, io le ho detto che secondo me non era una buona idea, ma come sempre ha fatto di testa sua. Quel tipo deve averla convinta, non so come» replicò con un mezzo sorriso.

«Sempre che non sia il suo amichetto.»

De Rosa si sentì messo da parte.

«Chi sarebbe sto guaglione?»

Umberto sorrise.

«È una cattiveria mia, a dire il vero. Ho visto la Miller con un uomo al bar, tutto qui.»

«Embè? Strano non mi sembra. Alla sua età poi…»

«Su chi state spettegolando voi tre invece di darvi da fare a trovare l'assassino?» Li interruppe Anika entrando di soppiatto.

I tre si girarono di scatto nel momento in cui sentirono il suo timbro di voce e De Rosa cominciò a sudare.

«Madonnina mia, oggi non tiene i tacchi a spillo» farfugliò tra sé.

«Il giornale con l'articolo bomba» rispose Piras con prontezza di spirito.

«Ah! Cosa ne pensi?»

«Pungente.»

Anika cercò Maia con lo sguardo.

«E tu?»

«Non è male, però è stato scritto apposta, io l'ho capito subito.»

«Non è per gli addetti ai lavori, e lo scopo è quello di stanare il killer. Da oggi dobbiamo stringere i tempi e intensificare i pedinamenti. Il pm mi ha dato carta bianca anche sulle intercettazioni telefoniche.»

Esposito, che finora si era limitato ad ascoltare, si alzò dalla sedia rincorrendola.

Le consegnò una stampata.

«Guardi un po' qui.»

Anika lesse al volo la notizia e la commentò.

«Un'auto rubata in un'area di servizio con sopra una prostituta dai capelli rossi?»

«Pensi quello che penso io?» Umberto le prese il foglio dalle mani.

«È ancora lui, ha rapito la quarta» chiosò Anika con le mani tra i capelli.

«Dove si trova il distributore?» intervenne Maia fissando Anika.

«Qui non è molto chiaro. Esposito informati, poi si va a dare un'occhiata, se c'è una telecamera di sorveglianza, questa volta l'abbiamo in pugno.»

«Ho il presentimento che non la terrà prigioniera a lungo come ha fatto con Sarah. A proposito, il corpo della terza vittima?»

«L'autopsia ha confermato che è stata strangolata come le prime due e il marito ha riconosciuto il corpo.»

Anika uscì senza aggiungere altro.

SESSANTATRÉ

Le vacanze natalizie erano sempre state uno strazio per Monique, adesso le aveva proprio cancellate dal calendario della mente. Non si era allontanata dal centro nemmeno il giorno di Natale, sebbene ogni attività fosse sospesa. Dentro il suo universo si sentiva appagata.

La mattina del due gennaio, quando il Namasté aveva riaperto, Monique si era sentita violata nella sua intimità.

Così si era rinchiusa nel suo ufficio, era uscita solo per andare a prendersi un caffè. Non le importava di quello che avrebbero pensato gli altri, voleva starsene per i fatti suoi, sola con le finzioni create dalla sua mente.

Trasalì nel momento in cui avvertì bussare alla porta.

Giada non attese il suo permesso ed entrò.

«Ciao Monique, scusa l'intrusione, ma ho bisogno di dare un'occhiata al fascicolo sulle clienti e sui dipendenti. Come saprai, è stato trovato il corpo della terza vittima e anche lei aveva al collo il medaglione. Devo andare in fondo a questa storia, temo che qui si annidi qualcuno che sa qualcosa» esordì osservando Monique mentre sprofondava sulla poltrona e la fissava con gli occhi immobili, pari a una statua.

Giada le si sedette di fronte.

«Mi stai a sentire o sei in trance?»

«Io non ti ho detto di entrare» mugugnò.

«Mi servono elementi per il profilo.»

«Ho altre cose da pensare.»

«Prendere l'assassino credo sia più importante che preparare la tabella delle pratiche, considerando che oggi non c'è quasi nessuno.»

«È tutto soggettivo» mormorò Monique biascicando le parole, come se non volessero venire fuori.

«Sei sicura di sentirti bene?»

«Non mi serve una strizzacervelli.»

«Mi hai frainteso. So che hai appena perso tuo padre, per questo te l'ho chiesto.»

Monique unì le mani come in preghiera e abbozzò un mezzo sorriso.

«Sono problemi miei e poi mio papà è ancora qui, lui non se ne andrà mai.»

Giada nel frattempo si era alzata e stava osservando un poster che raffigurava i quattro elementi.

«Che strano.»

Monique sobbalzò.

«Non dirmi che non sai cos'è?»

«Certo che sì, ma quella sequenza, guarda caso, è la stessa utilizzata dal killer.»

«E con questo?»

«Dammi quel fascicolo» tagliò corto Giada in tono perentorio.

«L'ho già dato a quei piedipiatti, tu non sei un ispettore di polizia, quindi vattene da qui.»

«Ascolta, mi rendo conto del momento che stai passando, ma per favore cerca di collaborare.»

Monique diede un colpo secco con la mano sul cassetto che custodiva il dossier.

«Non rendere le cose più difficili.»
«Non se ne parla» rimbrottò cambiando il tono della voce.
«Non me ne vado se non mi dai quei documenti.»
«Mai. Adesso vattene.»

Monique si alzò e le indicò la porta. Giada notò che gesticolava in modo plateale e le tremava il lato sinistro del labbro.

SESSANTAQUATTRO

Mi stappo una birra. Sono stanco e mi serve una buona dormita. Ma con il pensiero della moto laggiù non riuscirei a prendere sonno. Se la trovano, dalla targa è un attimo beccarmi. No, devo farlo subito, domani è troppo tardi.

Mi scolo tutta la bottiglia, l'ultima. Mi infilo un paio di scarpe comode, prendo la torcia, chiudo bene la porta e mi metto in cammino. Per fortuna conosco un sentiero che porta giù alla strada, è molto ripido e sconnesso e al buio sarà un casino. Ma non ho scelta, poi cercherò un passaggio per arrivare al distributore.

Il primo tratto del viottolo è scosceso. Procedo spedito, per fortuna sono in forma e non ho nulla in mano, a parte la torcia. Canticchio mentre scendo quasi di corsa e ricordo quando da ragazzo percorrevo questo sentiero per tornare a casa, allora però andavo lentamente per arrivare il più tardi possibile. Lasciare il casolare della nonna mi metteva il magone e quando arrivavo giù sulla strada, le lacrime mi avevano inzuppato anche la maglietta.

Ho voluto tanto bene a nonna Angela e ancora adesso vado a portare i fiori sulla sua tomba e nel casolare sento ancora la sua presenza, come se lei fosse lì con me.

Fa molto freddo e una leggera pioggerella mi ha già impregnato il giaccone, il terreno comincia a essere sdrucciolevole, perdo l'equilibrio e mi aggrappo a un ramo, scivolo a terra e mi faccio male a un braccio. Maledizione.

Mi rialzo a fatica e sento una fitta al piede, ci manca solo che me lo sia slogato. Tolgo la scarpa e massaggio la caviglia, sembra andare meglio. Riprendo a scendere zoppicando un po'. Mi fa ancora male.

Sono solo con la natura e i magici abitanti del bosco, sento lo scricchiolio dei miei passi sulle foglie e sugli aghi di pino. Ascolto il canto della civetta: non mi fa impressione. È per taluni un simbolo di morte, ma come trasformazione e rinnovamento della vita. Rappresenta la saggezza, ed è emblema della luce che penetra l'oscurità. La nonna mi diceva che il canto della civetta è speranza, rivelazione e soluzione dei problemi. E la nonna era saggia, quindi vuol dire che andrà tutto bene. Il piede mi fa ancora male, ma stringo i denti e continuo a scendere.

Sbuco dal sentiero e mi trovo sulla carrareccia che porta alla strada asfaltata, sono salvo. Percorro ancora qualche centinaio di metri e ci sono. Mi fermo sul ciglio e prendo fiato. Berrei volentieri una birra.

Mi guardo attorno, neppure una macchina.

Mi siedo per terra, sono stravolto e ho freddo.

Poi intravedo delle luci in lontananza, sono piuttosto grosse, non può essere un'auto. Si avvicina e riesco a distinguere la sagoma di un camion.

Mi alzo e vado al centro della carreggiata, gesticolo come un pazzo.

Il tir arriva a una velocità esagerata, mi scosto per non essere investito. Come ha fatto a non vedermi?

Non mi perdo d'animo e aspetto. Subito dopo noto altri fari, è un camion di quelli che fanno i mercati.

Mi sbraccio per farlo fermare e vedo che decelera e accosta. Il conducente abbassa il finestrino e mi lancia un'occhiata dalla cabina con la sigaretta accesa.

«Dove vai?» mi chiede buttandomi il fumo in faccia.

«Al distributore più su, mi sono slogato un piede. Puoi darmi un passaggio per favore?»

«Monta.»

Salgo subito e mi siedo accanto a lui. L'abitacolo è saturo di fumo e di sudore. Il tipo è un uomo ciclopico, con due mani enormi piantate sul volante, il naso rosso e il viso cosparso di nei. Mi osserva. Beve una sorsata di vino da un cartone e poi rutta con fragore.

«Ne vuoi?» mi chiede passandomi il brik.

«No, grazie.»

«Che cazzo ci vai a fare al distributore?»

«A riprendermi la moto.»

«Come mai l'hai lasciata lì?»

«Ho accompagnato un amico che non stava bene con la sua macchina e così sono rimasto a piedi.»

«Cosa ci facevi lì?»

«Cos'è, un interrogatorio forse?» gli rispondo con stizza.

«Ti ho dato uno strappo perché mi sembri uno a posto, ma con quello che sta succedendo, bisogna stare attenti. La polizia non serve a un cazzo, quel bastardo che ha ammazzato tre donne è ancora a piede libero.»

«Sì, ma quello non fa l'autostop!»

«Che ne sai? Quei delinquenti si nascondono bene. C'è solo da sperare di non incontrarlo. Tra l'altro questa è proprio la zona dove sono stati trovati i cadaveri.»

«Sta' tranquillo, sei grande e grosso, a te non ti tocca nessuno.»

«Lo spero, ma in ogni caso io ho una pistola, se mi capita a tiro, lo ammazzo, è quello che si merita.»

Con un gesto gli faccio segno di accostare.

«Fai bene amico. Ecco il distributore, grazie del passaggio.»

Lui svolta nell'area di servizio e si ferma.

«Peccato che è già chiuso, potevamo scolarci una birra» mi dice indicando il bar.

«Sarà per un'altra volta.»

Scendo dal camion e lo saluto con la mano. Mi accendo una sigaretta e aspetto che se ne vada. Vedo che indugia un po'. Mi tremano le gambe. Cosa vuole ancora?

Per fortuna in quel momento un articolato entra nell'autostazione e lo costringe a sloggiare.

Eccola là, fedele e tranquilla. A frizione tirata, sgommo come un razzo. Anche se volessero seguirmi, non mi prenderebbero.

SESSANTACINQUE

La sera, quando entrò nel suo appartamento, provò una sensazione di solitudine. Sebbene Anika fosse abituata ad avere il vuoto attorno, questa volta si rese conto di essere davvero sola. Le figlie erano ancora via con il padre e la casa sembrava popolata da fantasmi. Per fortuna Karl le andò subito incontro saltandole addosso, come sempre.

Senza neppure spogliarsi, andò in cucina e riempì la ciotola di croccantini, aprì il frigorifero e si versò un bicchiere di aranciata. Proseguì verso il salotto, buttò il giaccone sul divano e sprofondò nella morbida pelle. Lo sguardo si perse su un libro, appoggiato al tavolino. L'aveva acquistato prima di Natale, sperando di avere il tempo per leggerlo, riuscendo invece a malapena a sfogliarlo. Lo prese tra le mani e lo aprì nel punto in cui aveva messo il segnalibro, lesse alcune righe:

«Il serial killer è un individuo che uccide almeno tre persone, in tempi e luoghi diversi. I suoi crimini quasi mai hanno una motivazione evidente, ma risponde esclusivamente a istanze interiori che non riesce a frenare. Per chi ha avuto un'infanzia caratterizzata da abusi, maltrattamenti, abbandoni ripetuti e protratti nel tempo, arriva il giorno della rivalsa, del riscatto. L'omicidio ha proprio questa funzione in quanto gli permette di sperimentare una forte e "piacevole" sensazione di potere che annulla momentaneamente tutta la sofferenza psicologica portata dentro da anni (brutti ricordi, emozioni negative, bassa autostima, inadeguatezza, sottomissione...). Quella sensazione "piacevole" funziona da rinforzo nel cervello dell'assassino che sarà portato a volerla riprovare ancora... diventando così un killer seriale.»

Anika si alzò di scatto, urtando il tavolino. Compose in modo repentino il numero di Giada. Dopo numerosi squilli a vuoto, tentò sul cellulare.

Dall'atra parte udì un pronto deciso.

«Finalmente, ho chiamato anche sul fisso!»

«Non ho risposto perché è tutta la sera che suona e poi mettono giù. Sono esasperata.»

«Sei sola?»

«Sì, Samanta è con suo padre e Lorenzo non viene stasera, ieri abbiamo avuto dei contrasti.»

«Farò mettere il tuo telefono sotto controllo, così prima o poi capiremo da dove vengono quelle chiamate. Per me è solo qualcuno che vuole farti uno scherzo.»

«O accertarsi se sono in casa!»

«Se si fosse trattato di un ladro, sarebbe già entrato!»

«Sono d'accordo, quindi potrebbe essere il killer. Tra l'altro prima ho sentito bussare, ma quando sono scesa, non c'era nessuno.»

«Ti stai suggestionando troppo, è meglio che metti da parte l'orgoglio e chiami Lorenzo.»

«Forse hai ragione. Ma tu perché mi hai chiamato?»

«Stavo leggendo un libro sugli omicidi seriali e mi sono

soffermata su un'analisi che hai già fatto anche tu, e credo sia la pista da seguire.»

«Quale?»

«Non voglio rubarti il mestiere, ma dobbiamo cercare qualcuno che ha subito abusi nell'infanzia e adesso uccide per riscattarsi.»

«Su questo non c'è dubbio, infatti oggi ho chiesto a Monique di farmi vedere il fascicolo con le schede dei clienti e dei dipendenti, ma non ha voluto.»

«Ha ragione, ci vuole un mandato e comunque l'abbiamo già visto noi, non c'è proprio nulla lì dentro.»

«Forse non per voi, ma io ho un'altra chiave di lettura. Avete scoperto qualcosa al distributore?»

Anika sospirò.

«La sfiga ci vede bene a quanto pare, perché la telecamera era fuori servizio e quindi non abbiamo risolto un bel niente. C'erano solo tracce di sgommate sull'asfalto!»

«A questo punto aspettiamo l'eco dell'articolo, il killer dovrebbe averlo già letto.»

«Lo penso anch'io. A domani Giada e se hai bisogno chiamami a qualsiasi ora.»

Giada avrebbe voluto anche raccontarle quello che le aveva detto Giovanna la mattina in clinica, ma sapendo come la pensava, aveva ritenuto fosse meglio parlargliene di persona.

La sua paziente aveva avuto un'altra visione, ma questa volta con dei particolari extra: una mulattiera stretta e piena di curve, un cartello stradale per la località di Inverigo, e infine uno scantinato dove la donna era prigioniera.

Sarebbero state davvero utili per trovare il covo del killer?

SESSANTASEI

Sono rimasto senza birra e non ho quasi niente da mangiare, ma sono tranquillo perché ho recuperato la moto. Adesso mi merito una buona dormita, altrimenti crollo.

Mi siedo fuori, il freddo mi morde la testa, ma mi aiuta a riflettere sulle prossime mosse. Mi accendo una sigaretta e ascolto la voce del vento narrare storie ormai dimenticate. Amo ascoltare i suoi messaggi, io posso comprenderli perché il vento parla il linguaggio dell'universo.

Mi sembra di sentire la voce della nonna che mi sussurra parole dolci, mi dice di volermi bene...

Aspiro con avidità le boccate di fumo e quasi mi gira la testa, sarà anche perché non ho mangiato.

Domani mattina vado a comprare qualcosa, per me e anche per la Numero Quattro, però prima devo disfarmi dell'auto e anche questa volta dovrò bruciarla.

Mi è venuta un'idea. Potrei metterci dentro anche il suo corpo, così risolverei tutto. Già, non è male. Però non mi convince del tutto. Troppo sbrigativo. Io ho bisogno del rituale per arrivare alla purificazione, prima devo entrare in contatto con lei, parlarle, spiegarle il valore del mio gesto e dopo godermi ogni istante che precede il nirvana.

Mi conviene farlo adesso che è buio, anche se sono a pezzi. Non ho scelta. Spengo la sigaretta sotto la scarpa, prendo la benzina e salgo in macchina. Purtroppo la moto qui dentro non ci entra, non posso andare troppo lontano col piede che mi fa male. Forse è abbastanza se mi sposto di qualche chilometro, tanto una volta bruciata è irriconoscibile.

Guido fino al bivio per il Faggio Rosso, poi svolto dalla parte opposta, c'è una mulattiera un po' stretta che termina in una cava di sabbia. Ecco ci sono, va bene qui. Cospargo i sedili con la benzina, sfrego il dito sulla pietrina dell'accendino e zic! Il fuoco è una belva ruggente. Il mio animo si riempie a poco a poco di pace interiore e senso di armonia di fronte a questo meraviglioso spettacolo. Il fuoco porta gioia, purifica, guarisce ogni male, apre una porta sul nostro mondo interiore.

Attendo ancora qualche istante per accertarmi che bruci del tutto e mi metto in cammino. La caviglia mi fa sempre più male. Cerco un pezzo di legno robusto per appoggiarmi, ecco così va meglio. Con la mente controllo il dolore e proseguo con calma. So che posso farcela, devo farcela.

La luce filtra dalla finestrella e fa brillare i nastri di pulviscolo della cucina, mi sembrano briciole di stelle che volteggiano nel cosmo. Mi stiracchio sul divano, sbadiglio e aspetto che i raggi di sole spazzino via gli ultimi frammenti di sonno, infine mi alzo. Ho voglia di un caffè, ma ho finito anche quello, non mi resta che andare a comprare qualcosa. Scendo nello scantinato per vedere come sta la Numero Quattro. Giro la chiave nella porta e la spalanco con impeto.

«Buongiorno Vanessa» le dico avvicinandomi alla branda. Sta ancora dormendo o forse fa finta.

Chiudo la porta dall'interno, non si sa mai! Mi avvicino al letto.

Apre gli occhi e mi guarda.

«Io mi chiamo Miriam. Ti ripagherò in qualsiasi modo, ma non farmi del male.»

«Tu sei la Numero Quattro e fai parte della mia missione. Ma è bello dove andrai, starai bene.»

«Vuoi uccidermi perché sono una prostituta?»

Mi siedo accanto a lei, la osservo con attenzione. Non è una bellezza, ha il viso spigoloso ed è troppo magra per i miei gusti, però ha due tette da pornostar.

«È stato il destino a farci incontrare, in realtà la Numero Quattro doveva essere un'altra, poi ti ho vista sul ciglio della strada e ho capito che eri tu la prescelta. Non perché sei una puttana, tutte le donne lo sono, ma tu sei uguale a quella troia che mi ha messo al mondo.»

«Però io non sono tua madre! Io non ti fatto niente, dovevi uccidere lei, non delle innocenti.»

Si alza e salta giù dal letto, fa per avvicinarsi alla porta. La prendo per un braccio e glielo piego dietro la schiena. Lei urla ma continua a divincolarsi. La spingo e la costringo a rimettersi a letto.

«No Vanessa, non puoi scappare, la porta è chiusa. Io non ho potuto uccidere quella stronza perché ero ancora un ragazzo, e le tre donne prima di te erano peccatrici. Voi siete fatte della stessa pasta, per questo vi ho scelto, per purificarvi dai vostri peccati. Loro adesso sono pure e, se fai la brava, anche tu lo sarai. Non ti farò soffrire, ti accompagnerò alla nuova dimensione con amore.»

Vanessa mi sfida un'altra volta, si avvicina e mi sputa in faccia, poi scorgo il suo pugno partire all'attacco e piombare sul mio viso, ma riesco a individuare la traiettoria e gioco d'anticipo, sferrandole un ceffone che la stende.

Non avevo messo in conto di trovarmi davanti a una pantera agguerrita.

«Non dovevi comportarti così Vanessa, per punizione non mangerai.»

Non le lascio neanche il tempo per rispondere, spengo la luce e sprango la porta.

Salgo la scala e torno di sopra, la piccola cucina mi accoglie con il suo calore, sembra sorridermi. Mi infilo il giaccone, chiudo bene e monto sulla mia tigre. Scendo con la moto sulla carrareccia a velocità sostenuta, ho deciso di andare nel paese più vicino a bere un caffè e a comprare qualcosa, il mio stomaco reclama.

Quando arrivo al bar, ordino un cappuccino e una brioche, aspetto che il cameriere mi serva e intanto do un'occhiata al giornale. La politica mi disgusta, odio questo paese e i ladri che lo governano, io sono superiore a tutti quanti. Il tipo al bancone mi fa cenno che il cappuccio è pronto, il servizio al tavolo è un lusso in questi locali di paese. Lo guardo con disapprovazione e mi alzo a fatica, il piede è ancora gonfio, maledizione.

Divoro la brioche e sorseggio la bevanda calda spolverata di cacao dolce, cremosa come piace a me. Scorro veloce le pagine del quotidiano fino alla cronaca nera, i soliti articoli sull'immigrazione, furti vari e una rapina in un bar di Carate centro. Sotto c'è un trafiletto sul furto di un'auto, con una prostituta a bordo, in un distributore sulla provinciale. Sembra che la telecamera di servizio non funzionasse e quindi la polizia non ha elementi per individuare il ladro. Che culo! Sorrido e mi compiaccio. Chiudo il giornale e lo appoggio sul tavolino con l'intenzione di finire il mio cappuccio in santa pace. In quel momento la mia attenzione viene catturata da un articolo di spalla, con un titolo in grassetto. *Col-*

po di scena nel caso delle tre donne strangolate, il serial killer ha le ore contate.

Sento il liquido caldo sul maglione, la tazza barcolla, a stento riesco a posarla sul piattino.

Grazie a un mix di tenacia e fortuna, la scientifica ha rinvenuto nuovi elementi che sono stati secretati e che consentono di dare un volto e un nome all'assassino delle tre vittime. Queste nuove acquisizioni, stando alle interpretazioni degli esperti, sarebbero in grado di fornire una pista capace di fare nuova luce sull'autore degli omicidi. Le tracce biologiche sono state già inviate al laboratorio di analisi di Milano per essere analizzate e individuarne la paternità. Sarà dunque il Dna a incastrare l'assassino.

Gli investigatori della squadra mobile di Milano, guidati dal commissario Anika Miller, sono ottimisti e fiduciosi di avere in mano la chiave per risolvere questi casi al più presto.

Il panico si infila nello stomaco, gli dà fuoco, sale verso il cuore e lo fa esplodere, quando arriva al cervello è solo istinto di sopravvivenza. Passo in rassegna tutto quello che ho fatto, ogni gesto, ogni movimento e penso a cosa potrebbe essermi sfuggito.

Balzo dalla sedia e mi trascino fuori, le gambe non mi sorreggono, mi appoggio alla porta e accendo una sigaretta. Con la mano asciugo un rivolo di sudore prima che si insinui nel collo, nella schiena un esercito di formiche corre impazzito cercando una via d'uscita.

Avverto un contatto caldo sulla spalla, sussulto e mi giro di scatto. Il cameriere mi porge lo scontrino.

«Non ha pagato la consumazione, sono quattro euro.»

Rovisto nella tasca, tiro fuori una banconota da cinque e gli lascio il resto.

SESSANTASETTE

Stava ancora ripensando alle parole di Giovanna, quando sentì bussare alla porta.

Giada smise di respirare, il cuore volteggiava nel petto al ritmo di una danza caraibica. Saltò su dal divano come spinta da una molla, prese un soprammobile di ceramica dal tavolino e si precipitò verso l'ingresso. Aprì la porta con un gesto rapido e impugnò la statuetta, ma fuori non c'era nessuno. Percorse il vialetto fino al cancello, si guardò attorno con affanno, niente! Un ragazzo in bicicletta le passò davanti e quasi perse l'equilibrio mentre si girava a guardarla, ma proseguì per la sua strada.

Giada mollò le braccia lungo i fianchi e in quel momento la mano che reggeva la statuetta lasciò la presa, facendola precipitare sull'asfalto.

Giada la seguì con lo sguardo mentre si infrangeva al suolo, andando in mille pezzi. Si lasciò scivolare a terra con le mani sul viso e pianse.

Quando si rialzò, la testa era una giostra fuori controllo che roteava in maniera vorticosa, senza punti di riferimento, d'improvviso ebbe la sensazione di non distinguere la realtà dalla finzione.

Le schermaglie di due gatti che si azzuffavano per il controllo del territorio la riportarono al mondo reale.

Dopo essersi voltata ancora un paio di volte, si fece coraggio e rientrò in casa, dimenticandosi dei cocci a terra.

Chiuse la porta e inserì l'allarme, mise i ganci alle finestre e abbassò tutte le tapparelle.

Guardò la foto di Samanta sulla mensola di fronte e pensò a lei, era la cosa più bella che la vita le avesse donato. Per fortuna quella sera era con suo padre.

Si stese sul divano, chiuse gli occhi, appoggiò le mani con i palmi in giù sul chakra del cuore, la destra sopra la sinistra. Respirò a fondo immaginando di ricevere l'energia del cosmo e di farla scorrere in tutto il corpo: la meditazione *vipassana* l'avrebbe aiutata a ricreare una connessione con la Terra.

Dopo circa un quarto d'ora, il battito del cuore sembrava regolare ed erano svaniti anche gli spasmi muscolari.

Ricorreva spesso alla meditazione nei momenti di tensione o quando il mondo delle emozioni s'imponeva sulla razionalità.

In cucina si preparò la cena. Aveva deciso di tirarsi su con una confezione di lasagne surgelate cotta nel forno a microonde. Stappò una bottiglia di vino rosso e ne versò una generosa quantità in un calice, lo sorseggiò gustando il sapore rotondo e vellutato. Si sedette accanto alla finestra che dava sul giardino, osservò gli alberi tra i cui rami spogli le dita del vento giocavano a nascondino. Lasciò i pensieri rincorrersi nella mente, come dei bambini all'uscita da scuola, finché non percepì nelle gambe l'effetto soporifero dell'alcol. Lo squillo del telefono le scoppiò come una bomba nella testa.

Si alzò e barcollando raggiunse la sala e rispose con tono fermo.

«Mi vuoi dire chi sei e cosa vuoi?»
«Sono io amore, perdonami se me ne sono andato così, lo sai che ti amo.»
«Lorenzo...» Giada inciampò nel tappeto.
«Come stai tesoro?»
«Sto bene, ho solo tanto sonno» disse trascinando le parole.
«Sicura? Sembri turbata.»
«No, è che continuano le telefonate e poi è il vino che fa effetto.»
«Hai bevuto?»
«Sì, ne avevo bisogno, ma non ho ancora cenato, forse è per quello che mi sento così. Adesso vado a farmi una doccia, così mi sveglio.»
«Se ti sei fatta un goccio a stomaco vuoto, è meglio che lasci perdere o che aspetti.»
«Non sono ubriaca, tranquillo.»
«Non sono per niente tranquillo a sapere che sei lì da sola con quel cavolo di telefono che suona di continuo. Vengo subito da te, aspettami.»
«Non è il caso, adesso sono calma, faccio la doccia e vado a letto.»
«Invece sì, arrivo subito.»
Giada non fece in tempo a controbattere, che Lorenzo aveva già chiuso la chiamata.
Non seguì il suo consiglio e salì al piano di sopra. Entrò nella doccia, si cosparse di bagnoschiuma alla vaniglia e rimase sotto l'acqua tiepida per un tempo abbastanza lungo, lasciandola scorrere sui capelli, sul viso, sulle spalle e sul seno. Era come una carezza calda e morbida che le lambiva la pelle. La tensione fece posto a una sensazione di piacere intenso, immaginò le mani di Lorenzo sul suo corpo e iniziò a eccitarsi.

Rimase e a lungo sotto il getto caldo, poi uscì, si avvolse in un asciugamano caldo e si massaggiò i capelli, lo specchio le rimandò l'immagine del suo viso scarno, troppo sciupato per i suoi quarant'anni.

Il suono inquietante del telefono le entrò nelle orecchie come un aereo a bassa quota.

Si precipitò sui gradini lucenti, decisa a mettere fine a quel supplizio.

Le note della suoneria continuarono a riecheggiare insediando il territorio del silenzio, ma a Giada non causavano più alcuna angoscia.

SESSANTOTTO

Anika era sempre stata convinta che a muovere le fila dello show fosse un burattinaio nascosto nel centro, ma il problema era convincere il pm a firmare il mandato. Quell'uomo disapprovava il suo modo di condurre le indagini e non sarebbe stato facile persuaderlo, neppure porgendogli su un piatto d'argento ragioni più che valide. Il ritmico tic tac dei tacchi a spillo sul pavimento distolse Maia dalle sue ricerche. Anika piombò nella sala come un corvo famelico.

«Novità sulle intercettazioni?»

«Ci stanno lavorando, finora niente di interessante, solo una telefonata di Giulio a Ilaria, è caduto dentro come un pesce nella sua rete.»

«E noi, per restare nella metafora, siamo stati presi all'amo da quel bastardo. Non stiamo facendo alcun progresso e intanto quello va avanti nel suo gioco» precisò Anika con la voce rauca.

«Il pezzo del suo amico è uscito da giorni, a quest'ora deve averlo letto, forse è già nel panico.»

«Lo vorrei tanto, però finora sembrerebbe non aver fatto effetto.»

«Farà una mossa sbagliata, ne sono certa e noi abbiamo gli strumenti per incastrarlo.»

«Non sappiamo ancora di chi si tratta!»

«Potrebbe anche essere qualcuno che bazzica nel centro, ma quando sono stata sotto copertura, non sono riuscita a capire chi potesse essere. Giulio e Ilaria senza dubbio stanno organizzando qualcosa, ma non credo abbiano a che fare con i delitti. Piuttosto, quel tipo alla reception, Ricci, non mi convince del tutto.»

Anika si sedette di fronte a Maia con le braccia conserte.

«Anch'io comincio a sospettare di lui, è un tipo piuttosto instabile. Voglio scavare ancora di più nel suo passato, e vorrei rivedere il dossier di Monique.»

«Ne vuole uno?» domandò Maia porgendole un cioccolatino e continuò. «Ha già chiesto il mandato?»

Anika lo divorò al volo.

«Non me lo darà una seconda volta se non gli porto dei buoni motivi. Forse sarebbe meglio se gliene parlasse Giada, dal momento che ha avuto uno scontro stamattina, magari riesce a convincerlo che la sua interpretazione potrebbe essere rilevante.»

«Buona idea. C'è un'altra cosa che non dovremmo sottovalutare, so come la pensa, ma secondo me potrebbe aiutarci.»

«Sarebbe?»

«Giada mi ha raccontato il sogno di una sua paziente, quella donna sarà anche schizofrenica, ma ha fornito particolari sul casolare e addirittura sul luogo. Ha visto il cartello stradale di Inverigo che, guarda caso, è vicino al luogo del ritrovamento. Giada mi ha fatto vedere lo schizzo, c'è una strada sterrata stretta e tortuosa che conduce a un casolare nascosto tra la boscaglia, uno scantinato dove è tenuta prigioniera la vittima.»

«Come faccio a mandare una squadra in ricognizione in un posto che esiste solo in una visione? Non posso basarmi sulle parole di una pazza.»

«Io penso che dovrebbe tentare invece. Se ne parlasse Giada al pm, la decisione sarebbe sua.»

«Potrebbe essere un'idea, a questo punto vanno bene anche le visioni se servono a prendere quel criminale.»

Prima di andarsene, Anika indugiò alcuni istanti, fissando incuriosita un set di pietre levigate sulla sua scrivania.

«Che cavolo sono quei sassi pieni di simboli?» domandò girandosi verso Maia.

«Rappresentano i Sette Chakra, i centri di energia vitale del nostro corpo. Se le interessa, le spiego come funzionano» rispose Maia con un sorriso.

«Lascia perdere.» Anika scosse la testa e se ne andò, pensando che anche lei si era fatta imbottire il cervello con quelle stranezze.

SESSANTANOVE

Da quando frequentava la dottoressa Damonte, Maia stava emergendo dalla sua nicchia, sia nella vita professionale, sia in quella privata. Dopo aver parlato con Anika, era uscita per recarsi al distributore automatico, rifiutando l'invito dei colleghi di unirsi a loro per pranzo, nel solito bar. Non aveva appetito, così si era limitata a un cappuccino e una tortina al cioccolato.

Decise di approfittare di quel momento per chiamare Giada e spostare la seduta. Lasciò squillare a lungo il telefono senza ottenere alcuna risposta.

Sebbene avesse il numero della clinica, non le sembrò il caso di disturbarla in studio, così la chiamò sul cellulare. Le rispose la voce metallica della segreteria telefonica. Le sembrò strano, perché Giada non spegneva mai il cellulare.

Maia rimase qualche istante a fissare il portatile.

Uscì di nuovo per recarsi nell'ufficio della Miller, bussò e attese.

«Cosa vuoi?»

L'inconfondibile tono di voce del capo alle sue spalle la fece sobbalzare.

«Ho chiamato Giada per ragioni personali, ma a casa non c'è e il cellulare è spento. Lei ha per caso un altro numero?»

«Sul fisso non risponde quasi mai, ma il cellulare è difficile che lo spenga e non ha nessun altro numero che io sappia.»

«Infatti è strano.»

«Hai ragione, la chiamo in clinica. Vieni.»

Anche nel suo studio il telefono suonò invano e l'addetto al centralino le disse che la dottoressa Damonte non si era vista quella mattina.

«Se non è in clinica, sarà al centro» suppose Anika girando in tondo attorno alla scrivania.

«Non credo, lei ci va nel pomeriggio, però non si sa mai.»

Dopo vari tentativi, dovette desistere.

«Come mai non risponde nessuno in quel cazzo di posto?»

«A volte, quando ci sono le pratiche tolgono la suoneria per non essere disturbati.»

«Aspettiamo, quando vedrà le telefonate perse, ci richiamerà. Magari ci stiamo preoccupando per niente, forse è solo scarico.»

SETTANTA

Anika gli aveva stretto la mano senza proferire parola, tranne un «mi dispiace tanto» ed era rimasta in disparte sul corridoio, mentre Maia aveva abbracciato Lorenzo come se fosse un caro amico.

«Come è successo?»

«Quando sono entrato in casa ieri sera, l'ho trovata distesa in sala, ai piedi della scala, priva di sensi. Deve essere scivolata sul marmo bagnato, era appena uscita dalla doccia, e indossava solo un asciugamano. Glielo avevo detto di non farla finché non arrivavo io, ma non mi ha ascoltato. Meno male che avevo le chiavi, altrimenti… Sembrava morta, così ho chiamato subito il 112 e l'hanno portata qui al pronto soccorso. Poi è stata ricoverata in rianimazione, mi sembra l'ultimo girone dell'inferno.»

«Ne so qualcosa, mio padre è in coma da mesi e a me non fa più effetto, ma ti capisco, le prime volte è impressionante. Hai parlato con i medici?»

«A me hanno detto poco perché non sono un famigliare, ma la madre mi ha riferito che purtroppo le sue condizioni sono gravi, l'hanno messa in coma farmacologico per evitare complicazioni: ha un trauma cranico e una commozione cerebrale. Ma ci vuole almeno un giorno per capire o scoprire eventuali conseguenze.»

«Adesso dov'è la madre di Giada?» domandò Maia, attorcigliando un ricciolo tra le dita.

«È da Giada, l'hanno lasciata entrare, solo lei può vederla. Mi odierà ancora di più adesso, la colpa è mia, non dovevo lasciarla sola. La sera prima avevamo discusso per via del suo lavoro e me ne sono andato.»

Anika si sentì chiamata in causa.

«Non deve sentirsi in colpa, anche se fosse stato con lei, Giada sarebbe scivolata lo stesso su quei gradini. Io le avevo parlato poco prima, era angosciata per quelle chiamate e così le avevo consigliato di mettere da parte l'orgoglio e telefonarle. Meno male che mi ha ascoltato.»

«A dire il vero l'ho chiamata io, sono uno che non tiene troppo il broncio. Non so se Giada l'avrebbe fatto, è troppo orgogliosa. E adesso è... non posso neanche stare con lei, mi hanno fatto entrare solo un minuto. Sono disperato.»

Maia appoggiò una mano sulla spalla di Lorenzo e gli sorrise.

«Questa è la giornata decisiva, domani diranno che è fuori pericolo e la sveglieranno. Fidati!»

«Vorrei essere ottimista come te, però vederla in quelle condizioni mi fa troppo male, non ce la faccio.»

«Infatti credo non sia il caso che tu rimanga qui, se ci saranno cambiamenti chiameranno sua madre e lo saprai.»

«Forse hai ragione, ho bisogno di uscire.»

«La bambina dov'è?»

«Con suo padre, l'ho chiamato subito per informarlo, ma Samanta non deve saperlo, non ancora. Per adesso ci siamo inventati un impegno di lavoro, poi si vedrà.»

Anika se ne stava appoggiata alla parete, lo sguardo basso e le mani ficcate in fondo alle tasche della giacca. D'un tratto avvertì la vibrazione del cellulare.

Prese il telefono dalla borsa e rispose con voce bassa.

«Un attimo per favore.»

Poi si rivolse a Lorenzo porgendogli la mano.

«Purtroppo devo scappare, mi tenga informata.»

Maia rimase ancora un po' con Lorenzo che non aveva ancora avuto il coraggio di andarsene. Uscirono insieme dall'ospedale senza dire una parola e prima di salutarsi, si abbracciarono, quasi per confortarsi a vicenda.

Sebbene lo conoscesse appena, Maia si sentiva in sintonia con lui e le sembrò di rivivere la medesima angoscia, quando aveva visto suo padre nelle stesse condizioni. Quel ricordo fece riemergere nel suo animo un dolore antico mai sopito.

Quando rientrò a casa era esausta. Senza neppure spogliarsi, scaldò una tazza di latte e si sdraiò a letto, gli occhi fissi al soffitto. Ebbe un fremito lungo la schiena nel momento in cui i fantasmi del passato tornarono a farle visita.

Il latte era ormai freddo, ma non le importava. Andò in cucina e si preparò un panino con prosciutto e formaggio, si tuffò sul divano e lo gustò con calma, osservando la gatta che dormiva acciambellata nella cesta.

Non poteva permettersi di mollare, lo doveva a Giada, a suo padre, a Paolo che credeva in lei, e alle vittime di una mano assassina che stava per colpire ancora.

SETTANTUNO

Non riusciva a prendere sonno quella notte, così decise di alzarsi e scendere in salotto.
Le sembrava diverso però, come se fosse stata proiettata in una insolita dimensione. Il suo corpo sembrava non avere più peso, si sentiva leggera e libera di muoversi.
Giada uscì in giardino, era buio attorno, ma non aveva paura.
Arrivò al cancello e uscì sulla strada camminando fino in fondo, dove le case trasfiguravano nel verde dei campi. Indossava una vestaglia, ma non sentiva freddo.
Pensò che sarebbe stato meglio rientrare, l'indomani avrebbe avuto il primo turno e Giovanna doveva darle il suo disegno, dove c'erano altri particolari, forse vitali.
Era convinta che il fascicolo di Monique fosse la chiave per risolvere il caso e arrivare in tempo a salvare la quarta donna. Pensò a cosa avrebbe potuto fare, poi ebbe un'idea.
Lei aveva le chiavi del centro, sapeva dove Monique lo nascondeva, bastava aprire quel maledetto cassetto, magari forzarlo con una leva, nessuno se ne sarebbe accorto.
Ma doveva farlo di notte. Doveva farlo quella notte.
Entrò in casa e prese le chiavi della macchina. Pensò che avrebbe dovuto vestirsi, non poteva guidare così. Il ticchet-

tio dell'orologio tuttavia la spinse a guardare l'ora: le tre. Non poteva aspettare, tanto nessuno l'avrebbe vista.

Imboccò la provinciale: era deserta. Si sentiva un po' agitata e nello stesso tempo esaltata.

«Domani mattina Anika non crederà ai suoi occhi quando le dirò che sono riuscita a vedere cosa si nasconde in quei documenti.»

Sapeva di compiere un gesto contro la legge, ma non avrebbero potuto incriminarla, non si trattava di violazione di proprietà privata, lei era una collaboratrice del centro.

Quando scorse il cartello segnaletico del Comune di Milano, le parve strano, anche le strade sembravano differenti, quasi sconfinate, come se il tempo fosse dilatato. Parcheggiò l'auto fuori dal Namasté, vederlo tutto vuoto le fece un effetto quasi surreale.

Scese e attraversò il vialetto, girò la chiave con mano tremante.

Il silenzio l'avvolse come una coperta calda, la statua del Buddha sembrava sorriderle e darle fiducia. Stava facendo la cosa giusta.

Percorse il corridoio fino allo studio di Monique, si soffermò per un lasso di tempo che le parve eterno, il battito del cuore riecheggiava nell'assenza di qualsiasi rumore.

La mano indugiò indecisa sulla maniglia, la aprì con un gesto lento. La scrivania di Monique la scrutava con diffidenza, avvertì la sua energia, come se lei fosse lì a guardarla. Doveva fare in fretta.

Si sedette, cercò di respirare a fondo e di rallentare la danza del cuore. Prese un fermacarte, ma gli scivolò tra le mani. Si guardò attorno.

Il cassetto era di fronte a lei, ma sembrava diverso da come lo aveva sempre visto, forse perché era dalla parte opposta, eppure c'era qualcosa di… ma forse non era chiuso? Afferrò il pomello di legno e tirò lentamente, era aperto.

Rovistò alla ricerca dei documenti che le interessavano. Trovò un taccuino con una copertina rossa, lo sfogliò, ma non c'era scritto nulla. C'erano oggetti personali, un cellulare, una scatola di analgesici, un pacchetto di Kleenex, pietre colorate, un'agenda, ma del fascicolo neppure l'ombra!

Non poteva arrendersi. Lo sguardo compì un giro di trecentosessanta gradi e si fermò sul kimono nero, appeso dietro la porta. Una tasca le sembrò più gonfia dell'altra, decise di verificare. C'era una busta chiusa. Avrebbe potuto portarla via e andarsene subito, ma preferì verificare se ne valesse la pena.

Le mani erano ghiacciate, a fatica stracciò un lembo, la aprì e estrasse dei fogli ripiegati in quattro. Si sentì quasi svenire quando sulla prima pagina vide il simbolo del fiore: i petali erano tutti colorati, tranne uno.

Sull'altro c'era un petalo colorato di blu, osservò meglio, sotto c'era un nome: Melissa. Stava per svenire, ma doveva andare avanti. Lesse scritte farneticanti sul Nirvana, poi un altro petalo giallo con il nome di Marika.

Il respiro si fece affannoso, la testa sembrava un ottovolante, stava perdendo l'equilibrio.

«Cosa mi succede? Mi sento mancare.»

Una luce mi abbaglia, mi fanno male gli occhi. Qualcuno mi osserva, mi parla, non capisco cosa dice, mi sento stanca, voglio dormire. L'uomo si allontana, adesso lo vedo meglio: indossa un camice bianco.»

SETTANTADUE

«Voglio vederla subito» affermò Lorenzo con tono deciso alla madre di Giada, in piedi davanti alla sala di rianimazione come un gendarme.

«Solo i parenti hanno il permesso di vederla, ma stai tranquillo, i medici mi hanno rassicurata sulle sue condizioni, adesso è cosciente. Hanno detto che è stato quasi un miracolo. La situazione sembrava piuttosto seria, invece in soli due giorni il suo corpo ha reagito, e ora è uscita dal coma. Io sono entrata per pochi minuti, ma è piuttosto debilitata, non bisogna affaticarla.»

Lorenzo si era seduto sulla punta della sedia con un piede che batteva sul pavimento.

«Ti hanno detto quando la dimetteranno?»

Angela si sedette accanto a lui e gli sorrise. Lorenzo non riuscì a credere ai suoi occhi, non era mai stata così gentile nei suoi confronti. Forse il rischio di perdere sua figlia l'aveva addolcita, forse si era resa conto solo ora di non essere stata una buona madre.

«Non si sono sbilanciati, devono monitorare l'andamento, però domani verrà trasferita nel reparto di medicina generale. Se tutto procede bene, potrebbe essere a casa per l'Epifania. Ti conviene tornare domani mattina, così potrai vederla.»

Lorenzo seguì il suo consiglio e tornò a casa. Quella donna l'aveva davvero sorpreso.

Il giorno successivo, quando andò in ospedale, la madre di Giada non era ancora arrivata e Lorenzo poté finalmente parlare con uno specialista.

Il medico gli confermò che Giada stava meglio, ma era ancora disorientata e avrebbe potuto non riconoscerlo, quindi lo invitò ad attendere un suo cenno prima di accedere alla stanza.

Si avvicinò a lei, le tastò il polso e osservò il monitor che registrava un tracciato cerebrale perfetto.

«Bentornata tra noi. Come si sente?»

Giada pronunciò a stento due parole.

«Dove sono?»

«In ospedale, ma tranquilla va tutto bene.»

«Cosa mi è successo?»

«Fuori c'è il suo fidanzato, adesso lo faccio entrare così le spiega la ragione per cui si trova qui. D'accordo?»

Giada fece un cenno di assenso con la testa.

Lorenzo entrò con passo felpato, si sedette accanto a lei e l'accarezzò sul viso.

«Ciao amore. Come ti senti?»

Giada aprì gli occhi, tentando di mettere a fuoco il volto chino su di lei.

«Non lo so, ho tanto sonno, cosa ci faccio qui?»

«Non ti ricordi niente?»

«Prima di trovarmi qui, ero al Namasté, nello studio di Monique, poi ho perso i sensi e...»

«Tesoro mio hai solo sognato, ti sei appena svegliata dopo tre giorni di coma. La sera che sono venuto da te, ti ho trovato a terra, sei caduta dalle scale e hai picchiato la testa. Per questo ti hanno messo in coma farmacologico. Sei una tosta, ma mi hai fatto prendere un brutto spavento.»

Giada versava in uno stato di torpore, avulsa dalla realtà e l'unica cosa che sembrava ricordare era il dossier che aveva trovato al centro. Ma il primo pensiero andò a sua figlia.

«Dov'è la mia bambina, voglio vederla!»

«Samanta è con suo padre. È meglio che non ti veda in queste condizioni, non appena starai meglio te la porto io. Okay?»

«Sì, ma le avete detto che sono in ospedale?»

«Luca le ha detto che ti sei sentita poco bene, ma non sa cosa è successo, almeno sta tranquilla.»

«Ha chiesto di vedermi?»

«Certo amore, lo fa in continuazione.»

«Domani voglio che venga, io sto bene.»

Lorenzo le sfiorò la fronte con le labbra.

«Te lo prometto, ma adesso stai calma, sei molto stanca, devi riposare.»

«Va bene. Anika non è venuta? Dovrei parlarle.»

«Vacci piano. Sei appena uscita da un coma! Adesso pensa a stare bene.»

«È troppo importante. Dammi il cellulare» affermò con voce ferma.

«Cristo santo, ti sei resa conto di quello che ti è successo? Sei appena stata dimessa dal reparto rianimazione e pensi al lavoro?»

«Ti dico che è una cosa vitale, dai dammi quel telefono, altrimenti faccio da sola.»

Giada tentò di alzarsi appoggiandosi con le mani al letto, ma ricadde esausta.

«Qui è vietato telefonare, ma se per te è così urgente, lo farò io. Adesso vado a chiamare Anika, contenta?»

«Dille che deve venire subito, non c'è tempo da perdere.»
Lorenzo le diede un bacio e uscì.

Anika era corsa subito in ospedale, non per quello che Giada aveva da comunicarle, ma per far visita all'amica e collaboratrice.

«Pensa a guarire, e quando esci ci parli tu con il pm e gli spieghi come stanno le cose. Se lo faccio io, sulla base di un sogno, mi prende per deficiente o mi fa rinchiudere nella stessa stanza della tua veggente.»

Giada era indignata per il fatto che né lei, né Lorenzo, le avessero dato credito.

«Non era un sogno! Sono entrata nello studio di Monique e ho visto quei documenti. I nomi sono quelli delle prime due vittime, tutto coincide, anche il colore dei petali.»

«Santo cielo sei una psichiatra, hai solo vissuto un'esperienza extracorporea, può succedere durante il coma farmacologico.»

«Forse hai ragione tu, però sembrava tutto vero. Dopo tanti anni di clinica psichiatrica sto diventando un po' matta anch'io!» rispose abbozzando un sorriso.

«Un po' lo siamo tutti, con la vita che facciamo, non c'è da stupirsi!»

SETTANTATRÉ

Fu dimessa il sei di gennaio, ma prima di riprendere il lavoro avrebbe dovuto trascorrere almeno dieci giorni di riposo. Lorenzo aveva accolto quel suggerimento come una manna dal cielo, confidando che lei si sarebbe attenuta alle prescrizioni. Quando rientrò a casa, Giada pensò solo a Samanta, rimase a lungo con lei prima di dedicarsi ad altro. Avrebbe dovuto prendersi una pausa da tutti gli impegni, ma adesso non riusciva a stare lontano dal caso, era decisa a chiudere quella storia al più presto.

La squadra aveva approfondito le ricerche sul passato dei dipendenti, soprattutto su Omar Ricci, ma non erano emersi elementi probatori, mentre intercettazioni e pedinamenti continuavano a non fornire alcuna prova in più.

La mattina del sette gennaio, stremata più del solito dopo una notte trascorsa a documentarsi sui serial killer, Anika si era rinchiusa nel suo ufficio per liberare la scrivania dalla marea di pratiche inevase che la circondava.

China sui fascicoli, non si era accorta che qualcuno stava bussando alla porta, fino a quando il toc toc divenne un colpo secco.

«Avanti» gridò senza sollevare lo sguardo.

«Dotto', di là ci sta una del Namasté che vuole parlare con lei, dice che ha trovato delle prove schiaccianti.»

Anika lo guardò con gli occhi sgranati.

«Chi sarebbe?»

«Ilaria Mancini, la sorellastra della direttrice.»

«Dammi un minuto e poi falla entrare.»

Ilaria piombò nel suo ufficio senza salutare e si sedette davanti a lei, allungandosi con il busto sulla scrivania. Anika indietreggiò all'istante, disgustata dall'odore di fumo.

«Ho in mano qualcosa che scotta» attaccò Ilaria guizzando sulla sedia.

Anika reagì con tono graffiante.

«Davvero?»

«Deve venire subito al centro.»

«Perché?»

«Non sto scherzando, mi dia retta, è la prova che cercate.»

«Sarebbe?»

«Stamattina curiosando nell'ufficio di Monique, mentre lei meditava, ho trovato una cartella in un cassetto, era aperto e l'ho letto. Mi sembra proprio sospetto.»

«Cosa c'è di tanto compromettente?»

«Le prove, ci sono i nomi delle vittime e dei simboli strani.»

«Dov'è adesso?»

«Al sicuro, nel mio armadio.»

«Okay, manderò qualcuno in giornata. Può andare.» Anika le indicò la porta.

«Non c'è tempo da perdere, magari quella bastarda se l'è già squagliata.»

Lei Ilaria l'aveva detestata fin dal primo incontro, ma si trattava proprio dei documenti sui quali Giada si era intestardita e l'occasione andava sfruttata.

***

Ilaria aveva consegnato l'incartamento agli ispettori e li aveva lasciati soli, mentre Monique quella mattina non si era vista.

«Cosa ne pensi?»

Anika non rispose al quesito di Piras che la stava fissando, continuò invece a girare le pagine della cartella, scioccata da quello che andava leggendo.

«Allora?» ribadì il collega.

«Non so cosa dire, è allucinante. Alcune cose coincidono con quanto ha visto Giada, ma come è possibile? I nomi delle vittime, i tre petali dipinti, il simbolo ripetuto, le frasi sulla reincarnazione e il nirvana, insomma…»

Piras non attese la fine della frase.

«Tutto tale e quale a quanto è successo.»

«Anche troppo forse.»

«Pensi sia stato scritto apposta?»

Anika si sedette sulla poltroncina di Ilaria, si massaggiò le tempie e sospirò.

«Non siamo sicuri che lei lo abbia preso da quel cassetto. Dobbiamo prima verificare se c'è ancora il fascicolo sulle clienti e sui dipendenti.»

«Forse qualcuno ha interesse a far cadere i sospetti su Monique.»

Piras nel frattempo si era accomodato su un divanetto che stentava a reggere la sua mole.

«Al momento non ne vedo la ragione, ma potrebbe anche essere stata la stessa Monique. Il fatto che ci tenesse tanto a tenerlo sotto chiave è indicativo.»

«Però stamattina il cassetto era aperto, e non ci sono segni di effrazione.»

«Vuoi dire che l'ha fatto apposta, che era d'accordo con Ilaria? A che scopo?»

«Non lo so, ma ci sono troppe coincidenze, questa storia mi puzza.»

«Hai ragione, per prima cosa dobbiamo parlare con Monique e subito. Andiamo da lei adesso.»

«Cosa ti avevo detto? Tu non hai voluto credermi, ma io ho sempre sospettato di lei.»

«Per il momento non possiamo procedere nei suoi confronti, non ci sono prove sull'autenticità del documento e non possiamo essere certi che Ilaria lo abbia preso da quel cassetto. Abbiamo sequestrato il pc e, solo dopo i controlli dei tecnici, potrò muovermi.»

Mentre la Miller e Piras stavano uscendo dal centro, incrociarono Giada sulla porta.

«Tu cosa ci fai qui? I medici ti avevano consigliato di non uscire, soprattutto in una giornata gelida come questa.»

«So badare a me stessa. Piuttosto, l'avete trovato?»

A quel punto Anika era stata costretta a farle il resoconto degli ultimi sviluppi.

Giada si appoggiò allo stipite e sospirò.

«Dalla tua faccia ho già capito come la pensi, ma forse Monique nasconde davvero qualcosa o qualcuno.»

«Stai pensando a Ricci, forse?» domandò Umberto, stringendosi nel cappotto.

«Non ho elementi per dirlo, ma...»

Anika la interruppe.

«Quel tipo mi convince sempre meno, infatti stiamo indagando più a fondo sul suo passato. Adesso però dobbiamo scappare e tu cerca di riguardarti, non hai un bell'aspetto.»

SETTANTAQUATTRO

Quella sera, quando Monique li aveva fatti accomodare a casa sua, Anika per prima cosa l'aveva studiata, indugiando prima sul viso solcato da ombre scure sotto gli occhi e poi sulla camicia da notte rosa confetto, lunga fino alle ginocchia, con cuoricini rossi. All'altezza del seno un gatto giocava con una lumaca. Sotto, in corsivo, la scritta «lentamente».

Mentre le esponeva nel dettaglio il motivo della loro visita, Piras notò sul suo viso un repentino pallore.

«Io... io non ho mai scritto niente del genere, nel mio fascicolo ci sono i dati delle clienti, ed è sempre stato chiuso nel cassetto. Qualcuno deve averlo forzato e sostituito con quello che ha trovato Ilaria» frignò, asciugandosi gli occhi con il dorso della mano.

«Non ci sono segni di scasso» le fece notare Anika.

«Non capite che qualcuno vuole incastrarmi?»

«Chi?»

Monique stringeva tra le mani un fazzoletto di carta stropicciato.

«Ilaria mi odia e potrebbe essere stata lei, magari con l'aiuto di qualcuno.»

«Perrone?» domandò Piras appoggiandosi alla spalliera.

«Può darsi, quei due sono sempre insieme.»

«Perché l'avrebbero fatto?»

«Gliel'ho detto che quella stronza mi detesta.»

«Perché non ha voluto che la dottoressa Damonte desse un'occhiata al fascicolo?» s'intromise Anika, piantandosi di fronte a Monique con le mani sui fianchi.

«Sono dati coperti dalla privacy, non posso buttare ai quattro venti i problemi delle pazienti.»

«Ma ci sono anche informazioni sui dipendenti che potrebbero esserci utili.»

«Non credo, sono solo dei curricula.»

«Esiste anche un file?»

Monique aggrottò la fronte.

«Sì, ma è protetto da password.»

Piras, che nel frattempo si era alzato, prese la parola.

«Quindi nessuno avrebbe potuto modificarlo, dico bene?»

«Non sono un'esperta di informatica.»

«L'ha scritta da qualche parte?»

«Certo che no, non sono così stupida!» inveì Monique.

«A volte si fanno cose strane senza volerlo, non significa essere stupidi. Per ora è tutto, il suo pc è stato sequestrato per accertamenti. Si tenga a disposizione e le consiglio di cercarsi un avvocato.»

«Come è andata?» domandò Maia nel momento stesso in cui Piras mise piede nella sala.

«Monique dice che vogliono incastrarla, lei ha annotato solo dati sulle clienti e i dipendenti.»

«Tu le credi?»

«A dire il vero non so più cosa dire, quella tipa non mi è mai piaciuta, ha qualcosa di strano, e magari anche scheletri nell'armadio…»

Piras prese tempo e Maia lo anticipò.

«Ma non sei convinto che sia stata lei a scrivere quelle frasi?»

«Non ne vedo la ragione. Sarebbe più logico se l'avesse fatto qualcuno per sviare le indagini, per esempio la sorellastra per buttare fango su Monique e appropriarsi del centro.»

Maia cominciò a camminare avanti e indietro.

«Già, questa ipotesi mi sembra più logica.»

«Smettila di girare come un'ossessa, mi fai venire il capogiro. Sei agitata?» le domandò Umberto sorpreso dalla sua frenesia.

«Scusami, sono un po' tesa.»

«Spero non sia per il caso.»

«Be', è la mia prima esperienza e mi sta appassionando. Vorrei prenderlo con le mie mani quel criminale.»

Umberto si alzò e le offrì un biscotto.

«Capisco come ti senti, ma non devi farti coinvolgere troppo, nel nostro lavoro bisogna essere distaccati, altrimenti è la fine.»

«Come fai a restare indifferente? Tre donne innocenti hanno pagato con la vita le seghe mentali di un assassino, e un'altra le seguirà presto se non facciamo qualcosa. Purtroppo siamo fermi al palo, non abbiamo niente, nessun sospettato, nessun indizio» si infervorò Maia.

Esposito non si intrometteva mai nei discorsi dei colleghi, a meno che non ci fosse un valido motivo, come quello che aveva tra le mani.

«Invece qualcosa abbiamo, stavolta.»

I due si girarono come molle a comando.

«Cosa?» domandarono all'unisono.

Esposito preferiva dare quell'informazione in presenza del commissario.

«Dov'è la Miller?»

Umberto si avvicinò alla postazione di Esposito, spiando sul pc.

«Quando siamo tornati, mi ha detto che aveva una faccenda da sbrigare, non le ho chiesto dove andasse, ma posso mandarle un messaggio su WhatsApp, le dico di venire al più presto. Intanto vuoi rivelarci le ultime tue scoperte?»

Piras digitò il messaggio, senza quasi distogliere lo sguardo dal collega.

«Ho beccato una telefonata tra Ricci e Perrone, è un bel colpo questo.»

Maia si era seduta su un angolino della scrivania di Esposito e anche lei stava fissando il monitor.

La Miller si stava intrattenendo, per motivi personali, con il commissario di un'altra Sezione, ma nel momento in cui lesse il messaggio si precipitò dai suoi.

«Cosa sta succedendo?» esordì quando vide i tre chini sul pc.

Esposito balzò in piedi non appena la vide entrare.

«C'è una pista finalmente.»

«Sentiamo» reclamò Anika con le mani dietro la schiena.

«Ho intercettato una chiamata di Ricci a Perrone, gli ha detto che è andato tutto liscio, ma adesso vuole cinquemila euro come compenso, altrimenti lo denuncia. Ha anche aggiunto che non ne vuole sapere del piano B. Perrone si è messo a gridare, dicendo che lui non ci pensa minimamente a darglieli, che gli accordi erano diversi. Poi gli ha buttato giù la cornetta.»

Anika si era seduta sulla scrivania accanto.

«Riesci a localizzarla?»

«Sì capo, con il location updating ho individuato la cella connessa al dispositivo mobile, è installata in una zona dalle parti di Inverigo, purtroppo l'indicazione è imprecisa in quanto, come saprà, l'antenna copre un'area di circa 10-15 km.»

Anika si coprì il viso con le mani.

«Cazzo, ma è la stessa dove abbiamo rinvenuto il corpo della terza vittima! Allora Ricci c'è dentro fino al collo. Dobbiamo andarci subito.»

Piras frenò il suo entusiasmo.

«Non è detto che sia ancora lì e, in ogni caso, la telefonata a Giulio potrebbe riguardare soltanto il fascicolo di Monique.»

«Questo lo so anch'io, ma è pur sempre qualcosa. Se Ricci si trovava in quella zona, non può essere solo una coincidenza. Chiamo subito il pm per concordare il sopralluogo, dopo coordiniamo l'intervento con le volanti e se serve anche con gli elicotteri. Con un po' di fortuna, potremmo salvare quella donna.»

SETTANTACINQUE

Devo darmi una mossa, non ho più tempo. Forse ho bevuto troppa birra e ho fumato oltre il mio limite, ma sono momenti cruciali questi.

L'articolo sul giornale sarà anche una trappola che potrei ignorare, ma meglio non rischiare.

Devo preparare tutto per il rituale del Fuoco, devo farlo adesso. Esco e raduno un po' di legni secchi, lontano dal casolare, per sicurezza. Quando la Numero Quattro arderà sulla pira, io sarò già lontano. Non mi prenderanno mai. Ecco, ci siamo quasi, manca solo la benzina. Merda, l'ho usata tutta per bruciare la macchina, non ne ho più neanche un goccio. E adesso cosa faccio?

Non ho scelta, devo andare giù al distributore, me ne basta poca. Okay, ci vado subito. Prima però mi siedo un attimo, potrebbe essere l'ultima volta che me ne sto qui tranquillo. L'incanto di questo luogo mi commuove come se fosse la prima volta. Un angolo di mondo tutto mio, lontano da quello degli uomini, una nicchia dove ritrovare l'armonia. Qui non c'è niente, la casa più vicina è a tanti chilometri di distanza, la strada è insidiosa, solo io ho il coraggio di percorrerla con la moto o con la macchina. Qui non arriverà nessuno, questo luogo è solo mio e nessuno lo profanerà.

Se penso che dovrò andarmene da qui, lasciare questo paradiso, mi viene il magone. Però devo farlo, non credevo di arrivare a questo punto, ero certo di non aver commesso errori, e forse è così, ma non sono più sereno. Lascerò calmare le acque e poi tornerò, perché questo è il mio nido.

Dopo aver compiuto la mia missione, devo staccare la spina per un po'. Sparirò dalla circolazione e nessuno se ne accorgerà.

Be' adesso devo proprio andare. Quando arrivo al distributore, mi faccio riempire una piccola tanica di benzina con la scusa che la mia macchina è in panne, poi entro a pagare. Merda, c'è una coda chilometrica alla cassa! Ma non hanno un cazzo da fare questi idioti? Io invece ho fretta. Per ammazzare il tempo do un'occhiata alla tv e guardo scorrere i titoli di coda di una telenovela, una delle tante che rincretiniscono le donne.

D'improvviso vedo le teste che si girano verso la televisione e sento il volume alzarsi. Al tg3 c'è l'ennesimo servizio sugli omicidi della Brianza. Sembra ci siano novità.

«Grazie alle intercettazioni telefoniche, la polizia è sulle tracce dell'assassino, sono già stati predisposti posti di blocco e ricerche con gli elicotteri, è solo questione di ore, forse minuti e il killer sarà assicurato alla giustizia.»

Cazzo! La gente sta applaudendo, ho il viso in fiamme e fiumi di sudore lungo la schiena. Le mani sono di ghiaccio, pago e me la svigno. La moto è la mia sola salvezza. Mi immetto sulla statale e do gas a manetta, sto andando a più di cento all'ora, devo darmi una calmata, altrimenti mi beccano gli autovelox. Rallento e mi avvicino a una rientranza, butto la tanica e mi rimetto in marcia. Non mi serve più, non posso tornare al casolare, non c'è più tempo. Come hanno fatto a intercettare la telefonata? Cazzo che sfiga. Però non c'entra con gli omicidi, non possono risalire a me. Nessuno ha mai sospettato di me, neanche quel coglione di Giulio. E allora perché sto così da schifo? Me la sto facendo sotto per uno stupido articolo e per il servizio al telegiornale: da non credere. Proprio io che non ho mai paura. Se davvero ci sono i posti di blocco, potrebbero fermarmi. Ma se non sanno chi io sia, che paura dovrei avere? Eppure sento che devo andare lontano, il più lontano possibile, prima che sia troppo tardi. Devo arrivare oltre confine, lasciando la mia missione incompiuta.

SETTANTASEI

Giada, dopo aver appreso le novità durante una telefonata con Anika per avere notizie sul pc di Monique, chiese con insistenza di far parte della squadra, ma Anika questa volta fu irremovibile.

«Ho l'okay del pm per organizzare il sopralluogo. Voglio subito le volanti sul posto, un po' di uomini e teniamo allertate le ambulanze e l'elisoccorso. Dobbiamo trovare quel cazzo di nascondiglio, se serve coinvolgeremo anche la forestale, il sindaco di Inverigo, le aziende agricole, e altro ancora.»

Anika, dopo aver parlato con il pm che questa volta le aveva dato credito, non aveva perso tempo e aveva già messo in moto la macchina operativa.

Maia si piazzò di fronte a lei e la fissò dentro le iridi.

«Io voglio partecipare al sopralluogo, ho con me il disegno della paziente di Giada, sono convinta che possa aiutarci.»

«Ancora con questa storia? Ti sei fatta abbindolare anche tu dal disegno di una pazza, ma se è questo che vuoi, accomodati. Farai squadra con De Rosa, Piras vi seguirà con un'altra auto e terrà i contatti con me, io sono in riunione con il capo e il pm, ma voglio essere sempre informata. È molto rischioso quello che stiamo per fare e tu sei inesperta, ma del resto per imparare a nuotare bisogna buttarsi in acqua. Sbrigati allora prima che cambi idea.»

«Grazie, non la deluderò.»

Anika rispose con un cenno del capo, diede ulteriori ragguagli ai suoi e girò sui tacchi. Quando raggiunse la porta, si girò di scatto.

«Maia?»

«Dica?»

«Sta' attenta.»

«Io non mi fido di una che non ci sta con la testa» considerò De Rosa, dando gas alla Smart, una delle auto civetta in dotazione.

Maia stava consultando la cartina militare, sulla quale Esposito aveva evidenziato la cella telefonica, e seguiva il percorso con un dito, purtroppo c'era solo una mulattiera e delle carrarecce. Era così assorta che non diede ascolto al collega e continuò a esaminare la mappa.

«Pronto? Parlo con te!»

Maia alzò gli occhi.

«Scusa, ero intenta a cercare la strada. Dicevi?»

«Mo mi tocca ripetere daccapo. Ho detto che se diamo retta a quella squilibrata, chissà dove andiamo a finire.»

«Giovanna sarà anche schizofrenica, ma finora ha sempre indovinato. Come spieghi il fatto che nel sogno ha visto il cartello di Inverigo?»

«L'ha letto sul giornale e le è rimasto *in t'a capa*, tutto qui. Mica possiamo seguire le visioni di una squilibrata, mo.»

«Invece secondo me, faremmo bene a tenerne conto, è pur sempre un aiuto.»

Durante il percorso i due rimasero in silenzio, ognuno assorto nei propri pensieri, sperando di arrivare il prima possibile.

«Ci siamo De Rosa! Svolta a destra, l'antenna dovrebbe essere su quella collina. Prendiamo la carrareccia che sale, è sterrata, ma sempre meglio di una mulattiera» lo esortò Maia, indicando con la mano.

Si inoltrarono lungo la strada campestre e la seguirono per un buon tratto, con Piras e altre due auto al seguito. Secondo Maia, che non distoglieva mai lo sguardo dalla mappa, erano già a un buon punto. A un tratto De Rosa fermò la vettura.

«C'è solo sta merda di strada? Sto catorcio non ce la può fare, ci vuole un gippone. E adesso?»

«Adesso si va a piedi, forza scendiamo.»

Maia fece cenno agli altri che non si poteva proseguire, si strinse nel giaccone e si mise in cammino, sollecitando De Rosa a darsi una mossa.

Diede un'altra occhiata alla cartina, la cella individuata da Esposito non doveva essere troppo lontana. Notò un sentiero sterrato che si inoltrava in una fitta boscaglia e pensò fosse meglio seguire quello, piuttosto che proseguire lungo la carrareccia.

Piras e De Rosa arrancavano imprecando contro la sua testardaggine. Piras a un certo punto si mise a sbraitare.

«Maia, aspettaci, non puoi andare avanti da sola, è troppo rischioso.»

«Siete troppo lenti, ogni minuto può essere fatale.»

I due si scambiarono uno sguardo di disapprovazione tentando di accelerare il passo, ma la salita era troppo impegnativa per le loro stazze.

De Rosa dovette sedersi su un sasso per riprendere fiato.

«Madonnina mia, chi me l'ha fatto fare di stare dietro a quella? Non sa neanche dove sta andando e, se tanto mi dà tanto, è un buco nell'acqua.»

Piras continuò a salire, sbuffava come un vecchio treno a vapore.

«Speriamo di no, perché sono sfinito e anch'io ho qualche dubbio. Ammesso che il nascondiglio sia in mezzo a sto bosco, come cavolo avrà fatto a portarci le vittime?»

«Meno male che qualcuno ragiona con la capa e non col culo» si spolmonò De Rosa cercando di tirarsi su.

Maia proseguì lungo il sentiero facendo attenzione alle radici sporgenti, per lei non era un problema affrontare la salita su un terreno impervio. Udì un urlo straziante e si fermò di scatto, estrasse l'arma e aggiustò la mano sull'impugnatura, si guardò intorno: nulla. Ebbe l'impressione che quel grido di dolore provenisse dai rami scheletrici. Anche la luce del sole sembrava snobbare quella boscaglia.

Si era alzato il vento. Maia si guardò le spalle e proseguì, aveva oramai distaccato i colleghi ed era sola. A un tratto avvertì un brivido lungo la schiena, il respiro divenne affannoso, si appoggiò con la fronte alla corteccia di un faggio.

Stava rischiando grosso e magari non ne valeva la pena, pensò riprendendo fiato, ma doveva andare avanti, per quelle donne, per suo padre, per se stessa.

Continuò a salire, aveva il viso e le mani graffiati dai rovi, i piedi ghiacciati nonostante lo sforzo, ma non si diede per vinta. A un tratto, come se qualcuno avesse scostato una tenda, si ritrovò fuori dal bosco, davanti a lei si dischiuse una radura. Piegò il torace in avanti e appoggiò le mani sulle cosce, respirò a fondo.

Avanzò cauta sul prato e proseguì lungo un sentiero tortuoso delimitato da alberi centenari.

Assomigliava al disegno di Giovanna!

Maia prese il foglio e lo analizzò. Dopo il sentiero, aveva disegnato una specie di cascina nascosta tra la macchia! Indietreggiò ai limiti del bosco per aspettare gli altri, e gridò il nome di De Rosa. Le rispose il rumore inquietante del silenzio.

Rimase qualche istante a riflettere. Dove potevano essere finiti? Poteva tornare indietro oppure lanciarsi dentro il buco dell'ignoto. Per fortuna le giunse la voce di Piras che stava per raggiungerla.

Maia attese anche De Rosa e, quando lo vide sbucare con il viso coperto di graffi e gli occhi stralunati, a stento trattenne un sogghigno.

«Tu sei fuori di cozza peggio di quella che sta dentro lo psichiatrico» grugnì De Rosa, quasi senza fiato.

Maia li esortò a continuare.

«Forza che ci siamo, avevo ragione, il disegno corrisponde. Se andiamo avanti per quel sentiero, ce lo troveremo di fronte.»

Proseguirono per qualche centinaio di metri, quando avvistarono un vialetto che conduceva a una cascina nascosta tra gli alberi.

Maia corse avanti e si bloccò di fronte a un portone di legno consunto, sembrava socchiuso. I battiti del cuore le rimbombarono nelle orecchie, quasi assordanti. Deglutì, respirando con calma. Fece cenno ai colleghi, ancora increduli, di seguirla, diede un calcio alla porta ed entrò con l'arma spianata, seguita dagli altri.

«Polizia, vieni fuori brutto bastardo!»

Maia ruotò su se stessa, reggendo la pistola puntata davanti a sé, con due mani.

Piras fece un rapido giro nella stanza.

«Quel figlio di puttana se l'è già data a gambe e ha lasciato qui il cellulare.»

Maia notò un tappeto sdrucito sollevato da un lato.

«Qui sotto c'è qualcosa, magari la quarta vittima, e forse è ancora viva.»

Con lo scarpone sollevò un lembo e scoprì una botola, la aprì e corse giù sulla ripida scaletta. Il buio la avvolse come vento gelido. Puntò il fascio della torcia. Avanzò di qualche passo.

Per Maia si trattava di un'altra partita con il destino e non poteva perderla: da un lato la voce della paura la esortava a tornare indietro, mentre dall'altro quella della sua coscienza a proseguire.

Si trovò di fronte a una porta con un catenaccio arrugginito, purtroppo chiuso con un lucchetto.

Maia rivolse la torcia verso la scaletta, Piras si era fermato sugli ultimi gradini, una mano attaccata ai pioli e l'altra a proteggere gli occhi.

Le parve di udire un flebile lamento, forse frutto della sua immaginazione, ma era sicura che la donna fosse ancora viva.

«Resisti, adesso ti tiriamo fuori!»

Poi si rivolse a Piras, urlando con tutto il fiato che aveva in corpo.

«Umberto, dammi qualcosa per rompere un lucchetto!»

«Prima abbassa quella luce, mi stai accecando. Dovrei avere una chiave a farfalla nel mio marsupio. Aspetta, eccola qua, adesso ci provo.»

Con un'abile mossa fece scattare la serratura e sganciò il catenaccio.

Maia aprì la porta e si addentrò nel buio. Il collega la seguì con la torcia.

Entrò con la pistola puntata in avanti, pronta a fare fuoco.

La puzza di sudore e di escrementi le provocò un conato di vomito. Al centro dello scantinato scorse una branda sulla quale giaceva una figura immobile. Maia si avvicinò. Il respiro si fece affannoso. La donna aveva le mani legate con del nastro adesivo, era quasi nuda e all'apparenza priva di vita. Appoggiò indice e medio sulla carotide, premette un po' finché non avvertì il battito.

«È ancora viva. Chiamate subito i soccorsi, serve un elicottero» urlò a Piras che le copriva le spalle.

«Okay, vado di sopra, qui il satellitare non prende.»

Uscendo, scorse un interruttore sulla parete e accese la luce.

«Madonnina mia, che orrore!» commentò De Rosa, rimanendo a distanza.

Maia lo freddò con lo sguardo.

«Se l'abbiamo salvata, è grazie a Giovanna.»

«No, è grazie a te. Per essere una pivella, sei più tosta di tutti quanti noi.»

«Dobbiamo fare in fretta, il polso è debole e respira a fatica» Maia corse di sopra a cercare Piras.

Scorse Umberto sul vialetto, ancora con il cellulare tra le mani.

«Allora quando arrivano i soccorsi?» domandò Maia con voce scossa.

«Ho allertato i rinforzi sanitari, sta arrivando un elicottero, tranquilla, si salverà.»

Maia si avvicinò a Piras e con gli occhi umidi cercò il suo sguardo.

Non appena Umberto la strinse in un abbraccio, lei si abbandonò a un pianto liberatorio.

SETTANTASETTE

«Ho fatto bene a fidarmi di Giovanna, ma tu non mi hai creduto. Se non fosse stato per Maia, a quest'ora quella poveretta sarebbe già cenere.»

Giada era corsa in questura, quando Anika l'aveva chiamata per darle la notizia e si era arrabbiata con lei per difendere la sua teoria.

La Miller, ancora scettica sul fatto che il disegno della paziente fosse stato decisivo, preferì non rovinare l'entusiasmo di Giada.

«La Parodi mi ha davvero stupito, altro che pivella. Piras mi ha detto che ha fatto tutto da sola, voleva salvare quella donna a ogni costo. Quel mentecatto aveva già preparato l'occorrente per il rogo, fuori dal casolare hanno trovato rami secchi che sarebbero serviti per bruciare la vittima.»

«È scappato poco prima che arrivassero?»

«Difficile dirlo, però la Parodi ha rilevato segni di sgommate recenti sul terreno. Secondo Piras, che di motori ci capisce qualcosa, potrebbero essere pneumatici di una moto da cross e Ricci ne possiede una.»

«L'avevo sotto gli occhi e non ho mai dubitato di lui! Proprio io che avevo stilato il profilo del killer! Come ho potuto essere tanto idiota?»

«No Giada, non devi sentirti in colpa, si è sempre comportato in modo corretto e il suo passato non destava sospetti. Ci ha preso per i fondelli in modo plateale, e se non fosse stato per quella telefonata a Giulio, l'avrebbe fatta franca.»

«Già! Del file cosa sappiamo?»

Anika spostò una ciocca di capelli dietro l'orecchio.

«Finora dall'analisi sul computer non è emerso nulla che possa scagionare Monique, ma nello stesso tempo, non ci sono elementi per ordinare un fermo.»

«Io sono ancora convinta che Monique sia complice.»

«L'ho creduto anch'io, però quella chiamata mi ha fatto riflettere. Potrebbe essere stato Omar a sostituire il fascicolo, magari per vendicarsi di lei.»

Giada mosse la testa da destra a sinistra più volte.

«E Giulio? Perché Omar voleva dei soldi?»

«Forse è stato lui ad affidargli il compito, e Ricci poi gli ha chiesto un compenso, ma adesso la priorità è catturarlo. La foto segnaletica è on line, abbiamo messo posti di blocco fino alla frontiera, allertato aeroporti e stazioni, ci sono volanti ovunque. Non ci sfuggirà.»

«Anika guarda che in moto non ci vuole molto a raggiungere la frontiera, soprattutto se conosce strade secondarie e se riesce a passarla…»

«Questo lo so, ma adesso con il problema degli immigrati clandestini ci sono più controlli e le frontiere incustodite vengono chiuse di notte. In ogni caso la foto è arrivata ovunque, non andrà lontano.»

«Lo spero. Non riesco ancora a credere che Omar abbia concepito un piano così folle.»

Anika prese il verbale del sopralluogo dalla scrivania.

«Se leggi questo, ti rendi conto di chi sia veramente. Al casolare, nella stanza di sopra, sono state rinvenute le foto delle vittime prima e dopo essere state strangolate, un video della violenza sulla Schiaffino, ritagli di giornale con gli articoli sulle indagini, gli abiti delle donne e perfino delle fotografie scattate durante i funerali. Un vero museo degli orrori.»

«Il classico altare dove il killer conserva i propri trofei, il simbolo della perversione e depravazione cui un essere umano può arrivare. Noi ci spremiamo il cervello per elaborare tutti i profili possibili, ma solo di fronte a un altare riusciamo a guardare dentro la testa di un demonio» sostenne Giada schiarendosi la voce.

Anika assentì con il capo e continuò a scorrere con gli occhi il verbale.

«E non è tutto. Alle pareti c'erano anche delle foto di Monique in atteggiamenti equivoci, senza dubbio fotomontaggi e, ciliegina sulla torta, una specie di libro intitolato *Il Fiore dell'Apocalisse*, con lo stesso simbolo in copertina. Forse si è ispirato a quello per mettere in piedi il suo piano.»

Giada sollevò le mani e congiunse i polpastrelli davanti al viso.

«Magari un trattato di esoterismo o qualcosa di simile. Si può dare un'occhiata?»

«Al momento è sotto sequestro, ma dopo, te lo farò avere.»

«Non vedo l'ora che lo arrestiate.»

Giada si alzò e prese a camminare, le mani dietro la schiena, una ad afferrare il braccio opposto.

Anika si era avvicinata alla finestra e osservava il via vai delle auto.

«Quando lo troveremo, il magistrato emetterà il fermo, non si può arrestare nessuno se non in flagranza di reato.»

«Cosa cambia? L'importante è sbatterlo dentro.»

SETTANTOTTO

De Rosa depose sulla scrivania della Miller il rapporto completo redatto in seguito, con le foto scattate da Maia.
«Stiamo tutti sulle spine, eh Dotto'?»
Anika si abbandonò sullo schienale.
«A quest'ora chissà dove sarà.»
De Rosa si appoggiò con disinvoltura alla sua scrivania e le sorrise.
«Non bisogna mollare, se no quello che ha fatto la pivella a che è servito?»
«A salvare una vita umana! Ma quel bastardo ne sa una più del diavolo.»
«Però per me l'hanno aiutato, forse Perrone gli ha detto di fare qualcosa e Omar voleva dei soldi per quello. Non può aver fatto tutto da solo!»
«Giulio c'è dentro fino al collo, ma Ricci non è affatto stupido, siamo stati noi a farci fregare come degli idioti.»
Anika prese il fascicolo e si avviò verso la porta.
«Sono dal capo, se ci saranno novità, chiamami subito.»
Quando De Rosa tornò nella sala, trovò Esposito con le mani tra i capelli e Piras seduto accanto a lui con gli occhi fissi su un documento.
«Che state a fare voi due, un complotto?»

Piras alzò lo sguardo verso il collega.

«Quale complotto, qui ci sta fondendo il cervello. Abbiamo scandagliato il pc della Picard, senza cavarci un ragno dal buco. Anche i nostri maghi informatici non ci hanno capito niente.»

«Vuoi dire che è stata lei a scrivere quelle castronerie?»

Gli rispose Piras che si era alzato e camminava avanti e indietro con lo sguardo al pavimento.

«A quanto sembra sì, non c'è traccia di intrusione o forse non siamo in grado di capirlo, ma se le cose stanno così, si mette male per quella incantatrice.»

Esposito picchiò un pugno sulla scrivania.

«Maledizione, ci ho perso una notte intera su sta roba.»

De Rosa si sedette cavalcioni su una sedia accanto a lui.

«Espo', che te ne frega se quella strega è colpevole?»

«Io non ne sono convinto, devo verificare ancora prima di abdicare.»

«Abdiche?»

Esposito alzò il tono della voce.

«Mollare, così ti è chiaro?»

«E che è? Ti ha morso una tarantola? Era per scherzare, ma non è giornata.»

Piras si sedette sulla punta della sedia e prese ad accarezzarsi il mento con il pollice e l'indice.

«Sono d'accordo con Esposito, la Picard sta sulle balle anche a me, ma prima di informare il pm, bisogna essere sicuri. Non c'è niente di certo in tutta questa storia, non è detto che il fascicolo trovato nel cassetto sia stato scritto e stampato da lei. Se teniamo conto della telefonata tra Perrone e Ricci, e consideriamo che Ilaria ha una storia con Giulio, è più probabile che lei abbia detto di aver trovato quel fascicolo e che sia complice degli altri due. Insomma potrebbe essersi inventata il fascicolo scrivendolo magari lei per sviare i sospetti sulla sorella.»

Esposito stava per replicare, quando squillò il telefono.

Dopo aver risposto, coprì la cornetta e fissò i colleghi con gli occhi sbarrati.

«Un testimone afferma di aver riconosciuto l'uomo della foto» disse sottovoce.

I due scattarono in piedi, sebbene non sentissero quello che stava dicendo la persona all'altro capo del filo, erano tutt'orecchi.

«La Miller al momento è fuori sede, ma può dire a me, anch'io sto seguendo le indagini.»

Ammutolì e alzò le sopracciglia.

«Se insiste provo a contattarla, ma mi dica almeno chi è lei e da dove sta chiamando.»

Rimase in attesa.

«D'accordo, la faccio richiamare subito.»

Riattaccò e storse la bocca.

«Questo tipo vuole parlare solo con la Miller, spero non sia una trappola. Se davvero ha riconosciuto il killer, perché fa tutte queste storie? De Rosa, chiama il capo.»

Piras rifletté un istante.

«Forse vuole un po' di gloria.»

Esposito si strinse nelle spalle.

De Rosa nel frattempo aveva inviato un messaggio urgente su WhatsApp, come gli aveva chiesto.

«La Miller non risponde, è dal commissario capo, non l'avrà sentito.»

Piras scosse la testa, poi guardò Esposito.

«Ti ha detto almeno dov'è questo tipo, mica sarà un altro svitato?»

«Fa il cameriere in un albergo a Bizzarone. Conosco quelle parti e il nome del locale non mi è nuovo. Verifico subito.»
«E dove sta?» domandò De Rosa stranito.
«Al confine svizzero.»
«Bingo!»
Piras scosse la testa.
«Bingo un cavolo, quello sarà già dall'altra parte. Dobbiamo andarci noi. De Rosa, prendi la giacca e tu Esposito trova la Miller.»
«Ma ti ha dato di volta il cervello?» protestò Esposito.
«Era uno scherzo! Però, anche se è una trappola, non possiamo perdere tempo.»
«Sta arrivando la Miller, ci vuole tutti di là» strillò De Rosa, con gli occhi incollati allo smartphone.
Anika per prima cosa richiamò l'informatore e si fece spiegare cosa aveva visto. Il cameriere le disse che era sicuro si trattasse del killer e che purtroppo però era già scappato. Anika era d'accordo con Piras sul fatto che si potesse anche trattare di un millantatore, ma coordinò con il pm l'intervento tempestivo della polizia di frontiera, delegando il commissario capo Scalìa a svolgere le sue funzioni.

Parcheggiò la volante di fronte all'albergo e uscì, mentre i due agenti rimasero ad attendere fuori. Quando Scalìa entrò nel bar, un giovane uomo gli andò incontro, gli strinse la mano con presa ferma e gli indicò un tavolo, chiedendogli se gradiva un caffè.
Scalìa declinò l'invito e gli mostrò la foto dell'indagato.
«È questo l'uomo che ha visto?»
«Sì, sono sicuro, è lui.»
«Quando è arrivato, lei dov'era?»

«Io non ero di turno ieri pomeriggio, il titolare mi ha detto che è venuto a piedi, ha chiesto una camera, non aveva niente con sé, nemmeno una borsa, ma capita. Ieri sera è sceso a mangiare, ha preso una cotoletta e una birra e poi è risalito. In quel momento ero impegnato e non ci ho fatto caso, ma stamattina quando ho visto la foto sul giornale, ho capito che era proprio il killer, così ho telefonato subito! Però quando siamo saliti, in camera non c'era più nessuno. Avrà visto il telegiornale ed è scappato di notte, ma non credo possa andare lontano, perché zoppicava.»

Scalìa scosse la testa.

«A noi risulta che il sospettato fosse in fuga con una moto, ma voi non l'avete vista, giusto?»

Il giovane si strofinò il collo.

«Che sappia io no, almeno qui nel parcheggio non ho visto nessuna moto.»

«Quindi deve averla lasciata da qualche parte, forse per non dare nell'occhio, anche se mi sembra strano che sia venuto in albergo. Deve esserci una ragione.»

Il cameriere si batté una mano sulla fronte.

«Certo, come ho fatto a non pensarci! Un po' più avanti c'è un meccanico, magari si è fermato da noi perché la moto era guasta.»

Il commissario si stropicciò un occhio e alzò le sopracciglia.

«Certo, non fa una grinza. Mi sa che lei ha sbagliato mestiere! Mi accompagni nella sua camera adesso, devo verificare se ha lasciato qualcosa» affermò dandogli una pacca sulla spalla.

Il meccanico confermò che nel tardo pomeriggio del giorno precedente un uomo gli aveva portato la moto perché continuava a spegnersi.

«Ha già dato un'occhiata?»

«Sì commissario, adesso è a posto, erano le candele ossidate. Se avessi saputo che era il ricercato, vi avrei chiamato subito, ma al momento non ci ho fatto caso e non avevo ancora visto la fotografia. Adesso dov'è quel maledetto?»

«Purtroppo è scappato dall'albergo, ma lo prenderemo.»

Scalìa lo ringraziò e informò subito la Miller, insieme concordarono di utilizzare tutte le risorse disponibili per catturarlo, sperando che il problema al piede giocasse a loro favore.

La mattina successiva alla liberazione della donna rapita, quando Giada entrò nella stanza di Giovanna per salutarla, lei sulle prime non la degnò di uno sguardo.

«Sono mesi che non vieni a trovarmi, ti sei dimenticata di me?» le disse in tono risentito.

«Guarda che sono passati forse dieci giorni, sono stata in coma e tu dovresti saperlo.»

Giada si sedette sul letto, sorridendole.

«Certo cara, lo so dove sei stata, io ti ho vista, hai fatto una bella cosa mentre dormivi, però adesso devi stare attenta, perché non è finita.»

Giada sottrasse la mano dalla stretta di Giovanna.

«Mi stai spaventando.»

«Non sto parlando del caso, ma di te. Tu sei in pericolo, qualcuno vuole farti del male» sussurrò mettendosi a sedere.

«Tranquilla, non ho più ricevuto telefonate e sto bene. Adesso devo andare dagli altri pazienti. Ci vediamo domani.»

Giada sgusciò nel corridoio con l'eco di quelle parole, «sei in pericolo», ma forse era solo frutto della suggestione o retaggio della sua breve esperienza extracorporea che aveva cambiato qualcosa dentro di lei.

Dopo una lunga giornata si sentiva svuotata e fisicamente prostrata, avvertiva i muscoli indolenziti come dopo una corsa e percepiva i brividi lungo la schiena. Quando rientrò a casa, si concesse un bagno caldo. Rimase immersa nell'acqua profumata di gelsomino, osservando la fiamma delle candele accese sul bordo della vasca, tra musica soffusa e incensi aromatici.

Quella sera Samanta era da suo padre, mentre Lorenzo era impegnato nella presentazione di un libro e lei non vedeva l'ora di rimanere sola con se stessa. Dopo il suo ritorno dall'ospedale, lui non l'aveva lasciata un attimo, sempre premuroso e amorevole, forse troppo per il suo modo d'essere. Giada, sebbene riconoscente per tutto quello che aveva fatto, si era sentita come soffocare e gli aveva chiesto un po' di spazio.

Lorenzo, per evitare l'ennesima discussione, non si era permesso di contraddirla, la amava, ma si stava rendendo conto di quando fosse complicato il loro rapporto, e dopo l'incidente, forse impossibile.

Quasi sommersa dalla schiuma profumata, Giada stava navigando verso lidi sconosciuti, quando il fastidioso squillo del cellulare la riaccompagnò in modo brusco alla realtà.

Tolse il braccio dall'acqua, passò la mano incerta sullo schermo e rispose con tono sicuro.

«Pronto!»

Stava per riagganciare quando udì la voce di un uomo, ma in quel momento sentì che parlava di Giovanna. Era un infermiere della clinica, le disse che la sua paziente si era aggravata nelle ultime ore.

«Non può essere, stamattina stava benissimo» reagì mettendosi seduta.

«Purtroppo ha avuto un attacco cardiaco, la stiamo portando all'unità intensiva coronarica del San Matteo, a Pavia, ma ha chiesto di lei, vuole vederla. Vada direttamente al reparto, entrando dalla porta laterale. Deve fare in fretta dottoressa, potrebbe...»

«Vedo di fare il prima possibile.»

C'era una luce accecante, Giada si coprì gli occhi con entrambe le mani, ma il bagliore filtrava attraverso le dita e la testa pulsava.

Una voce pronunciò il suo nome, una voce lontana, come se provenisse da un'altra dimensione.

«Ciao Giada.»

Il suo nome risuonò tra le pareti di quel luogo estraneo, angusto, e le parve di conoscerla. Chi la chiamava? Suo padre forse? Allora era morta anche lei. Ecco perché la luce era così accecante.

«Benvenuta all'inferno» le disse l'uomo chino su di lei.

Giada allontanò le mani dal viso e tentò di mettere a fuoco.

«Chi sei? Cosa vuoi da me?»

Il volto era a pochi centimetri, eppure lo vedeva sfocato. Il tipo puzzava di sudore, un odore penetrante, e il suo alito sapeva di cipolla. Giada ebbe un conato di vomito.

Girò la testa da un lato e si guardò meglio intorno. C'erano delle apparecchiature mediche, sembrava l'interno di un'ambulanza. La nebbia di colpo si dissolse e nella mente si aprì un varco.

«Dov'è Giovanna?» chiese.

L'uomo rise in modo sguaiato.

«Dorme tranquilla nella sua camera e tra un po' anche tu cadrai in un sonno profondo.»

Giada si portò le mani sugli occhi, d'improvviso ricordò tutto.

Quando era arrivata in ospedale, era entrata dalla porta laterale come le era stato detto, ma prima di mettere piede in reparto, era stata aggredita con un colpo alla testa. Rammentò un dolore sordo e poi più nulla.

«Lasciami andare, io non ti ho fatto niente. Cosa vuoi da me?» urlò tentando di muoversi.

«Tu mi hai rovinato la vita, brutta stronza, e adesso è venuto il momento di pagare. Credevi di farla franca eh? Sei proprio stupida, dottoressa.»

«Tu sei un figlio di…»

Una mano guantata le tappò la bocca, mentre un'altra la teneva ferma.

Giada rivide quel giorno in ospedale, quando lei e la sua équipe avevano disposto il trattamento sanitario obbligatorio al dottor Perrone, che aveva gravi problemi psichiatrici.

«Adesso dormirai come un angioletto» le sussurrò levando la mano dalla bocca.

Giada lo fissò, dai suoi occhi traspariva il piacere della vendetta.

Vide Giulio sollevare un braccio lentamente, nella mano destra aveva una siringa.

Fece appena in tempo a pronunciare il nome di Samanta.

SETTANTANOVE

Subito dopo aver parlato con il meccanico, Scalìa era salito a bordo della volante con l'intenzione di perlustrare la zona attorno al paese, soprattutto le strade che conducevano ai boschi. Se Ricci stava scappando a piedi, con il problema alla caviglia, non sarebbe andato lontano.

Proprio in quel momento un agente gli comunicò via radio che verso le sette della mattina un uomo anziano aveva visto il fuggitivo in via Boschi, una strada alla periferia che conduceva nella zona silvestre. Il commissario lanciò un'occhiata all'orologio digitale: le nove passate. In due ore, anche con un piede dolorante, forse era già lontano, magari oltre il confine.

Interpellò i colleghi del corpo forestale invitandoli a coordinarsi con gli agenti nell'attività di perlustrazione, ricorrendo anche agli elicotteri. Aggiornò infine la Miller sugli ultimi avvenimenti, rassicurandola che stavano facendo l'impossibile per fermare quel malvivente. Per lui si trattava di un'immane responsabilità: in tutta la sua carriera non gli era mai capitato di inseguire un serial killer.

La Miller, in quelle ore decisive, era sempre in riunione con il capo e il pm per seguire l'evoluzione delle operazioni e concordare l'intervento di una squadra, nel caso in cui la polizia locale non fosse riuscita a fermare Ricci entro sera.

Quel giorno neppure De Rosa aveva voglia di scherzare, negli uffici il tempo sembrava sospeso e l'ansia dell'attesa aveva cristallizzato ogni conversazione al di fuori delle comunicazioni di servizio.

Allo squillare del telefono tutti sobbalzarono, ma nessuno sembrava voler rispondere per primo, quasi a scongiurare una notizia sgradita. Dopo un numero infinito di trilli, Esposito sollevò la cornetta con esitazione.

«Cristo santo, anche questa adesso. Ma è sicuro? Quando è successo?» domandò con voce agitata. I colleghi si erano avvicinati a lui e lo fissavano trepidanti, come bimbi che aspettano un premio o un castigo.

«Avviso subito la Miller, ma lei dovrebbe venire da noi prima possibile.» Abbassò il ricevitore e sospirò portandosi le mani sul viso.

Maia stava mostrando alla Miller, incrociata nel corridoio, la lettera della Commissione per le Ricompense di Roma che aveva accettato la richiesta del questore, promuovendola per merito straordinario dimostrato nella missione al casolare di Ricci.

Entrarono in ufficio proprio quando Esposito, senza alzare lo sguardo, sbottò.

«La Damonte è scomparsa, il suo fidanzato dice che a casa non c'è e nemmeno in clinica nessuno sa niente.»

«Giada è scomparsa? No!» Maia si accasciò su una sedia lasciando cadere le braccia.

«Prima di dare in escandescenze, sarà meglio fare un giro di telefonate. Ieri pomeriggio era tranquilla, non può essere sparita dalla sera alla mattina» esordì la Miller in tono deciso.

«Lorenzo ha già telefonato dappertutto e comunque gli ho detto di venire.»

«Perfetto Esposito, io intanto tento di capirci qualcosa.»

Se ne andò senza aggiungere altro. Piras e De Rosa si scambiarono un'occhiata dubbiosa, mentre Maia la rincorse.
«Commissario, aspetti.»
Anika si girò e annuì con un sorriso.

«Dottore, abbiamo avvistato la figura di un uomo nella boscaglia, zoppica vistosamente. Credo si tratti del vostro sospettato, anche perché solo un pazzo si addentrerebbe in quella macchia.»
Scalìa era in continuo contatto radio sia con gli agenti, sia con l'elicottero della forestale che stava sorvolando la zona.
«Bene, adesso non resta che prenderlo.»
«Stiamo trasmettendo le coordinate alle pattuglie, ci siamo quasi.»
Gli agenti, dopo aver ricevuto le indicazioni dall'elicottero, seguirono il sentiero che si inoltrava in una fitta vegetazione e conduceva al confine svizzero, a loro già noto in un precedente blitz per spaccio di droga. Procedettero di buon passo, affrontando senza esitazione rovi e radici sporgenti. Nonostante il vento sferzante e il terreno scivoloso, erano decisi a non farsi scappare quel criminale.
Il più giovane di loro e meno esperto, seguiva gli altri con estrema fatica.
«Muovi le chiappe, novellino, se no quello ci frega.»
«Merda, per poco non mi spacco un piede. Oggi dovevo stare con la mia ragazza, e per colpa di quel bastardo, ho saltato il turno di riposo» imprecò incespicando.
L'altro si fermò e gli tese una mano.
«Pensa che quel bastardo avrebbe potuto rapire un'altra donna giù in paese, magari la tua, invece di scappare! È molto

meglio essere qui a sputare sangue, no? Forza adesso, il punto dove lo hanno visto è ancora più su.»

Il giovane agente cercò di allungare il passo senza replicare.

Dopo quasi mezz'ora di salita sul terreno che si faceva sempre più impervio, anche gli altri agenti si fermarono un attimo a prendere fiato.

«Come cavolo avrà fatto a venire fin qui se ha un piede malandato» sbuffò quello che guidava la squadra.

«Quando uno sta scappando, la trova la forza, quella della disperazione!» soggiunse un altro che lo seguiva a breve distanza.

«Deve pagare per quello che ha fatto. Se lo prendo, lo ammazzo con le mie mani.»

Proseguirono ancora senza una parola, esausti e con il fiato corto, quando scorsero la sagoma di un uomo.

Il sovrintendente si bloccò e con un gesto fece segno ai suoi di accucciarsi e di non fare rumore.

Rimasero fermi qualche istante. Attorno a loro solo le urla sinistre delle cornacchie che volavano in tondo, come per scacciare un intruso dal loro territorio.

Deve essersi fermato quel maledetto, è il momento, pensò l'agente.

Con un cenno del capo ordinò agli altri di seguirlo lentamente, fino all'istante in cui lo avvistò dietro un cespuglio.

«Alt, polizia» gli intimò.

Ricci, preso dal panico, tentò di fuggire, nonostante la caviglia gonfia, ma in quel momento l'agente più giovane aveva guadagnato terreno e lo raggiunse.

Ricci urlò frasi senza senso, gli sputò in faccia e tirò fuori un coltello dalla tasca e stava per colpirlo, ma il poliziotto gli piantò un pugno sul naso facendolo sanguinare.

«Maledetto criminale, figlio di puttana, adesso ti uccido come un verme!»

«Lascia perdere ragazzo, non ne vale la pena» sostenne il più anziano, bloccandolo alle spalle. Lo ammanettò con soddisfazione e avvertì il commissario.

«Dottore, ce l'abbiamo!»

«Ottimo lavoro, ragazzi!» esultò Scalìa in preda all'eccitazione.

Subito dopo, senza perdere neppure un secondo, compose il numero della Miller che si congratulò per l'esito dell'operazione.

«Complimenti ai suoi uomini. È la fine di un incubo.»

OTTANTA

Anche il pm era soddisfatto del lavoro svolto dalla polizia di frontiera e non vedeva l'ora di avere tra le mani quel maledetto assassino. Dati gli indizi di colpevolezza, aveva già provveduto a richiedere la convalida del fermo al Gip, il quale avrebbe poi ordinato l'applicazione di una misura cautelare.

Nel frattempo si era già messa in moto la macchina per scovare Perrone, il complice di Ricci, e procedere al suo arresto.

Nonostante il successo della missione a Bizzarone, nessuno aveva esultato più di tanto per la cattura di Ricci. Con la scomparsa di Giada, l'atmosfera era ancora di ghiaccio.

Anika aveva ricevuto Lorenzo nel suo ufficio, cercando di farlo sentire il più possibile a suo agio e aveva chiesto a Maia di rimanere con lei.

«Quando l'ha vista l'ultima volta?»

Lorenzo, seduto sul bordo della sedia, giocherellava con una penna e continuava a scostare un ciuffo di capelli dalla fronte.

«L'altra sera avevo dormito da lei, ma ieri ha preferito rimanere sola. Io avevo un impegno in università, così non ci siamo visti. Sono disperato, anche quando è caduta dalla scala io non ero presente.»

«Giada era per caso depressa o aveva notato qualcosa di strano in lei?»

«Non direi, piuttosto era preoccupata per quelle continue telefonate.»

«Quando sei andato a casa sua stamattina, hai parlato con qualche vicino? Magari qualcuno l'ha vista uscire» intervenne Maia, sedendosi accanto a Lorenzo.

«La sua casa è isolata, non ho visto nessuno, ma ha portato con sé le sue cose personali e la macchina non c'era. Non so cosa sia successo.»

Anika assentì.

La versione di Lorenzo non faceva una grinza, in effetti quando erano stati a casa di Giada, non avevano trovato nulla e tutto faceva pensare che lei fosse uscita di sua volontà. Aveva portato con sé i suoi effetti personali, e anche l'auto. Purtroppo non era stato possibile rintracciare la posizione perché il cellulare era spento.

«Lei ha idea se qualcuno ce l'aveva con Giada, magari per un torto subito in passato?»

«Che sappia io, no.»

Maia, in piedi accanto alla finestra, osservò Lorenzo con la coda dell'occhio, era pallido, con due ombre scure sotto gli occhi, senza dubbio aveva pianto. Voleva sapere qualcosa di più del loro rapporto.

«Scusa la domanda un po' invadente, ma con Giada va tutto bene?»

Lorenzo sgranò gli occhi.

«Certo che sì, perché me lo chiedi? Non penserai che è andata via per causa mia?»

«Non intendevo questo, ma a volte una donna ha bisogno di prendersi delle pause, può capitare, soprattutto dopo quello che ha passato» si giustificò Maia.

«Giada non farebbe mai una cosa simile, soprattutto non lascerebbe mai sua figlia.»

Anika, seduta sul divanetto, ascoltava con la testa reclinata da un lato.

«In clinica non c'era stamattina e nemmeno al centro, abbiamo verificato, l'unica cosa certa è che non è stata rapita da casa, sempre che si tratti di sequestro.»

«Io però verificherei di persona alla clinica, magari Giada ci è andata e poi è successo qualcosa, o qualcuno l'ha vista» ipotizzò Maia alzandosi di botto.

Lorenzo assentì con un cenno, passandosi i palmi delle mani sui pantaloni.

«Non è una cattiva idea, allora sarà meglio che tu ci vada subito, intanto noi tentiamo ancora di rintracciare il cellulare» terminò Anika, stringendo la mano a Lorenzo.

«Non si è vista oggi, io sono sempre qui la mattina, quando arriva mi saluta con un sorriso e, se non è di fretta, si ferma a scambiare due parole. È una persona splendida, sempre disponibile e gentile anche con il personale, insomma non è una che se la tira» disse l'infermiere addetto alla reception, annegando nel verde dei suoi occhi.

«Oggi avrebbe dovuto essere in clinica?» domandò Maia arrossendo.

«Non conosco i suoi impegni, la mattina di solito è presente» constatò allargando le braccia.

«Non sa dirmi se ieri sera qualcuno l'ha vista entrare?»

«Il collega del turno di notte non mi ha detto niente quando ci siamo incrociati, però lei non viene mai la sera, a meno che non ci sia qualche emergenza, e che sappia io, non è successo niente di strano, a parte la solita svitata che ha chiesto di lei, ma lo fa sempre.»

«E chi sarebbe la svitata?»

«La chiamano Giovanna, il cognome non lo so. Può andare da lei, ma non le sarà di aiuto, e poi è appena stata sedata, perché dava in escandescenze.»

Maia salì al reparto dove era ricoverata Giovanna, sperando di avere fortuna.

Appena entrò in camera, Giovanna non le diede il tempo di esprimersi.

«Dovete fare presto, Giada è in pericolo» mormorò con sforzo.

Maia la fissò con gli occhi spalancati e la fronte corrugata.

«In che senso? Lei come fa a saperlo?»

«È stata rapita e… adesso… lui vuole…» farfugliò Giovanna, prima di cadere in un sonno profondo.

OTTANTUNO

Il pm fece cenno all'agente di sorveglianza di far entrare il sospettato e di togliergli le manette.

Scalìa, con altri due agenti, l'avevano consegnato di persona in questura al commissario. Durante il percorso, l'assassino, colto da brusche crisi di nervi, aveva urlato frasi sconnesse, asserendo di essere Dio e minacciandoli di una brutta fine.

Anika diede un'occhiata al difensore d'ufficio, un tipo esile con la barba incolta e i peli che spuntavano dalle orecchie. L'avvocato stava guardando Giuliani oltre la montatura degli occhiali.

Omar si sedette, accavallò una gamba sull'altra, si strofinò i polsi e lanciò un'occhiata di sfida al giudice, seduto di fronte a lui, squadrandolo dalla testa ai piedi. Dopo avergli contestato i fatti per cui si procedeva e gli elementi di prova a suo carico, la Miller gli enunciò le facoltà delle quali poteva avvalersi, come il diritto di non rispondere.

Il pm, dopo aver appurato le generalità dell'imputato, diede inizio all'interrogatorio, mentre l'agente provvedeva a verbalizzare.

«Signor Ricci, le piace il suo lavoro?»

«Sì perché?» rispose grattandosi un orecchio.

«Da quanti anni lavora al Namasté?»

«Boh.»
«Come fa a non ricordarlo?»
«Ho perso la memoria.»
Ricci sbatté le palpebre.
«Senta, non siamo qui per divertirci, ha intenzione di collaborare?» domandò fissandolo dritto negli occhi.
Omar aggrottò la fronte.
Anika intuì che il pm si stava innervosendo.
«Nel suo casolare abbiamo trovato gli abiti delle vittime, le foto e addirittura un video da lei girato mentre violentava la Schiaffino.»
«Io non l'ho violentata.»
Giuliani lo scrutò a fondo, quasi volesse addentrarsi nella sua mente.
«L'uomo nel video è lei.»
«Ho fatto l'amore con Melissa, ma senza violenza.»
«Prima l'ha violentata e poi l'ha strangolata, giusto?» s'intromise la Miller, seduta accanto a lui.
Ricci deglutì e girò la testa dalla parte opposta, fissando la parete della stanza.
«Vuole qualcosa da bere?»
«Sì, una birra ghiacciata.»
Anika fece cenno a un agente di prendere la birra. Anche questo faceva parte della sua strategia.
Per qualche istante calò il silenzio, fino al momento in cui l'agente rientrò con la bevanda.
Omar la bevve d'un fiato e subito dopo ruttò in modo fragoroso.
Il pm riprese con una domanda diretta.
«Allora signor Ricci, adesso che si è dissetato, vuole dirci perché ha ucciso quelle donne?»
Silenzio.

«Non le sto chiedendo se le ha uccise, questo lo so già, ma la ragione.»

Ricci appoggiò i gomiti sul tavolo e fissò gli occhi grigi del pm per istanti interminabili.

«Non ho ucciso quelle donne» replicò portando una mano sull'addome.

«Abbiamo le prove, ma le sto dando la possibilità di spiegare i motivi che l'hanno indotta a commettere il reato.»

«Vorrei conferire con il mio assistito da solo» intervenne l'avvocato in tono fermo.

Anika e il dottor Giuliani uscirono dalla sala.

La Miller si appoggiò con la schiena al muro del corridoio e sospirò.

«Nervosa?» le domandò il pm.

«Sono in ansia per la Damonte, non capisco che fine abbia fatto. Speriamo almeno che questo bastardo si decida a confessare.»

«Gli conviene» sostenne il magistrato, togliendosi gli occhiali.

«I serial killer spesso lo fanno per rivivere a parole il piacere provato nel momento dell'omicidio.»

«È ben informata.»

«Mi sono documentata.»

In quel momento l'agente li richiamò nella stanza.

«Allora, cosa ha deciso?» reclamò il pm, fissandolo con le braccia conserte.

Ricci ridacchiò in modo isterico.

«La diverte tanto essere imputato di omicidio?»

«Mi diverto a guardare le vostre facce da sbirri. Non avete capito niente di me, ma ho deciso di rivelare la mia missione che purtroppo è rimasta incompiuta.»

«Per fortuna!» esclamò la Miller.

Ricci iniziò a battere con il piede destro sul pavimento.

«No! Non è così, lei è l'unica a essere ancora impura, le altre tre si sono salvate, perché io le ho liberate dai loro peccati. Loro erano peccatrici e dovevano pagare, così io ho deciso di farle rinascere a nuova vita, perché io decido chi vive e chi muore, io sono Dio» scandì con enfasi gesticolando in modo vistoso.

La Miller stette al gioco.

«Quali erano i loro peccati?»

«Erano delle puttane, come mia madre, ecco perché le ho salvate, loro erano uguali a quella troia che mi ha messo al mondo, uguali fisicamente e non solo.»

«Sua madre le ha fatto del male?»

«Sì, quella puttana non si curava di me, mi chiudeva in uno stanzino e lei se la godeva. Adesso mi sono vendicato, anche se non del tutto.»

«Con quale criterio ha scelto le donne da "salvare"?» continuò la Miller, assecondandolo nella sua follia.

«Non è tenuto a rispondere» lo avvertì l'avvocato.

Ricci non lo degnò di alcuna considerazione e prese a parlare con foga.

«Quelle rosse di capelli come lei, le prime due erano del centro, l'altra no, però la conoscevo. La quarta invece l'ho trovata per caso sulla strada, era una puttana di mestiere, ma non doveva essere lei la Numero Quattro. Io avevo già predisposto tutto, ma poi ho avuto un colpo di fortuna e ho pensato che poteva andare bene anche una troia.»

«Perché sulle vittime ha lasciato sempre un medaglione con i petali colorati?»

«Vada a leggere un trattato di filosofia esoterica, così troverà la risposta.»

La Miller proseguì al ritmo di un martello pneumatico, voleva sfiancarlo.

«Cosa significa il medaglione che ha messo al collo delle vittime?» insistette, indifferente alla sua presa in giro.

«Il Fiore dell'Apocalisse è il simbolo della perfezione, il rifiorire della vita, della purezza. L'ho messo sul loro corpo solo quando sono passate nell'altra vita, perché prima di espiare i loro peccati l'avrebbero contaminato.»

«Come faceva a conoscere il simbolo?»

«Per chi ha mi ha preso? Io sono uno studioso di filosofia e voi piedipiatti siete troppo stupidi per capire.»

Anika sentì un nodo stringerle la gola.

«Chi le ha dato i medaglioni?»

«Ce ne sono tanti al centro. Ne vuole uno anche lei?»

«Qualcuno sapeva del suo piano?»

«No, la mia era una missione segreta.»

La Miller lo incalzò.

«È sicuro? Perché a noi risulta che una persona lo conosceva bene, anzi forse è stata sua complice.»

Omar si tamponò la fronte con un fazzoletto.

«È solo un trucco, voi sbirri li usate spesso, ma io non ci sto al vostro gioco del cazzo.»

Il pm lanciò un'occhiata al commissario e riprese in mano l'interrogatorio.

«Non è un scappatoia e queste carte ne sono la prova» picchiettò con il dito indice sul fascicolo «da teoria che sta dietro ai delitti, non è opera sua, lei è la mano, ma noi sappiamo chi è la mente.»

Anika vide il volto di Ricci diventare paonazzo, i suoi occhi erano ebbri di collera.

«Dove avete trovato quei fogli?» strillò sputando quasi in faccia a Giuliani.

«Perché si scalda tanto?»

«Mi deve dire dove li ha presi» ribadì Omar con tono deciso.

Il pm finse di sfogliare i documenti con aria da gnorri.

«Altrimenti?»

«Mi sta prendendo per il culo.»

Notò un guizzo negli occhi dell'imputato.

«Prima di tutto moderi i termini. Lei sa benissimo chi ha scritto queste frasi, ma sta coprendo qualcuno a cui tiene molto.»

«Non ha capito un cazzo, prima di tutto si tratta di teorie filosofiche e poi io non tengo a nessuno.»

«A noi risulta che lei abbia un debole per la Picard, per questo la sta coprendo. È lei la mente del suo piano» asserì il pm.

Omar picchiò un pugno sul tavolo, facendo cadere un bicchiere di acqua, per fortuna di plastica.

«Monique la mente? Che stronzate. Un tempo mi piaceva, ma lei mi ha rifiutato e così non l'ho più cagata, ecco tutto. Però, quella non avrebbe mai potuto ideare una teoria così perfetta, solo io posso farlo, perché io sono Dio.»

Il pm bevve un sorso d'acqua e cercò con lo sguardo l'avvocato che stava smanettando sullo smartphone.

«Si sta arrampicando sugli specchi. Siamo in possesso di alcuni documenti che qualcuno ha trovato nell'ufficio della Picard» lo imbeccò il magistrato.

«Che razza di idioti, non avete pensato che siano stati messi apposta» Ricci ghignò in modo sprezzante.

«Lei sa anche chi è stato, vero?»

«Fareste meglio a pulire i cessi! Solo io potevo entrare nel suo pc. Ho forzato la password che nessuno conosceva e quando ho trovato il file con i dati segreti, l'ho modificato con il mio, poi l'ho stampato e sostituito a quello che Monique aveva nel cassetto, tutto qui, un gioco da ragazzi per uno come me.»

Ricci emise un suono volgare, soffiando con la lingua fuori dalle labbra serrate.

La Miller frugò nella tasca della giacca, estrasse un cioccolatino, lo scartò con foga e lo divorò.

«Voleva far cadere i sospetti sulla Picard per vendicarsi?»

L'avvocato d'improvviso smise di giocare con il telefono.

«Queste domande non sono pertinenti al reato di cui è accusato il mio cliente» irruppe.

«Nessuno lo costringe» controbatté il magistrato, posando gli occhiali sul tavolo.

Ricci scoppiò in una tonante risata.

«Sì, in un certo senso, ma non è stata una mia idea, mi ha tirato dentro quello scemo di Giulio, sul momento gli ho detto che non ci stavo, poi però ci ho ripensato.»

«Che interesse aveva il dottor Perrone a sostituire il fascicolo della Picard?»

«Ma che razza di sbirri siete? E va bene, vi racconto come è andata, ma prima voglio una birra e una sigaretta, altrimenti nisba!»

Dopo un quarto d'ora di pausa, quando rientrarono nella stanza, la Miller prese posto dietro il tavolo. Stringeva tra le mani una tazza di tè fumante, gli occhi fissi sull'imputato, seduto a cavalcioni sula sedia, quasi fosse a un raduno tra amici.

Ricci espose come si erano svolti i fatti: Perrone aveva bisogno di un mago del computer per sostituire il file di Monique con un documento compromettente e lui aveva accettato per vendicarsi di lei. A muovere le fila però c'era Ilaria che si era servita di Perrone, facendogli credere di corrispondere il suo amore, ma secondo Ricci, l'aveva solo usato per il suo piano, per poi scaricarlo, però lui ci era cascato.

Ilaria voleva far ricadere i sospetti sulla sorellastra, per liberarsi della sua presenza e prendere decisioni senza il suo consenso, come quella di vendere il centro per pagare gli usurai che le avevano prestato i soldi quando l'aveva aperto e adesso la ricattavano.

Omar si appoggiò allo schienale della sedia con una specie di sorriso impresso sulle labbra.

La Miller per tutto il tempo aveva scrutato sul suo viso una sorta di appagamento, come se fosse lui a manipolare l'interrogatorio.

«Questo è stato il piano A, ma lei doveva prendere parte anche al piano B. Però si è tirato indietro. Che cosa prevedeva?»

Ricci alzò gli occhi al soffitto.

«Mai sentito» balbettò sfiorandosi la punta del naso.

«Sta mentendo. Nella telefonata lei ha chiesto dei soldi a Perrone, ma lui ha rifiutato.»

Omar guardò la porta.

«Tutte balle, non so niente di questa storia» sbottò con tono stridulo.

«Per oggi abbiamo finito, ma farebbe bene a raccontarci anche il resto. Ci rifletta, Ricci, la notte porta consiglio.»

Il magistrato fece cenno all'agente di rimettergli le manette e condurlo fuori, si alzò avviandosi verso l'uscita.

«Lei non viene commissario?» domandò girandosi verso Anika.

«Dobbiamo farlo parlare, il piano B potrebbe riguardare la Damonte. Perrone forse non è coinvolto con gli omicidi, ma nel rapimento di Giada, sospetto di sì.»

«Potrebbe essere, anche se non abbiamo nulla per dimostrarlo. Quindi si dia da fare a trovare quello psichiatra. Io chiedo il mandato al Gip anche per Ilaria Mancini.»

Appena fuori dalla questura, un manipolo di reporter li prese d'assalto. Una donna piazzò il microfono davanti alla bocca della Miller.

«È stato Ricci a uccidere le donne? Ha confessato?»

Il commissario spostò il microfono da un lato con stizza.

«Nessun commento.»

«Ma la gente deve sapere, sta aspettando di vederlo marcire in galera.»

«Ci sono le conferenza stampa e un ufficio apposito, abbiate pazienza.»

L'orda seguì la Miller e Giuliani fino alla fermata della metropolitana di Turati, poi si arrese.

OTTANTADUE

Maia lasciò scorrere l'acqua sul corpo per lavare via ogni tensione, ogni ansia e rimase lì per un tempo infinito. Si appoggiò con la fronte e le mani al vetro della cabina, in bilico tra sensazioni opposte.

Uscì gocciolante dalla doccia. Si avvolse nell'accappatoio, la schiena appoggiata al muro e lo sguardo fisso alle piastrelle.

«Maia, ti senti bene?»

La voce di Paolo la destò dalle sue nebbie mentali.

«Sì, tutto a posto, arrivo» rispose rialzandosi a fatica dal pavimento, il freddo le era penetrato nelle ossa.

Paolo andò in cucina e prese una bottiglia di prosecco dal frigorifero. Diede un'occhiata dalla finestra: sulla strada, lucida per la pioggia, si specchiavano i lampioni, la cui luce sembrava ingentilire le pozzanghere. D'improvviso un velo di malinconia rannuvolò la sua mente, si sentiva stanco e prostrato dai recenti avvenimenti, ma non era solo quello.

Quando andò in salotto, Maia era seduta sul divano con le gambe raccolte, la testa appoggiata alle ginocchia, i capelli ancora umidi. Le passò un calice di vino e si sedette accanto.

«Stai ancora pensando a Giada?»

Lei bevve un sorso e lo guardò.

«Non può essere sparita, ha una figlia, non la lascerebbe mai sola.»

«Questo è vero, ma tu la conosci da poco.»

«Giada non è solo la mia terapeuta, ma è una cara amica, le devo molto, e poi quando sono in sintonia con una persona, lo sento subito.»

Paolo bevve d'un sorso il suo spumante.

«Anche con me è stato così?»

Maia sollevò gli occhi al soffitto.

«Se tu non mi fossi andato a genio, non ci sarebbe stato nessun appuntamento, nessuna complicità, ma è diverso. Giada è un'amica, tu sei...» Maia ebbe un fremito.

«Sono cosa?»

Passò un dito sul bordo del bicchiere. «Qualcosa di più.»

Gli occhi di Paolo brillarono.

«Be', è consolante. Posso sapere quanto di più?»

«Non c'è un'unità di misura per queste cose, però insomma... non so come dirtelo.»

«In un corso di scrittura creativa che avevo seguito tempo fa, mi hanno insegnato che uno scrittore non deve dire, ma mostrare. Chiaro il concetto?»

Maia si girò verso di lui con un sopracciglio sollevato.

«Io non sono una scrittrice e non saprei come dimostrartelo.»

«Un modo ci sarebbe.»

«Quale?»

Paolo si inginocchiò davanti a lei.

«Vuoi sposarmi?»

Maia gli sorrise.

«Sei un ottimo attore, ma non ho voglia di scherzare stasera.»

«Non stavo scherzando» reagì amareggiato.

OTTANTATRÉ

Dopo una giornata come quella trascorsa, Anika aveva accettato l'invito di Mauro e si era concessa una cena di lusso, gustando ogni portata e bevendo un Sauvignon d'annata che non aveva tardato a mostrare il suo effetto. Mauro aveva perfino dovuto aiutarla a raggiungere la camera e, quando aveva toccato il letto, era crollata.

Si svegliò con il rimbombo della suoneria. Ancora addormentata, cercò con la mano il suo cellulare sul comodino, ma non lo trovò. Si guardò attorno sgomenta. Una stanza sconosciuta: mensole di ebano cariche di libri e dvd, di fronte al letto un mega schermo piatto occupava tutta la parete. Anika si guardò: era completamente vestita, con un trapuntino addosso.

Di nuovo il cellulare che squillava con insistenza.

Accanto al letto vide la sua borsa e le scarpe. Intanto il telefono aveva smesso di suonare. Pescò lo smartphone dalla tasca esterna della borsetta e guardò il display. Le dieci e trenta. Quattro chiamate perse del pm.

Sentì un brivido alla schiena. L'interrogatorio di Ricci l'aveva distrutta e adesso doveva mettersi sulle tracce di Perrone.

Scostò il piumino e si alzò.

Si guardò attorno prima di andarsene, il salotto di Mauro era arredato in stile minimal, un divano di pelle nera, un impianto Hi-Fi di ultima generazione, pareti nude e pile di libri ovunque. Chic, ma troppo tecnologico per i suoi gusti. Chissà perché l'altra volta non ci aveva fatto caso? Pensò osservando un biglietto che spuntava dalla tasca del giaccone appoggiato su una sedia.

«Ciao amore, non ti ho svegliato perché dormivi come un angelo. Ci sentiamo più tardi. Un bacio. Tuo Mauro»

Anika lo appallottolò con stizza.
Fuori pioveva forte mentre percorreva via Benedetto Marcello, il vento gelido le entrò nelle ossa, una sferzata di energia per la mente. Respirò a fondo l'odore dell'asfalto bagnato, passando nell'area pedonale. L'umido del terreno le restituì una sensazione di ripiegamento interiore, di ritorno ai momenti spensierati della sua infanzia.
Proseguì su via Vitruvio fino alla Stazione Centrale, brulicante di passanti, quando un ragazzo con gli occhi appiccicati allo smartphone e gli auricolari nelle orecchie, la urtò.
«Guarda dove metti i piedi. Ci è mancato poco che mi facevi cadere!» gli urlò dietro, mentre quello si allontanava indifferente.
Pensò alle sue figlie, anche loro facevano parte della generazione digitale. Sul piazzale accanto alla fermata della Linea Gialla, le solite bancarelle con stracci colorati, borse, anelli e bracciali. Di solito passava oltre e correva giù dalle scale per non perdere il treno, sempre in ritardo, come quella mattina, ma si avvicinò al primo senegalese. Lo sguardo fu catturato da un ciondolo etnico in legno colorato, non ne aveva mai visti prima d'ora, era davvero insolito. Pensò al medaglione del Namasté e il suo viso si rabbuiò.
L'ambulante lo appoggiò sul palmo della mano e le sorrise.

«Viene dal mio paese, fatto a mano, poi è rosso come i tuoi capelli. Sono solo cinque euro.»

Anika indugiò qualche istante, studiando il volto del ragazzo che sprizzava *joie de vivre*.

«Magari domani, adesso ho fretta.»

Il giovane mise il ciondolo in una bustina.

«Non voglio vendertelo per forza, ma non scappare via, si vede che sei triste. Posso aiutarti?»

Anika estrasse dieci euro dal portafogli.

«Lo prendo, tieni il resto.» Abbozzò una specie di sorriso, sistemò il pacchettino nella borsa e si allontanò.

Appena scese nella metro, suonò il cellulare. Di nuovo il pm.

Il magistrato la informò che aveva avuto un impegno improvviso e avrebbe incontrato Ricci nel primo pomeriggio in procura.

Uscì alla fermata di Turati, si fermò al bar d'angolo, tranguigiò un caffè al banco, indifferente alle battute del cameriere e affrettò il passo verso la questura.

Percorse il corridoio fino all'ascensore, lo sguardo basso, sperando di non incontrare colleghi di altre sezioni.

Prima di chiudersi nel suo ufficio, passò dai suoi.

«Novità su Perrone?»

Il silenzio, quasi fastidioso, era interrotto solo dal ticchettio di una tastiera. Esposito smise di digitare.

«Svanito nel nulla, ma io non mi arrendo.»

«Okay, tienimi informata.»

Prima di andarsene, sostò un istante con la mano sulla maniglia.

«Nel pomeriggio sono in procura, il pm vuole sentire ancora Ricci.»

Maia alzò lo sguardo dal computer, si passò una mano sulla fronte.

«Sarò anche una pivella, come dite voi, ma se il pm gli promettesse uno sconto sulla pena, Omar potrebbe aiutarci a prendere Giulio e magari anche a trovare Giada.»

«Sempre che sappia dov'è!»

«Per me ha ragione Maia, sa senz'altro qualcosa, e forse in cambio di qualche anno di galera in meno, potrebbe vuotare il sacco» sostenne Piras, senza alzare gli occhi dal fascicolo.

La Miller diede un'occhiata all'orologio.

«Se può funzionare, perché no?»

OTTANTAQUATTRO

Ricci, stravaccato sulla sedia, sbadigliò in modo fragoroso.

Il giovane agente che avrebbe messo a verbale le sue dichiarazioni scosse il capo e subito dopo guardò in direzione della porta.

«Buongiorno» disse la Miller senza rivolgere lo sguardo a nessuno dei presenti. Fece tre passi e buttò la borsa su una poltroncina, tolse il cappotto con un gesto brusco e lo appoggiò allo schienale.

Il pm le lanciò un'occhiata da sopra gli occhiali appoggiati sulla punta del naso, il tailleur fucsia che indossava contrastava col rossiccio della sua chioma.

«Possiamo cominciare» esordì con un cenno del capo in direzione dell'avvocato che non si era ancora seduto.

«Signor Ricci, spero che la notte le abbia portato consiglio. Allora ci vuole dire in cosa consisteva il piano B?»

«Non ho mai sentito niente del genere» rispose Omar ficcando le mani dentro le tasche dei jeans.

«Senta, io non ho tempo da perdere con i suoi giochetti, lei sa benissimo di cosa sto parlando, è inutile che continui a fare lo gnorri. I cinquemila euro erano per il piano B?»

Omar pescò il pacchetto di Camel Arancio dal taschino, ne estrasse una e la annusò.

«Vi state inventando tutto per incastrarmi. Io non c'entro niente con quello strizzacervelli, la mia era una missione importante, ma solo mia.»

Giuliani cercò di farlo cadere con un'altra strategia.

«Questo l'abbiamo capito, ma la mia domanda è un'altra. I soldi erano il suo compenso per aver sostituito il fascicolo, ma Perrone non ne ha voluto più sapere, come mai?»

Omar spaziò con lo sguardo, mobili di prestigio arredavano l'ufficio del magistrato.

«Ha sentito cosa le ho chiesto?» lo pungolò, togliendo gli occhiali con un gesto brusco.

«No, sono un po' duro d'orecchi» lo canzonò Omar con una smorfia.

«Adesso basta!» tuonò battendo sulla scrivania.

La Miller, sulle spine a bordo sedia, teneva d'occhio il pm che dava segni di poter scoppiare da un secondo all'altro.

«Ricci, non siamo qui per divertirci, lei ha confessato i suoi omicidi e l'abbiamo apprezzato, ma adesso abbiamo bisogno del suo aiuto per trovare Perrone. Lei doveva prendere parte al piano B, invece ha cambiato idea, perché?» s'intromise il commissario alzandosi di scatto.

Omar giocherellava con la sigaretta, rigirandola tra le dita incerte, mentre sul suo volto si faceva strada un sorrisetto compiaciuto.

«Perché dovrei dirvelo?»

«Lei non ha niente da perdere, con i reati che ha commesso prenderà l'ergastolo e finirà la sua misera vita dietro le sbarre, ma se ci aiuta, potremmo fare in modo che la giuria sia più clemente.»

«Questo è un altro dei vostri trucchi, non ci sto.»

«Mi stia bene a sentire, perché sto perdendo la pazienza. Non c'è nessun trucco e dovrebbe saperlo anche lei che in caso di confessione, sono previste delle attenuanti. Quello che le ha proposto il commissario è un'occasione unica. Ci deve solo dire cosa prevedeva il piano B e qual era il suo compito» sostenne Giuliani, fissandolo con uno sguardo di sfida.

«Se ve lo dico, quanti anni in meno di galera mi devo fare?»

Il pm nel frattempo si era alzato e stava guardando fuori dalla finestra.

«Questo lo deciderà la giuria, ma di solito le collaborazioni che danno utili risultati a indagini in corso per altri reati, sono sempre tenute in buon conto. Quindi le conviene.»

La Miller camminava con le mani sui fianchi, decisa a farlo parlare.

«Perrone non ha mantenuto le promesse e lei andrà in prigione, proprio per colpa sua. Che senso ha proteggerlo?»

Ricci aveva già messo in bocca la sigaretta e continuava a strisciare il dito sull'accendino, battendo un piede per terra.

«Voglio fumare adesso, poi vi dirò quello che so.»

«Qui è vietato» protestò Giuliani, abbandonandosi sulla poltrona.

«Potrebbe anche fare un'eccezione, visto che il mio cliente è disposto a collaborare» suggerì l'avvocato.

«D'accordo, ma non qui.» Il pm fece cenno all'agente di accompagnare l'imputato nella saletta fumatori. L'avvocato li seguì.

Rimasti soli, il magistrato e il commissario si scambiarono un'occhiata di intesa. Anika sbuffò.

«Speriamo non ci prenda per i fondelli, io di lui non mi fido e non è detto che possa aiutarci a trovare la Damonte.»

«Forse no, in ogni caso sapremo in cosa consisteva quel maledetto piano B. Le va un caffè intanto?»

OTTANTACINQUE

Mio Dio, dove sono?

Il mio cuore delira. Calmati, fai un respiro profondo, così! È buio! Sono qui da quanto? Perché?

Passi cadenzati! Viene a prendermi?

Mi sembra di soffocare, non riesco a muovere le gambe. Sento le guance ardere, la fronte è bagnata.

Vorrei piangere, gridare, ma non ho fiato. Ho freddo, sto tremando, forse impazzendo.

Che luogo è questo? Forse una cantina. Non vedo niente. Come ci sono finita?

Adesso ricordo: Giulio mi ha teso una trappola, Giovanna non c'entrava nulla.

Mi ha stordito su quell'ambulanza e mi ha portata qui.

Quando mi sono svegliata, ho capito. Lui vuole vendicarsi.

Ho urlato, picchiato contro la porta, l'ho implorato di lasciarmi! Inutile.

Acqua, voglio dell'acqua! La mia gola brucia! Mi sposto a tentoni. Sento qualcosa sotto le mani, sembra un tubo, freddo, bagnato. Succhio le gocce con avidità.

Un momento, cos'è questo rumore? Sembra quello delle onde che battono contro un muro.

Ma certo, mi trovo in un posto vicino al mare. Mio Dio! Qualcuno mi aiuti!

E adesso cosa posso fare? Giulio verrà a prendermi, devo farlo parlare, devo chiedergli di perdonarmi per quello che gli ho fatto. Sono una psichiatra, so come trattare con gli psicopatici. Almeno credo.

Ma adesso è diverso, lui vuole uccidermi e qui non c'è nessuno.

Di nuovo quei passi, è lui, stavolta è la fine. La porta si sta aprendo. Sto per vomitare.

«Ciao dottoressa, hai dormito bene?»

Mi alzo a fatica, barcollo.

Giulio viene verso di me. Ha acceso la luce e ora posso vedere dove mi trovo: una stanza stretta, forse uno scantinato.

«Sai dove siamo? Senti il rumore? È bello, vero? Pensa che qui non c'è nessuno. È una casa isolata a picco sul mare, si arriva solo in barca. L'ho presa per te, contenta? Starai qui con me, finché lo vorrò, nessuno ti troverà.»

Devo fingere di non aver paura.

«Mi dispiace Giulio, ho sbagliato a prendere quella decisione, però l'ho fatto per te, io pensavo di aiutarti, stavi troppo male e temevo per la tua vita. Capisco la tua rabbia, ma potevi dirmelo. Ti avrei chiesto di perdonarmi. Invece mi hai rapito con un inganno e io ti ho creduto, perché sono in buona fede. Non farmi del male, ho una bambina che ha bisogno di me, ti prego, io posso rimediare al mio errore.»

Mi sorride in modo subdolo, poi si siede su uno sgabello.

«A quello che mi hai fatto non c'è rimedio. Sono rimasto senza lavoro per colpa tua, non avevo più soldi per pagare l'affitto, mi hanno sfrattato e mia moglie se n'è andata. Ti sembra poco? Tu non puoi fare più niente, dovevi pensarci prima, adesso pagherai per tutto questo.»

«Cosa risolvi se mi uccidi? Non potrai riavere quello che hai perso. Prima o poi ti prenderanno e andrai in prigione, non ne vale la pena.»

Si è alzato e sta girando attorno al letto, nei suoi occhi vedo rabbia e piacere, ha il viso segnato da rughe profonde e la barba di qualche giorno.

«Non ho detto che ti ucciderò, almeno non come pensi tu. Ti farò una guerra psicologica, finché sarai tu stessa a farla finita.»

Devo fargli credere che sono una tosta, anche se me la sto facendo sotto.

«No Giulio, ti sbagli, ci tengo troppo alla vita e poi io ti posso aiutare.»

«Non voglio il tuo aiuto, voglio solo distruggerti come tu hai fatto con me.»

Si alza ed esce.

Io urlo con tutto il fiato che ho in corpo.

Ancora buio.

Qualcuno verrà a cercarmi. Uscirò di qui.

OTTANTASEI

Il telefono squillava da un po', quando De Rosa entrò trafelato in ufficio.

«E mo? Nessuno risponde? Dove sta Esposito?»

Maia sollevò il viso e lo guardò di sbieco.

«Già il telefono, è che sto preparando un documento urgente e non ho tempo. Esposito è andato a bere un caffè con Piras. Rispondi tu.»

«Adesso non sta più a suonare, meglio così, non sono bravo al telefono.»

Stava per sedersi, quando riprese a trillare.

«Mi tocca. Pronto?»

De Rosa spalancò la bocca e mise il viva voce, mentre Maia lo fissava come se non l'avesse mai visto prima.

«Lei chi è?»

«So chi ha preso la dottoressa Damonte, ma non posso dire chi sono, altrimenti quello mi ammazza.»

Maia si avvicinò all'apparecchio.

«Scusi se mi intrometto, ma se non ci fornisce le sue generalità, non possiamo darle credito. Se sa qualcosa, deve venire in questura a deporre. Stia tranquillo, la proteggeremo noi.»

«Ho troppa paura, vi dirò chi è stato e basta, se non volete credermi, peggio per voi.»

«Va bene, allora ci dica quello che sa, ma attento, perché se ci sta prendendo in giro, potremmo perseguirla» s'impuntò Maia.

«Il fatto è che ci sono dentro anch'io, ma mi sono pentito, mi spiace per quella dottoressa. È stato Perrone, mi ha chiesto di dargli una mano, perché il tipo che doveva aiutarlo si è tirato indietro» sospirò.

«Vada avanti» lo esortò Maia.

«Io ho solo guidato l'ambulanza, l'ho fatto perché gli dovevo un favore. Quando sono arrivato sul posto, l'ho aiutato a mettere la Damonte sul gommone, sono rimasto a guardare in che direzione andava, ma a un certo punto l'ho perso di vista. Però lui mi aveva detto di aver affittato un rustico a Schiara di Riomaggiore, un posto isolato, si arriva solo dal mare. Il gommone era rosso con bordi neri e la chiglia in legno, non sarà difficile trovarlo, ce ne sono pochi così. Ecco, questo è tutto. Ho fatto il mio dovere, salvate quella donna adesso.»

«Ci dia qualche elemento in più.»

Maia rimase qualche secondo in attesa. Dall'altra parte più nulla.

«Ha riattaccato.» Maia rimase qualche istante a fissare la cornetta.

«Che verme! Possiamo rintracciare la telefonata, però» suggerì De Rosa, smanettando sul pc di Esposito.

«Provaci tu, io non so come fare.»

«Non posso neanche andare a bere un caffè che mi soffiano il posto. Che succede?» sbraitò Esposito entrando.

De Rosa si alzò con uno scatto felino.

«Espo', stavo cercando di rintracciare una telefonata. Il tipo dice che è stato Perrone a rapire Giada, ma non ha voluto dire il suo nome.»

«Okay, lascia, faccio io» reagì con un gesto che indicava di togliersi dai piedi.

Piras si avvicinò a Maia e si sedette sul bordo della scrivania.

«Hai parlato tu con quello?»

Maia scartò una caramella e gliene offrì una.

«Sì, e mi è sembrato sincero, solo che aveva paura. Lui ha aiutato Giulio, ma poi si è pentito. Da quello che ho capito, l'hanno messa su un'ambulanza e l'hanno portata in un paesino della Liguria.»

«Magari l'ha attirata lì con un trucco, visto che è uscita di casa di sua volontà» assentì Piras, succhiando con gusto la pasticca alla menta.

Esposito scrollò il capo.

«Niente da fare, ha chiamato con un usa e getta.»

«Io mando un messaggio alla Miller, quando rientrerà dalla procura, deciderà lei se dargli credito o meno.»

Maia fece leva con le mani sulla scrivania e si alzò in modo brusco.

«Lei può decidere quello che vuole, ma in ogni caso, io vado a cercare quella casa, se Giada è in pericolo, devo tentarle tutte.»

OTTANTASETTE

Dopo la pausa sigaretta, l'agente riaccompagnò Ricci nell'ufficio del magistrato, insieme al suo avvocato, il quale gli aveva suggerito come comportarsi per ottenere il massimo sconto sulla pena.

«Bene, adesso che ho soddisfatto le sue richieste, vuole parlarci del piano B? Chi era coinvolto, oltre lei?» esordì il pm spingendo via una cartelletta.

Omar accavallò una gamba sull'altra e appoggiò gli avambracci sui braccioli. Guardò il suo avvocato con un sorriso di complicità.

«Giulio è uno sfigato, si è fatto mettere sotto i piedi da quella troietta di Ilaria che l'ha preso in giro fin dall'inizio.» Scostò una ciocca di capelli dalla fronte.

«Veniamo al sodo, Ricci.»

Omar sbuffò.

«La faccio breve, così è contento. Giulio mi ha tirato dentro nel piano B, gli serviva uno per guidare l'ambulanza e portare via quella strizzacervelli. Il suo piano era perfetto, voleva attirarla in ospedale facendole credere che la pazza di Giovanna stava tirando le cuoia.»

Anika, in piedi accanto alla finestra, notò sul suo viso una smorfia arrogante.

«Perché ha cambiato idea?»

«Non mi andava più di aiutarlo, dovevo portare a termine la mia missione.»

«Dove avrebbe portato la dottoressa Damonte?» domandò Giuliani giocherellando con una penna.

«Boh, che ne so io?» Si grattò dietro un orecchio e sbadigliò.

«Lei lo sa invece e deve dircelo se vuole risparmiarsi qualche anno in più al fresco.»

«Uffa, ma che palle! Mi aveva detto che era un paesino in Liguria, ma il nome è difficile da ricordare, mi sembra Rio… qualcosa, sì un nome del genere.»

«Sa quanti nomi del genere ci sono in Italia? Noi abbiamo bisogno di sapere quello giusto.»

Omar si alzò accostandosi alla scrivania del magistrato.

«Stia al suo posto.»

«Mi fa male la schiena a furia di stare seduto.»

«Allora resti in piedi, ma si allontani da lì e ci dica il nome del paese. Se vuole vendicarsi di Perrone, è nel suo interesse» gli suggerì Anika.

Ricci piegò il busto verso il basso con le mani sulle ginocchia.

«Be', se non sbaglio è Riomaggiore, dove ha preso una casa sul mare, è un posto isolato, io non so dov'è, però mi ha detto che si arriva solo con la barca, altro non…»

L'avvocato si alzò di scatto, fissando il pm con la fronte corrugata.

«Il mio cliente adesso è stanco e vi ha detto tutto quello che sa, spetta a voi trarne le conclusioni o dare seguito alle sue dichiarazioni.»

***

Il pm fece cenno all'agente di condurre fuori l'imputato. La guardia prese le mani di Ricci e le ammanettò dietro la schiena, accompagnandolo all'esterno.

Per qualche istante calò una cortina di silenzio. Giuliani sistemò i dossier su un armadietto, si tolse gli occhiali e si sedette.

L'avvocato gli lanciò un'occhiata e riprese il discorso.

«Abbiamo convenuto di optare per il rito abbreviato, in modo da beneficiare della riduzione di un terzo della pena, così, in caso di ergastolo, il mio cliente prenderà, si fa per dire, solo trent'anni.»

«Questa non è la sede per discutere del processo. In ogni caso abbiamo terminato» sentenziò Giuliani.

L'avvocato lo sfidò con lo sguardo e uscì sbattendo la porta.

La Miller nel frattempo si era accomodata su una poltroncina con le mani dietro la testa e gli occhi al soffitto.

«Qualcosa non va?» le domandò Giuliani.

«Se quell'avvocato non si fosse messo in mezzo, ci avrebbe detto altro. Adesso però la priorità è prendere Perrone e liberare Giada» rispose Anika, senza abbassare lo sguardo.

«Sono d'accordo, prepari subito la spedizione a Riomaggiore, dobbiamo trovare quel posto, non credo ce ne siano tante di case dove si arriva solo in barca.»

«Faremo delle ricerche prima di andarci a vuoto, in questo i miei sono insuperabili.»

Salutò il pm con una stretta di mano e se ne andò con passo deciso.

Il magistrato osservò l'esile figura stretta nel tailleur che si allontanava al ritmo scandito dai tacchetti e dall'ondeggiare delle anche.

OTTANTOTTO

Devo uscire di qui. Dove sarà Samanta? L'ho trascurata, povera piccola. Lei ha bisogno di me e io non ci sono mai per lei. Forse aveva ragione mia madre, devo darmi una regolata con il lavoro. Non sono una brava mamma. E adesso cosa farà senza di me? No, non voglio neanche pensarci. Io uscirò di qui, Anika farà di tutto per salvarmi.

Se esco viva da questa topaia, prometto che cambierò. Mi dedicherò di più a mia figlia e anche a Lorenzo.

Sento il fragore delle onde. Ho sempre amato la risacca. Da bambina rimanevo ore sulla spiaggia, e se non fossi reclusa qui sotto, mi lascerei cullare da questa melodia.

Da quanto sono qui. Ore? Giorni? Ho perso la cognizione del tempo.

Ho i brividi lungo la schiena, è freddo quello che sento o paura? Forse tutti e due. Devo trovare un modo per fuggire. Non vedo niente, mi sembra di essere cieca.

O mio Dio! Ancora quei passi, sta tornando. Cosa vorrà adesso?

Falso allarme, non viene qui. Forse sta girando per la casa, prima mi è sembrato nervoso.

Dovrei capire cosa gli passa per la testa, ma io cosa posso

fare? Sono rinchiusa qui, in balìa di una mente malata, di un uomo che pensa solo alla vendetta.

Io cosa farei al suo posto?

Forse anch'io vorrei vendicarmi, ma non potrei mai fare del male a nessuno. Lui invece è malato.

Sento un frastuono, viene da fuori, sembra il rombo di un motore.

Una barca? Giulio mi ha detto che qui si arriva solo dal mare. Forse sta andando via, sono salva! Che stupida, anche se lui se ne va, io non posso nemmeno uscire.

La porta è chiusa a chiave. Non ho niente con me e sono esausta.

Il rumore si avvicina. Cosa può essere?

«Qualcuno mi aiuti!»

OTTANTANOVE

La motovedetta salpò dal porticciolo di Portovenere, disegnando un ampio semicerchio, e quando prese il mare aperto, le raffiche di Levante si rafforzarono, disperdendo nel cielo la coltre nuvolosa che poco prima aveva dato luogo a piogge, ma sollevando onde minacciose che si inseguivano a gruppi, per terminare la loro a corsa in un gioco di spumeggianti schizzi sulle rocce.

Dopo una pausa di relativa stabilità, la barca cominciò una serie di rollate, una peggiore dell'altra. Anika e De Rosa, per nulla avvezzi alle traversate in mare, stavano quasi per vomitare.

Maia era l'unica a non soffrire, da piccola andava spesso in barca con la mamma e non aveva mai avuto nessun problema, il mare le era sempre stato amico.

Il libro dei ricordi si dischiuse d'improvviso alla pagina della sua infanzia, quando correva felice sulla spiaggia con il papà. Allora non avrebbe mai immaginato che le pagine successive sarebbero state cariche di sofferenza e amarezza. Chiuse mentalmente il libro allontanando ogni rimpianto.

Pensò a Paolo, alla sua proposta di sposarlo, si sentì vacillare come se stesse per cadere nel vuoto, e non era dovuto al rollio della nave. Fissò l'orizzonte, quella linea invisibile ferma sul filo dei giorni e degli anni.

Un'onda potente si rovesciò sulla barca distogliendola dalle sue riflessioni. Maia si resse forte al parapetto per non perdere l'equilibrio. Non vedeva l'ora di arrivare a destinazione, sperando di essere ancora in tempo per mettere in salvo la sua amica.

La Miller, in un primo momento, si era opposta alla sua richiesta di fare parte della spedizione, ma alla fine si era convinta.

Esposito aveva effettuato minuziose ricerche sulle carte nautiche per capire come raggiungere Schiara di Riomaggiore, un paese sperduto nel nulla.

La Guardia costiera di Portovenere aveva messo a loro disposizione un'unità navale adibita alla sorveglianza, con due membri dell'equipaggio e un elicottero pronto a intervenire in qualsiasi condizione meteorologica.

Maia stava per entrare in cabina a parlare con il capitano, quando sentì un trambusto.

De Rosa stava imprecando in napoletano, dopo aver vomitato anche l'anima. Era sbiancato in viso e si teneva le mani sullo stomaco.

«Madonnina mia, quanto dobbiamo stare su questo coso? Fatemi scendere, sto per morire.»

Anika, che si reggeva a stento, lo prese in giro.

«Altro che sesso forte, voi uomini siete dei fifoni. Dovresti essere il più coraggioso, e invece piagnucoli come un poppante.»

«Commissa', io un mare così grosso non l'ho mai visto, ma lei però non faccia tanto la spiritosa. Pure lei tiene la faccia bianca come un cadavere.»

«A quanto pare, sono l'unica che si regge ancora in piedi» enfatizzò Maia.

In quel momento squillò il cellulare. Maia al momento decise di non rispondere, ma poi un fremito improvviso lungo la schiena le fece cambiare idea.

Osservò il display illuminato con angoscia, era il numero della clinica.

Maia barcollò prima di rispondere e non appena sentì la notizia che il padre era uscito dal coma, scoppiò a piangere.

Anika si avvicinò, temendo il peggio.

«Maia chi era al telefono? È successo qualcosa?»

Maia le sorrise tra le lacrime.

«Era l'ospedale, mio padre si è risvegliato.»

Anika l'abbracciò, nascondendo il viso sulla sua spalla.

«Che notizia splendida, in un momento come questo ci voleva proprio.»

«Mi darà la carica, adesso però dobbiamo pensare a salvare Giada. Secondo la carta, in una mezz'ora al massimo, dovremmo avvistare la casa dove Giulio dovrebbe tenerla prigioniera. Vado a chiedere al capitano.»

Anika osservò Maia mentre entrava nella cabina di comando, pensando a come facesse a essere così distaccata dopo una notizia del genere.

Anika aveva mollato gli ormeggi della sua autorità, lasciando a Maia il ruolo di leader, del resto aveva dimostrato grinta e capacità organizzative.

«Il capitano dice che tra mezz'ora circa, si dovrebbe avvistare la costa dove c'è la frazione di Schiara, se le condizioni del tempo non peggiorano.»

Dopo quaranta minuti di navigazione tra i marosi erano tutti esausti, ma per fortuna a un tratto un raggio di sole filtrò tra le nubi che si diradavano e illuminò di una luce obliqua le onde che stavano diminuendo un po' la loro intensità.

«Commissario, guardi! Laggiù. Mi sembra di vedere una casetta nascosta nella boscaglia, forse è quella che cerchiamo. Cosa dice, ci avviciniamo?»

«Sei sicura?»

«Credo di sì, perché il capitano mi ha detto che quello è lo scoglio del Ferale, e sulla carta è il punto indicato da Esposito. Oltre tutto laggiù c'è un gommone rosso, come quello descritto dal tipo al telefono.»

Anika si passò le mani tra i capelli induriti dalla salsedine.

«Non ho altra scelta a quanto pare. Andiamo a vedere.»

NOVANTA

Sotto di lui la scogliera cadeva a picco sul mare, l'acqua schiumava un centinaio di metri più in basso.

Qualche pino marittimo era riuscito ad attecchire sulla roccia e cresceva con il tronco incurvato all'insù, come un punto interrogativo alla rovescia.

Il vento mugghiava tra la vegetazione aspra e ostinata di quel tratto di costa.

Quando avvertì il rumore del motore, un'improvvisa ondata di angoscia fece irruzione nel suo animo.

Una barca rollava tra i marosi spumeggianti.

Scorse lo scafo precipitare nel cavo di un'onda per poi riemergere, quasi per magia.

Nella stanza disadorna spiccava un divano coperto da una trapunta patchwork a motivi geometrici, un tappeto indiano nocciola, tre quadretti con paesaggi marini su una parete.

Sopra al tavolino in legno scuro, un posacenere rosso, un bicchiere di cognac con ghiaccio, una pistola di grosso calibro, nera.

Senza distogliere neppure per un istante lo sguardo dalla barca che si avvicinava, si accese una sigaretta, aspirò con voluttà espirando dalle narici.

Gettò il mozzicone dalla finestra.

L'imbarcazione stava attraccando.
Trangugiò il cognac in un sorso solo.
Si accese un'altra sigaretta.
Con un tiro nervoso ne consumò più di un terzo, poi la tenne tra le labbra, incurante della cenere che cadeva sul pavimento.
La depose sul portacenere, lasciandola consumare con calma.
Osservò le azzurre spirali volteggiare nel grembo di un'aria rarefatta, in un'inquietante danza.

La motovedetta con abili manovre accostò a un piccolo scalo, uno degli agenti lanciò una fune, ancorandola a un pilone.
Maia con un abile balzo saltò dall'altra parte, mentre il marinaio che stava posando la passerella la spogliò con lo sguardo.
Tese la mano prima a Anika, poi a De Rosa, che la fissò picchiettando il dito sulla fronte.
«Tu sei fuori di cozza, io non voglio rompermi l'osso del collo.»
Le due donne presero a salire di corsa i gradini che portavano all'ingresso.
Approdato alla terraferma tramite passaggio sicuro, De Rosa emise un sospiro di sollievo che tuttavia durò solo pochi istanti. Nel momento in cui avvistò la scalinata che lo attendeva, si sentì quasi mancare.
Maia e Anika, appena giunte in cima, si fermarono qualche istante per riprendere fiato. Di fronte a loro si ergeva una tipica casa ligure a due piani, in sasso a faccia, delimitata da una siepe di ibisco. Al primo piano una veranda a picco sul mare, attrezzata con tavolo e sedie.
Il cancelletto di legno si aprì cigolando.

Maia fece pochi passi sul vialetto di ghiaia rossa che conduceva a una porta di legno. Anika la seguì camminando quasi in punta di piedi.

Le due donne si scambiarono un'occhiata di intesa, impugnarono la pistola con entrambe le mani e tentarono di aprire la porta con un calcio.

Purtroppo dovettero desistere.

«Merda! Dov'è De Rosa?» inveì la Miller.

«Aprite! Polizia!» gridò Maia.

Nulla, nessuna risposta.

Maia non si perse d'animo. Con un cenno del capo indicò la veranda.

«Lei resti qui, io cerco di arrampicarmi lassù.»

«Sta' attenta.»

Maia guardò in alto valutando le proprie possibilità, mentre rimetteva la pistola nella fondina.

Anika la osservò inerpicarsi con l'agilità di un felino sulle fioriere di cemento, allineate contro la pietra.

Con un colpo di reni si aggrappò alla ringhiera, la scavalcò e saltò dentro.

Senza perdere tempo, si avvicinò alla portafinestra. Era chiusa dall'interno.

Maia estrasse la sua Beretta di ordinanza, abbassò con un gesto deciso il calcio della pistola sul pannello di vetro. Sebbene fosse preparata, il rumore del cristallo che andava in frantumi la fece trasalire. Maia inserì il braccio nell'apertura, fino a raggiungere la maniglia.

Si sporse ulteriormente per cercare una presa più stabile, e dopo qualche vano tentativo, il pomello si disincastrò e la porta si aprì.

Maia fu sbalzata dentro, rotolò sul pavimento ricoperto da schegge. Per fortuna aveva giubbotto e pantaloni in pelle.

Si rialzò con un balzo, il revolver di nuovo tra le mani, il respiro affannoso.

Un rumore simile a un colpo di pistola la fece sobbalzare.

Attraversò la sala e si precipitò con impeto verso la scala, il botto sembrava provenire da sopra.

Nel frattempo De Rosa era arrivato, ansimando come un cane stremato. Anika gli fece segno di buttare giù la porta.

«Sto da schifo. Però mo ci provo.»

Si guardò attorno spaesato, prese la rincorsa e dopo numerose spallate, la porta cedette e lui ruzzolò a terra, come un sacco di patate.

Anika si offrì di aiutarlo, ma in quel momento un colpo di pistola rimbombò nel corridoio.

«No!» gridò atterrita, correndo sulla scala.

Quando fu di sopra, scorse Maia china sul corpo di Giulio, due dita appoggiate sul collo. Anika rimase impietrita a fissarlo: si vedeva il foro d'entrata della pallottola sulla tempia, gli occhi sbarrati nel vuoto, la mano destra stringeva la rivoltella ancora fumante.

Maia si alzò e voltandosi scrollò il capo.

«Commissa', Maia, presto venite giù, sento delle grida, Giada è viva» sbraitò De Rosa.

Le due donne scesero le scale a due a due, mentre il collega prendeva a calci la porta.

«Sono qui, aiuto, venite a prendermi, sono qui sotto!»

Maia e Anika con tutta la forza che avevano in corpo diedero una mano al collega, esausto e con una spalla lussata.

«Maledizione, non ce la faremo mai» esclamò Anika ansimando.

«Resisti Giada, stiamo arrivando.»

«Vado a cercare aiuto dagli uomini della Guardia Costiera» affermò Maia rivolgendosi ad Anika.

Poi tirò un sospiro di sollievo quando li vide arrivare.

«Meno male, fate qualcosa, presto!»

«Stia calma, ci pensiamo noi qui» esordì uno dei due agenti. Il più robusto fece un passo indietro e tirò un calcio con il tallone vicino al pomello, con una disinvoltura da cui si intuiva una certa abitudine.

La porta cedette scoprendo una scala di legno che portava verso uno scantinato buio.

Maia passò la mano sulla parete alla ricerca di un interruttore.

«Le faccio luce io» disse l'agente.

Anika e De Rosa li seguirono sui gradini scricchiolanti.

Maia trovò finalmente il pulsante e di colpo l'ambiente si illuminò di una luce pallida, mostrando una stanza angusta, con una lurida brandina nel centro e una finestra sbarrata.

«Giada!» urlò con le lacrime agli occhi.

Maia non avrebbe mai immaginato che il rapporto con Giada, di natura professionale, si sarebbe trasformato in affetto.

Giada le andò incontro, stordita dalla gioia. Anche lei aveva trovato un'amica.

«Maia! Sto sognando?»

Maia l'abbracciò stretta tra i singhiozzi.

«Ci hai fatto prendere un brutto spavento, ma per fortuna sei viva» le sussurrò Maia con un sorriso.

«Che bello vederti, avevo paura di non uscire da qui. Grazie Maia, sei una tosta.»

«Ci siamo pure noi però, mica ha fatto tutto da sola la pivella! La porta l'ho buttata giù io e mi sono pure rotto una spalla» intervenne De Rosa.

Giada lo ringraziò con un bacio sulla guancia, poi si avvicinò a Anika, rimasta in disparte, e l'abbracciò.

«Grazie ragazzi, mi avete salvato la vita. Come avete fatto a trovarmi? E Giulio?»

«Giulio si è sparato un colpo in testa, ma ne parliamo dopo. Io vorrei andarmene al più presto da qui» replicò Anika.

«Serve l'elicottero?» domandò l'agente che aveva sfondato la porta.

«Sto abbastanza bene, non credo sia necessario.»

Salendo la scala Giada barcollò.

Maia la prese per mano aiutandola.

«Giada, è meglio se chiamiamo l'elicottero, la traversata in mare è lunga e tu sei molto debole.»

«Forse hai ragione, voglio tornare a casa al più presto. Samanta mi aspetta, non vedo l'ora di riabbracciarla.»

Quando raggiunse l'uscita, accolse con entusiasmo l'abbraccio dell'aria salmastra. Si sedette per terra, sul vialetto, con le braccia strette al petto. Sospirò.

Scrutò il cielo sopra di lei: le nuvole correvano come impazzite, incalzate dal vento di tramontana.

Quando la piccola le gettò le braccia al collo, la morsa dell'emozione le strinse il petto, un impeto d'amore quasi la travolse.

Giada appoggiò il viso sui suoi soffici capelli e sentì le lacrime colmarle gli occhi.

Per qualche istante rimasero così, abbracciate l'una all'altra, senza parlare.

«Mamma non lasciarmi mai più» sussurrò Samanta.

«Tesoro, io non ti ho mai lasciata, quello che è successo non è colpa mia.»

«Invece sì!» frignò la bambina.

«Perché dici queste cose? Sai che non l'ho voluto io, purtroppo le persone non sono tutte buone.»

Samanta si sciolse dall'abbraccio e fissò Giada negli occhi.

«Sì, ma se tu stavi a casa con me non succedeva.»

«Ti prometto che d'ora in poi ti starò più vicina.»

Lorenzo aveva ascoltato la conversazione un po' defilato, quello era un momento di intimità tra madre e figlia e lui non c'entrava nulla, ma dopo le parole di Giada non resistette oltre.

«Samanta ha ragione, ci hai fatto prendere troppi spaventi, io… io credo che dovresti rivedere le tue priorità, ma forse non dovevo dirlo, non in questo momento. Scusami.»

«Non devi scusarti, so di dover cambiare la mia vita. Essere stata a due passi dalla morte mi ha fatto capire tante cose, d'ora in poi mi occuperò di Samanta in prima persona.»

«Come pensi di riuscirci con gli impegni che hai?»

«Lascerò la consulenza con la squadra omicidi e anche il Namasté. Mi occuperò solo della clinica, del resto è quella la mia professione.»

Lorenzo la fissò con gli occhi spalancati.

Giada accarezzò il visetto ancora un po' corrucciato della figlia.

«Sei contenta tesoro?»

«Spero sia così, mamma.»

«Te lo prometto e stasera andiamo al ristorante a festeggiare.»

Samanta si avvicinò a Lorenzo e lo prese per mano.

«Okay mamma, ma viene anche Lorenzo?»

Giada le sorrise.

«Certo piccola, lui adesso fa parte della famiglia» affermò guardandolo dritto negli occhi.

Lorenzo strinse la manina della bambina, mentre lottava per soffocare un'emozione che stava trasformandosi in una goccia di pianto.

NOVANTUNO

Anika stava staccando le foto delle vittime dalla parete, quando udì la voce di Maia alle sue spalle.

«È la fine di un incubo.»

«Maia!? Mi hai spaventata» reagì Anika voltandosi di scatto.

«Mi scusi commissario, non volevo, ma la porta era aperta e…»

«Non devi scusarti, è che stavo pensando a tutto quello che è successo. Sono ancora un po' tesa, non mi sembra vero che sia finita, che la quarta vittima sia salva, che Giada sia tornata dalla sua bambina e che quel bastardo marcisca in galera.»

«Secondo lei quanto anni daranno a Ricci?»

«È accusato di sequestro, triplice omicidio volontario premeditato, con le aggravanti della violenza sessuale, quindi si merita l'ergastolo quel figlio di…»

«Lo spero proprio, anche se questo non farà tornare in vita quelle povere ragazze, ma almeno avranno giustizia. E di Ilaria che ne sarà?»

«Quella è una povera demente, si beccherà qualche mese per aver ostacolato le indagini con quel fascicolo falso, ma non sarà certo la galera a trasformarla in un agnello, le bestie come lei non possono cambiare!»

«Lo penso anch'io. Però almeno sarà rinchiusa in una cella

senza i comfort di una suite a cinque stelle. Monique alla fine è stata scagionata?»

«Non ci sono prove contro di lei e Ricci ha confessato di essere stato lui a manipolare il file, ma quella donna non mi convince.»

«Se è per quello anch'io non provo simpatia per lei, non so, ha qualcosa di ambiguo, ma forse perché a pelle non mi piace.»

«Anche Giada la pensa così, è una donna misteriosa, sembra una che si piange sempre addosso, ma in realtà è piuttosto sgamata. In ogni caso, adesso sarà libera di gestire il suo centro di magia come vuole.»

«Il Namasté non è un covo di maghi, tutt'altro, io mi sono trovata bene e penso di seguire un percorso.»

«Ma non sei già in terapia con Giada?»

«Quella è un'altra cosa, intendevo un percorso energetico, qualcosa tipo yoga e meditazione, credo possa aiutarmi.»

«A fare cosa?» domandò Anika, sprofondando sul divanetto. Fece segno a Maia di sedersi accanto a lei.

«A decidere cosa fare da grande.»

Anika sorrise.

«Penso che tu lo sappia già Maia, io non sono una psicologa, ma ho imparato a conoscerti in questi ultimi mesi, e ad apprezzarti. Sei una donna in gamba che sa quello che vuole, penso tu possa decidere da sola cosa vuoi dalla vita.»

«Cosa glielo fa credere?» reagì Maia sedendosi accanto a lei.

«Da come ti sei comportata, ho capito che hai grinta e sei determinata, farai strada.»

«Nel lavoro ho sempre fatto tutto da sola, ho lottato per ottenere quello che volevo, anche se l'ho pagato, ma nella vita privata è diverso.»

«Posso capirlo, anche per me è così, ma gli affetti sono necessari: l'amore, i figli, la famiglia. Forse anch'io dovrei cambiare la mia vita.»

Maia la osservò mentre le parlava, i suoi occhi non mentivano. Anika non era più la stessa, qualcosa era cambiato anche dentro di lei.

Lo squillo del cellulare la distolse dalle sue riflessioni. Quando vide il numero sul display trasalì.

Era la clinica.

Per fortuna era una buona notizia.

«Mi scusi commissario, devo andare in ospedale. Domani dimettono mio padre e i medici mi devono parlare.»

«Vedrai che starà bene, ha solo bisogno di averti vicino. Sono felice per te.»

«Non mi sembra ancora vero, è stato un miracolo. L'unica cosa che non mi perdono è quella di non essere stata lì con lui. Ha chiesto di me appena ha aperto gli occhi.»

«Non potevi sapere quando e se si sarebbe svegliato, e poi sarà orgoglioso di quello che hai fatto.»

«Lo spero, ma d'ora in poi mi prenderò cura di lui, devo recuperare il tempo perso.»

«La tua vita cambierà con tuo padre accanto.»

«Sì, lo so.»

Maia la salutò e si avviò verso la porta.

«Maia, aspetta.»

«Mi dica commissario.»

«Volevo dirti... grazie di tutto.»

«Ho fatto solo il mio dovere» rispose Maia girandosi.

«Un'altra cosa.»

«Sì?»

«Non chiamarmi più commissario, lo odio.»

«E come devo chiamarla?»

«Anika, solamente Anika.»

NOVANTADUE

Quando Maia arrivò in ospedale, Paolo l'aveva stretta in un abbraccio e avevano pianto insieme.
«Ha chiesto di te appena ha aperto gli occhi.»
«Io avrei dovuto essere con lui in quel momento, mi sentirò sempre in colpa.»
«Non devi perché tu stavi salvando una vita e quando Michele saprà quello che hai fatto, sarà orgoglioso di te.»
Prima di farla entrare, il medico la informò che suo padre era molto debole e doveva evitare qualsiasi emozione.
Maia strinse le braccia al petto e cercò gli occhi di Paolo, lui le accarezzò i capelli e la confortò con un sorriso.
«Va' da lui, ti sta aspettando.»
Il cuore le scoppiava dentro il petto, le gambe sembravano non reggere la valanga di emozioni che stava per travolgerla.
Si avvicinò al letto e lo baciò su una guancia.
«Ciao Papà. Dimmi che non sto sognando.»
Quando Michele aprì gli occhi, una lacrima furtiva si incamminò sul suo viso scarno.
«Maia, sei tu?»
«Sì, sono qui.»
Sentì che stava per scoppiare in un pianto sconfinato, abbassò lo sguardo sul pavimento e strinse i pugni.

Michele allungò un braccio verso di lei.

«Perché non mi abbracci?»

Maia si chinò su di lui e lo abbracciò con cautela, facendo attenzione ai tubicini che gli uscivano dalle narici.

«Perdonami tesoro, non ti lascerò più.»

«Non è colpa tua, hai avuto un brutto incidente, ma adesso sei qui. Il resto non conta.»

Michele si stava agitando nel letto.

«Invece è stata colpa mia, dovevo capire che quelle maledette formule mi stavano uccidendo.»

«L'importante è che adesso stai bene e d'ora in poi staremo insieme.»

Michele accennò un sorriso e chiuse gli occhi.

Maia rimase con lui a lungo, almeno fino a quando il medico la invitò ad andarsene.

Gli specialisti l'avevano rassicurata che non ci sarebbero state complicazioni, suo padre aveva subito un grave trauma, ma gli accertamenti sulle sue condizioni fisiche e psichiche lasciavano sperare che si sarebbe ripreso del tutto.

Maia aveva soffocato una lacrima, cercando gli occhi di Paolo che le avevano restituito un sorriso.

Quando erano usciti dall'ospedale, Paolo le aveva proposto di andare da lui, per festeggiare.

Maia aveva lottato con se stessa, combattuta tra la logica che la spingeva a tornare a casa e l'istinto che le suggeriva di passare la serata con Paolo.

Ricordò le parole di Giada: devi volerti più bene, lasciar uscire le emozioni e ascoltare il tuo corpo. Lui sa cosa è bene per te. E il suo corpo le stava dicendo di abbattere le barriere mentali, aveva bisogno di lasciarsi andare, di vivere.

***

Paolo le porse un bicchiere di Martini quando la vide uscire dal bagno.

«Stai da incanto con il mio accappatoio, è verde come i tuoi occhi.»

«Ho fame, la pizza è arrivata?»

Paolo fece un passo verso di lei e le sfiorò le spalle per asciugarla. Maia provò un fremito lungo la schiena. Alzò il viso nel momento in cui Paolo si chinò a baciarle le labbra. Un bacio dolce. Poi si staccò per guardarla negli occhi. Maia capì cosa si era persa chiudendo le porte alle emozioni che adesso le scuotevano l'anima.

Paolo lambì il suo viso con una carezza e senza distogliere lo sguardo la baciò in modo passionale, stringendola a sé.

«Non sai da quanto desideravo questo momento» le sussurrò Paolo baciandola ancora con passione, dopo che i loro corpi si erano fusi in un atto d'amore.

Maia lo accarezzò sulle guance.

«Non dire niente, amami e basta.»

Le tornarono in mente le parole di suo padre.

Le aveva confidato di essere fiero di lei, per tutto quello che aveva fatto. Finora non le era stato molto vicino, ma da quel momento avrebbe potuto contare su di lui. L'aveva anche invitata a gettare via il passato, a guardare al futuro, e a farsi una famiglia.

Suo padre aveva ragione, pensò mentre il suo corpo vibrava ancora di piacere, Paolo era l'uomo giusto. E con lui avrebbe provato ancora ad avere un figlio.

NOVANTATRÉ

Dopo il periodo di interruzione, il centro aveva ripreso le sue attività, anche se a ritmo ridotto. La condanna di Ricci, il rapimento della Damonte e il suicidio di Perrone avevano seminato scompiglio sia tra le clienti, sia nel team docente.
Monique, al contrario, sembrava risorta a nuova vita.
Si era messa subito all'opera per sostituire Omar e cercare uno psicoterapeuta al posto di Giulio, e aveva già delle idee in merito.
Il tornado provocato dagli ultimi eventi aveva avuto effetti piuttosto seri e quella mattina il centro era spopolato, mancavano alcuni insegnanti e anche le clienti abituali erano decimate.
Il maestro di meditazione era già al suo posto nel dojo, in attesa di iniziare la pratica. Monique uscì dal suo studio e si recò nella sala per partecipare all'esercizio, le avrebbe giovato dopo quello che era accaduto, ma quando entrò, salutando con le mani giunte, notò che era deserto.
Si sedette nella posizione del loto e attese, dopo dieci minuti pensò fosse meglio andarsene, non sarebbe arrivato nessuno e non le andava l'idea di fare pratica solo con il maestro. Quindi si alzò, salutò di nuovo e si avviò verso l'uscita.

In quel momento il maestro suonò il gong. Monique si girò di scatto e vide che le stava facendo cenno di avvicinarsi.

Il maestro era un uomo schivo, di solito non si soffermava mai a parlare con nessuno, si limitava alle sue pratiche e se ne andava.

Monique, stupita dal suo inconsueto atteggiamento, raccolse l'invito e sedette accanto a lui.

«Deve dirmi qualcosa maestro?»

«Sì Monique, lei sa perché oggi non c'è nessuno?»

«Be' forse perché abbiamo appena aperto e dopo quello che è successo, magari le ragazze hanno bisogno di tempo.»

«Lei crede sia questa la ragione?»

«Perché secondo lei qual è?»

«La paura.»

«Paura? E di cosa?» Monique lo fissò con gli occhi dilatati.

«Che non sia finita qui.»

«Cosa sta dicendo? Certo che è finita, l'assassino è in carcere.»

«Il suo corpo sì, ma la sua energia aleggia ancora tra noi, io la percepisco, è qui e ora, adesso, tra noi. Durante la pratica di meditazione, e lei dovrebbe saperlo, la mente e il cuore sono aperte e disponibili a ricevere nuove energie, e questo potrebbe incutere paura.»

Monique si asciugò le mani sul kimono.

«Mi dispiace maestro, ma io non avverto alcuna energia negativa in questo luogo, e se non le dispiace adesso devo andare.»

Il maestro non commentò, limitandosi al solito saluto. Monique uscì con passo deciso e tornò nel suo studio.

Si sedette con fragore sulla poltroncina e sospirò.

Rimase qualche istante a riflettere su quelle parole, con la testa tra le mani, quando il suono del telefono la riportò alla realtà.

«Pronto» rispose con voce esitante.

«Buongiorno Monique, sono Giada. Avrei preferito dirtelo di persona, ma non volevo farti aspettare a lungo. Be', ho deciso di troncare la mia collaborazione con il centro e...»

Monique non le diede il tempo di proseguire.

«È per quello che è successo immagino!»

«Sono motivi personali.»

«Non posso che prenderne atto.»

«Okay, è tutto. Buona giornata.»

Giada terminò la telefonata, mentre Monique rimase con la cornetta a mezz'aria. Dopotutto era meglio così, pensò. Avrebbe trovato un'altra psicologa, anche migliore di lei e nessuno le avrebbe più messo i bastoni tra le ruote.

Lo spogliatoio quella mattina era semideserto e nessuna, tra le donne che lo occupavano, sembrava intenzionata a parlare.

«Oggi siamo davvero poche, ma forse per la pratica è meglio così» esordì Alessandra, rompendo gli indugi.

«Forse sì, ma non è del tutto positivo, secondo me molte non verranno più dopo quello che è successo» rispose la compagna accanto mentre si toglieva le calze, senza sollevare lo sguardo.

«Non ti capisco Paola, semmai è il contrario. Oramai è finita e Omar è al fresco finalmente. Chi l'avrebbe mai detto che era lui l'assassino? Sembrava un tipo a posto, timido e gentile con tutti» sostenne Alessandra.

«A dire la verità, quello non è mai piaciuto, mi è sempre sembrato un po' strano» commentò Paola.

«Più che strano, fuori di testa» intervenne un'altra.

«Dai Barbara, per te sono tutti un po' matti qui dentro, o sbaglio?» le domandò Alessandra.

«Non ho mai detto questo, ma anche Perrone non mi sembrava troppo regolare. Che brutta fine, però. Meno male che la Damonte si è salvata.»

«Ilaria invece cosa c'entrava con Omar?» domandò Paola alzandosi dalla panca.

Alessandra si sedette al suo posto e sospirò.

«Quella è una gran figlia di buona donna, da quel che ho capito io, lei e Perrone erano amanti e volevano incastrare Monique. Hanno fatto sostituire un file del suo pc da Omar per far ricadere i sospetti su di lei. Penso che quella stronza avesse dei debiti e volesse vendere il centro per pagarli, ma doveva disfarsi di Monique.»

«Chi ti ha detto queste cose?» chiese Barbara fissandola negli occhi.

«Be', ho parlato con un po' di gente e sono venuta a sapere i retroscena. Certo non avrei mai pensato che in un centro di aiuto ci fosse sotto uno schifo simile. Anche Monique non è quella che sembra.»

«Tipa strana pure lei, ma io non mi stupisco solo di questo. Mi fa più orrore pensare che dentro un centro del genere si nascondesse un serial killer. Avrebbe potuto prendere anche noi.»

«Mi vengono i brividi al solo pensiero, ma per fortuna oramai è tutto finito. Possiamo dedicarci alle nostre pratiche» commentò Paola che si era estraniata dalla conversazione.

Dopo qualche istante Barbara, che aveva appena indossato il kimono e raccolto in una treccia i suoi capelli color rosso scuro, vide spuntare qualcosa da una tasca.

Affondò la mano e tolse lo stampato. Dopo averlo letto si girò di scatto verso le compagne.

«Cosa significa?» balbettò lasciando cadere il foglio che stringeva ancora nella mano.

Alessandra si chinò a raccoglierlo.
C'era una scritta rossa a caratteri cubitali:

«Il fuoco chiuderà il cerchio e la vita risorgerà. La missione non rimarrà incompiuta.»

Sotto era tratteggiato un fiore con quattro petali, di cui uno dipinto di rosso.
«Che non è affatto finita» rispose sbarrando gli occhi corvini che contrastavano col pallore del suo viso.

Ringraziamenti

La stesura di questo romanzo ha implicato una tempistica alquanto lunga, sia per lo studio della criminologia, sia per l'accurato lavoro di ricerca, non solo teorica. Ho contattato funzionari della questura di Milano e criminologi che mi hanno supportato a livello tecnico. Senza l'aiuto delle persone che mi hanno sostenuto e aiutato con consigli e critiche, il risultato sarebbe stato decisamente meno positivo. È quindi con immensa gratitudine e affetto che li cito.

Dottor Duilio Loi, consulente di criminologia forense: ha letto i capitoli relativi al profilo del serial killer, fornendomi suggerimenti indispensabili.

Dottor Achille Perrone, commissario capo Polizia di Stato della questura di Milano: mi ha illustrato i vari iter procedurali relativi a casi simili a quello da me descritto, oltre a darmi informazioni utilissime sulle indagini preliminari e sulle complesse norme di Procedura Penale.

Silvia Locatelli, titolare dell'agenzia letteraria *Licet et docet*: ha sottoposto il manoscritto a una prima revisione formale e al compattamento della struttura complessiva del libro.

Elena Magnani, scrittrice e editor, ha successivamente rielaborato il testo con ulteriori modifiche e revisioni.

Mia **mamma**, dalla quale ho ereditato l'amore per la lettura: mi è sempre stata accanto durante le fasi della stesura e rilettura, incoraggiandomi nei momenti più bui, sempre convinta che avrei raggiunto il mio obiettivo. Grazie di esistere.

Marco, marito e compagno di viaggio, disponibile a darmi ascolto, anche dopo una faticosa giornata lavorativa: i suoi consigli sono stati utili per superare numerose impasse. Grazie Marco per la tua attestazione d'amore.

Ringrazio **Leone Editore**, che ha valutato positivamente il manoscritto, dandomi la possibilità di pubblicarlo. Grazie per aver creduto in me e nel mio lavoro.

Infine, ringrazio chi leggerà questa pagina per avermi dato fiducia acquistando il mio romanzo.

MISTERIA

collana di romanzi investigativi, noir e del terrore

Il contratto di Baron Samedi – Eleonora Epis Perani
Le anime volano via – Marco Bovo
Criptocrazia – Paolo Ferrari
Scacco alla regina – Mario Mazzanti
Il valzer degli sfregiati – Guillaume Prévost
Il Paradiso delle donne perdute – Jean-Pierre Perrin
La resa dei conti – Rosario Cuomo
Il riflesso del lupo – Mario Mazzanti
Ossa – Louise Welsh
Messaggeri di morte – Stuart MacBride
Altravita 2.0 – Gianluca Durante
Absolution – Caro Ramsay
Il ballo dello squartatore – Guillaume Prévost
Addio Gerusalemme – Alexandra Schwartzbrod
Il segreto degli Humiliati – Mario Mazzanti
Il labirinto di Atlantide – Álvaro Bermejo
Il canto dei morti – Caro Ramsay
Verità nascoste – Craig Smith
Il numero di Dio – Vincenzo Di Pietro
Lo strano caso di Kirby Logan – Nino Branchina
Melodia fatale – Alberto Ripa, Giorgio Ripa
La scrittura della morte – Francesco Alessandro Veutro
La farfalla di Lana Turner – Simone Cerri
Scomparsa – Evonne Wareham

La famiglia Verta Rey – Paolo Ferrari
La Lancia del destino – Daniel Easterman
Bellezza mortale – Gabrielle Lord
Apocalisse – Vincenzo Di Pietro
Sfida mortale – Pietro Brambati
Gaz! – Mario Mazzanti, Mario Martucci
Com'era dolce l'inferno – Marco Bovo
L'ultimo segreto di Galileo – Aristide Bergamasco
L'ultima mossa – Alberto Ripa, Giorgio Ripa
L'agguato – Noemí Sabugal
Piper – Helen McCabe
A distanza ravvicinata – Henriette Gyland
Il palladio di Atlantide – Giuseppe Rendina
Nel buio oltre la notte – Simone Morgantini
Morte sull'acqua – Leonard Goldberg
L'ospite oscuro – Ignazio Pandolfo
La sindrome del sosia – Francesco Cro
Omicidio a Chinatown – Walter Ghilardi
Dna – Dario Giardi
Attrazione fatale – Alberto Ripa, Giorgio Ripa
Chiave di volta – Bruno Pronunzio
Il Rituale – Helen McCabe
Il principe infernale – Laura Jelenkovich
Le regole del perdono – Francesco Alessandro Veutro
Lo spirito del male – Roberto Blandino
La casa delle bambole – David Hewson
L'ultimo respiro – Luigi Martinuzzi
I sentieri della morte – Ugo Mariani
Senza tregua – Roberta Melli
Doppio gioco – Pietro Brambati
I delitti di Dante – Sergio Conca Bonizzoni

Tango down – Gianluca Durante
Intrigo a New York City – Craig Horowitz, Bill Stanton
Codice Omega – Nino Branchina
L'uomo senza volto – Roberto Leonardi
Contagio – Aristide Bergamasco
Il signore della menzogna – Ignazio Pandolfo
No Man – Dario Custagliola
Dark Waters – Chris Goff
Il segreto dell'assassino – Ugo Mazzotta
Sindrome assassina – Bruno Pronunzio
Crosta d'autore – Simone Schettino
Il Codice – Helen McCabe
La Vinaia – Luigi Lazzaro
Le ali della vendetta – Alberto Ripa, Giorgio Ripa
L'enigma del turco – Stefano Cassini
Omicidi in tribunale – Walter Ghilardi
In vetta al mondo – Roberta Melli
Alla deriva – Chris Simms
Dark Room - La camera oscura – Jonathan Moore
Come foglie nell'acqua – Claudio Benazzoli
Il mercante di morte – Craig Robertson
La bambina nel bosco – Barbara Abel
Una morte eccellente – Maria Patrizia Salatiello
L'ho fatto per te – Laurent Scalese
Il serial killer dei Promessi Sposi – Sergio Conca Bonizzoni
Il venditore di fiori – Giuseppe De Renzi
Cerco te – Mauro Mogliani
I segreti di Chicory Lane – Raymond Benson
Senza esclusione di colpi – Pietro Brambati
Bugiardo – Phoebe Morgan

PHOEBE MORGAN
BUGIARDO

In libreria

www.leoneeditore.it

Finito di stampare
nel mese di ottobre 2018
per conto di Leone Editore
dalla C.N.S. srl - Ciserano (BG)
Printed in Italy